ligações

RAINBOW ROWELL

ligações

novo século®

São Paulo, 2015

COORDENAÇÃO EDITORIAL	Renata de Mello do Vale
ASSISTENTE EDITORIAL	Vitor Donofrio
TRADUÇÃO	Caio Pereira
PREPARAÇÃO	Márcia Men
DIAGRAMAÇÃO	Project Nine
REVISÃO	Equipe Novo Século
ADAPTAÇÃO DE CAPA	Equipe Novo Século

Texto de acordo com as normas do Novo Acordo Ortográfico
da Língua Portuguesa (Decreto Legislativo nº 54, de 1995)

Dados Internacionais de Catalogação na Publicação (CIP)
(Câmara Brasileira do Livro, SP, Brasil)

Rowell, Rainbow
Ligações
Rainbow Rowell; [tradução Caio Pereira].
Barueri, SP: Novo Século Editora, 2015.

Título original: Landline.

1. Ficção norte-americana I. Título.

14-11662 CDD-813

Índice para catálogo sistemático:

1. Ficção: Literatura norte-americana 813

2015
IMPRESSO NO BRASIL
PRINTED IN BRAZIL
DIREITOS CEDIDOS PARA ESTA EDIÇÃO À
NOVO SÉCULO EDITORA LTDA.
CEA – Centro Empresarial Araguaia II
Alameda Araguaia, 2190 – 11º Andar
Bloco A – Conjunto 1111
CEP 06455-000 – Alphaville Industrial, Barueri – SP
Tel. (11) 3699-7107 – Fax (11) 3699-7323
www.novoseculo.com.br
atendimento@novoseculo.com.br

Este livro é para Kai.
(Assim como tudo que o importa.)

TERÇA-FEIRA
17 DE DEZEMBRO DE 2013

CAPÍTULO 1

Georgie entrou na garagem, desviando para não acertar uma bicicleta. Neal nunca mandava Alice guardá-la.

Pelo visto, ninguém nunca roubava bicicletas em Nebraska – e ninguém nunca tentava invadir a casa das pessoas. Na maioria das noites, Neal nem trancava a porta antes que Georgie chegasse, embora ela dissesse a ele que isso era como pendurar um aviso dizendo FAVOR ASSALTAR À MÃO ARMADA.

– Não – ele dizia. – Isso seria diferente, eu acho.

Ela arrastou a bicicleta até a varanda e abriu a porta (destrancada).

As luzes estavam apagadas na sala, mas a TV continuava ligada. Alice adormecera no sofá, assistindo a desenhos da Pantera Cor-de-Rosa. Georgie foi desligar e tropeçou numa tigela de leite largada no chão. Havia uma pilha de roupa limpa dobrada em cima da mesa de centro – ela pegou uma peça qualquer para limpar a sujeira.

Quando Neal apareceu na passagem entre a sala de estar e a de jantar, Georgie estava agachada no chão, limpando o leite derramado com uma calcinha sua.

– Desculpa – ele disse. – A Alice quis colocar leite para a Noomi.

– Tudo bem, eu que não prestei atenção. – Georgie levantou-se, amassando a calcinha molhada no punho. Ela apontou para Alice. – Ela está bem?

Neal estendeu a mão e pegou a calcinha, depois recolheu a tigela.

– Está sim. Eu disse que ela podia ficar te esperando. Teve toda uma *negociação* pra ela comer couve e parar de usar a palavra "literalmente", porque estava *literalmente* me deixando louco. – Ele olhou para Georgie, a caminho da cozinha. – Tá com fome?

– Tô – ela disse, seguindo-o.

Neal estava bem-humorado naquela noite. Geralmente, quando Georgie chegava tarde assim... Bom, geralmente, quando Georgie chegava tarde assim, ele *não* estava.

Ela se sentou no balcão e abriu espaço para os cotovelos, entre contas e livros da biblioteca e folhas de trabalho escolar.

Neal foi até o fogão e acendeu uma das bocas. Estava de calças de pijama e camiseta branca, e parecia ter acabado de cortar o cabelo – provavelmente para a viagem. Se Georgie o tocasse na nuca, teria uma sensação de veludo num sentido e de agulhas no outro.

– Não sabia direito o que você iria querer pôr na mala – ele disse. – Mas lavei tudo que tava no cesto. Não se esqueça que é bem frio lá. Você sempre esquece do frio.

Ela sempre acabava pegando as blusas de Neal.

Ele estava tão bem-humorado nessa noite...

Sorria fazendo o prato dela. Refogado. Salmão. Couve. Outras verduras. Ele amassou um punhado de castanha de caju e espalhou por cima, depois pôs o prato na frente dela.

Quando Neal sorria, suas covinhas pareciam parênteses – parênteses com barba. Georgie quis puxá-lo por cima do balcão e meter o nariz naquelas bochechas. (Era sua resposta padrão para o sorriso do Neal.) (Embora Neal provavelmente não soubesse.)

– Acho que lavei todas as suas calças jeans... – ele disse, servindo uma taça de vinho.

Georgie respirou fundo. Tinha que acabar logo com aquilo.

– Recebi boas notícias hoje.

Ele se encostou no balcão e ergueu uma sobrancelha.

– Ah, é?

– É. Então... Maher Jafari quer o nosso programa.

– O que é Maher Jafari?

– É o cara daquele canal com quem eu tenho conversado. Aquele que fez o *The Lobby* e aquele novo *reality* sobre fazendeiros de tabaco.

– Ah, sim – Neal fez que sim. – O cara do canal. Pensei que ele estivesse te dando um gelo.

– A gente também achou que ele estivesse – disse Georgie. – Pelo visto, ele é assim frio mesmo.

– Hmm. Uau. Que notícia boa. Então... – Ele pendeu a cabeça para o lado. – Por que você não parece feliz?

– Eu estou, estou superanimada – disse Georgie. Num guincho. *Credo*. Devia estar suando. – Ele quer um piloto, roteiros. Vai rolar uma reunião pra falar sobre o elenco...

– Que ótimo – disse Neal, esperando. Sabia que ela não estava abrindo o jogo.

Georgie fechou os olhos.

– ... no dia 27.

A cozinha caiu em silêncio. Ela abriu os olhos. Ah, lá estava o Neal que ela conhecia e amava. (De verdade. As duas coisas.) Os braços cruzados, os olhos estreitos, os nós de músculo nos cantos do maxilar.

– Vamos estar em Omaha no dia 27 – ele disse.

– Eu sei. Neal, eu *sei*.

– E aí? Tá pensando em voltar mais cedo pra L.A.?

– Não, eu... a gente tem que preparar os roteiros antes disso. Seth achou...

– Seth.

– A gente só fez o piloto – disse Georgie. – A gente tem nove dias pra escrever quatro episódios e se preparar pra reunião. É uma sorte termos tempo livre do *Jeff'd Up* essa semana.

– Vocês têm tempo livre porque é *Natal*.

– Eu sei que é Natal, Neal. Não vou faltar no Natal.

– Não?

– Não. Só não vou... pra Omaha. Pensei que todos nós podíamos não ir pra Omaha.

– Já temos as passagens.

– Neal. É um piloto. Um *contrato*. Com o nosso canal dos sonhos.

Georgie teve a sensação de estar recitando falas de um roteiro. Já tivera a mesma conversa, quase idêntica, naquela tarde, com Seth...

– *É Natal* – ela argumentara. Estavam no escritório, e Seth estava sentado do lado dela na grande mesa que partilhavam. Ele a encurralara.

– *Fala sério, Georgie, a gente vai comemorar o Natal. Vamos ter o melhor Natal de todos* depois *dessa reunião.*

– *Diga isso às minhas filhas.*

– *Vou dizer. Suas filhas me adoram.*

– *Seth, é* Natal. *Essa reunião não pode esperar?*

– *Passamos nossa carreira inteira esperando. Tá acontecendo, Georgie. Agora. Finalmente acontecendo.*

Seth não parava de dizer o nome dela.

Neal estava fulo da vida.

– Minha mãe está esperando por nós – disse.

– Eu sei – ela sussurrou.

– E as crianças... Alice mandou um cartão pro Papai Noel avisando que estaria em outro endereço, pra que ele soubesse que ela vai estar em Omaha.

Georgie tentou sorrir. Tentativa fracassada.

– Acho que ele pode se virar.

– Não é isso... – Neal enfiou o saca-rolhas numa gaveta, depois a fechou com raiva. Falou, bem mais grave: – Não é esse o ponto.

– Eu sei. – Ela inclinou a cabeça sobre o prato. – Mas a gente pode ir ver a sua mãe no mês que vem.

– E a Alice vai faltar na escola?

– Se for preciso.

Neal tinha as duas mãos sobre o balcão, retesando os músculos dos antebraços. Como se estivesse retroativamente se preparando para más notícias. A cabeça baixa, o cabelo caindo sobre a testa.

– Essa pode ser a nossa chance – disse Georgie. – Nosso próprio programa.

Neal fez que sim, sem erguer a cabeça.

– Certo – disse. Sua voz soou suave e sem emoção.

Georgie esperou.

Às vezes ela se perdia quando discutia com Neal. A discussão passava para outra coisa – algo mais perigoso – e Georgie nem percebia. Às vezes Neal terminava a conversa ou a abandonava enquanto ela ainda estava tentando se explicar, e ela continuava argumentando muito tempo depois dele ter desistido.

Georgie nem sabia se aquilo podia ser chamado de discussão. Ainda.

Então ficou esperando.

Neal pendeu a cabeça.

– O que você quer dizer com "certo"? – ela perguntou, finalmente.

Ele se afastou do balcão, braços estendidos e ombros retos.

– Significa que você tem razão, claro. – Ele começou a limpar o fogão. – Você tem que ir a essa reunião. É importante.

Ele disse isso quase que com leveza. Talvez tudo fosse ficar bem, no fim das contas. Talvez ele até ficasse animado por ela. Em algum momento.

– Então – ela disse, testando a atmosfera entre os dois. – Vamos ver de ir visitar sua mãe mês que vem?

Neal abriu a máquina de lavar louça e começou a juntar pratos.

– Não.

Georgie apertou os lábios, mordendo-os.

– Não quer que a Alice falte à aula?

Ele fez que não.

Ela ficou olhando enquanto ele abastecia a máquina.

– Nas férias, então?

Ele fez um movimento curto com a cabeça, como se algo tivesse roçado sua orelha. Neal tinha orelhas lindas. Um pouco grandes demais, viradas no topo, feito asas. Georgie gostava de segurar a cabeça dele pelas orelhas. Quando ele deixava.

Ela podia imaginar a cabeça dele em suas mãos agora. Sentir os dedões acariciando as pontas das orelhas, os nós dos dedos roçando o cabelo curto.

– Não – ele repetiu, de pé, limpando as mãos nas calças do pijama. – A gente já comprou as passagens.

– Neal, tô falando sério. Não posso faltar nessa reunião.

– Eu sei – ele disse, virando-se para ela. O rosto sério. Congelado.

Na época da faculdade, Neal pensara em alistar-se no exército; teria sido ótimo na parte de dar notícias terríveis ou executar uma ordem de partir o coração sem entregar quanto isso lhe custava. Com essa expressão, dava para pilotar o Enola Gay.

– Não entendi – disse Georgie.

– Elas podem comemorar o Natal com você quando voltarmos. Vão adorar. Comemorar duas vezes.

Georgie não soube como reagir. Se pelo menos Neal estivesse sorrindo quando disse a última parte...

Ele apontou para o prato dela.

– Quer que eu esquente pra você?

– Não precisa – ela disse.

Ele assentiu com um gesto curto, depois passou por ela, inclinando-se apenas o suficiente para encostar os lábios em sua bochecha. Depois foi para a sala de estar e tirou Alice do sofá. Georgie pôde ouvi-lo falando com a filha antes de subir as escadas.

– Pronto, filhinha. Tô aqui.

QUARTA-FEIRA
18 DE DEZEMBRO DE 2013

CAPÍTULO 2

O telefone de Georgie estava morto.

Estava sempre morto, a não ser quando estava plugado na tomada – devia precisar de bateria nova, mas ela sempre se esquecia de resolver isso.

Ela pôs o café na mesa, depois plugou o telefone no notebook, chacoalhando-o feito uma foto Polaroid, enquanto esperava que ele acordasse.

Uma uva voou entre seu nariz e a tela.

– E aí? – perguntou Seth.

Georgie ergueu a cabeça e fitou-o diretamente pela primeira vez desde que chegara ao trabalho. Estava usando camisa cor-de-rosa com colete verde de tricô, e o cabelo estava especialmente lambido nesse dia. Seth parecia um belo primo dos Kennedy. Só que sem o sorriso da família.

– E aí o quê? – ela disse.

– Como foi?

Referia-se a Neal. Mas não *diria* "com o Neal" – porque era assim que funcionava. Havia regras.

Georgie voltou para o telefone. Nenhuma chamada perdida.

– Bem.

– Eu disse que daria tudo certo.

– É, você tinha razão.

– Sempre tenho.

Georgie podia ouvi-lo quando ele retornou ao seu assento. Dava para imaginá-lo também – as pernas compridas para o alto, descansando na beira da mesa compartilhada.

– Muito de vez em quando, às vezes, parcialmente, você tem razão – ela disse, ainda lidando com o telefone.

Neal e as meninas já deviam estar no segundo voo. Fariam uma breve escala em Denver. Georgie pensou em mandar uma mensagem – *amo vocês* – e imaginou-a chegando antes deles em Omaha.

Mas Neal nunca mandava mensagens de texto, então nunca as checava; era como mandar mensagens para o vazio.

Ela largou o telefone e empurrou os óculos para o topo da cabeça, tentando se concentrar no computador. Tinha uma dúzia de e-mails novos, todos de Jeff German, o comediante que era o astro do programa.

Georgie não sentiria falta de Jeff German se o novo contrato desse certo. Não sentiria falta de seus e-mails. Ou de seu boné vermelho. Ou de como ele a fazia reescrever episódios inteiros de *Jeff'd Up* se achasse que os atores que representavam sua família na TV estavam causando muitas risadas.

– Não aguento mais.

A porta foi aberta, e Scotty irrompeu na sala. Havia espaço na sala de Seth e Georgie para somente mais uma cadeira – uma peça desconfortável de tecido comprada na IKEA. Scotty largou-se sobre ela de lado, as mãos na cabeça.

– Não consigo. Sou péssimo com segredos.

– Bom dia – disse Georgie.

Scotty espiou por entre os dedos.

– Oi, Georgie. A menina lá da frente me mandou dizer que sua mãe tá no telefone. Linha dois.

– O nome dela é Pamela.

– Tá. O da minha mãe é Dixie.

– Não, da nova secretária, o nome... – Georgie balançou a cabeça e foi pegar o telefone preto que ficava entre ela e Seth. – Oi, aqui é a Georgie.

A mãe suspirou.

– Fiquei tanto tempo esperando que achei que a menina tinha me esquecido.

– Não. E aí?

– Só liguei pra ver como você está.

Parecia preocupada. (Gostava de parecer preocupada.)

– Tô bem – disse Georgie.

– Bom... – Mais um suspiro. Um dos fortes. – Falei com Neal agora de manhã.

– Como conseguiu?

– Coloquei o relógio pra despertar. Sabia que vocês iam sair cedo. Quis dar tchau.

A mãe dela sempre fazia muito drama com viagens de avião. E microcirurgias. E às vezes até para desligar o telefone. "*Nunca se sabe quando vai ser a última vez que você vê alguém, então não dá pra perder a chance de se despedir.*"

Georgie ajustou o telefone entre o ouvido e o ombro, para poder digitar.

– Que bom. Chegou a falar com as meninas?

– Falei com o Neal – ela repetiu. Para enfatizar. – Ele disse que vocês estão dando um tempo.

– *Mãe* – disse Georgie, devolvendo a mão ao gancho. – Só essa semana.

– Ele disse que iam se separar pro Natal.

– Não nesse sentido. Por que está falando como se fosse outra coisa? Apareceu uma emergência aqui no trabalho.

– Você nunca teve que trabalhar no Natal antes.

– Não tenho que trabalhar *no* Natal. Tenho que trabalhar antes e depois. É complicado. – Georgie resistiu à vontade de ver se Seth estava escutando. – Foi decisão minha.

– Você *decidiu* passar o Natal sozinha.

– Não vou ficar sozinha. Vou estar com você.

– Mas, filha, a gente vai passar o dia com os Kendrick, eu te disse. E sua irmã vai ver seu pai. Quero dizer, você pode vir com a gente pra San Diego...

– Deixa pra lá, eu me viro. – Georgie olhou ao redor. Seth jogava uvas para o alto, para pegá-las com a boca. Scotty estava esparramado, tristonho, como se tivesse cólicas menstruais. – Tenho que voltar ao trabalho.

– Bom, vem pra cá hoje à noite – disse a mãe. – Pra jantar.

– Eu estou bem, mãe, de verdade.

– Vem, Georgie. Não devia ficar sozinha nesse momento.

– Não tem "esse momento", mãe. Eu tô bem.

– É Natal.

– Ainda não.

– Vou fazer um jantar gostoso. Vem.

Ela desligou antes que Georgie pudesse argumentar.

Georgie suspirou e esfregou os olhos. Sentiu as pálpebras úmidas. As mãos cheiravam a café.

– Não aguento – Scotty gemeu. – Todo mundo pode ver que eu tenho um segredo.

Seth olhou para a porta – fechada.

– E daí? Contanto que não saibam qual é o segredo...

– Não gosto – disse Scotty. – Me sinto como se fosse um traidor. Tipo o Lando em Cloud City. Tipo aquele cara que beijou Jesus.

Georgie imaginou se algum dos outros escritores suspeitava *mesmo* de alguma coisa. Provavelmente não. O contrato de Seth e Georgie estava para acontecer, mas todos achavam que eles iam ficar. Por que abandonariam o *Jeff'd Up* depois de finalmente colocá-lo no top dez?

Se ficassem, ganhariam um aumento. Um aumento gigante, de transformar a vida. Uma quantia de dinheiro que fazia os olhos de Seth saltarem das órbitas, feito o Tio Patinhas, só de ouvir falar.

Mas, caso saíssem...

Havia apenas um motivo para quererem abandonar o *Jeff'd Up*. Começar seu próprio programa. O programa que Georgie e Seth sonhavam em fazer praticamente desde o dia em que se conheceram – escreveram o primeiro rascunho do piloto juntos quando ainda estavam na faculdade. O programa deles, os personagens deles. Sem Jeff German. Sem frases de efeito. Sem risos pré-gravados.

Levariam Scotty junto se saíssem. (*Quando* saíssem, Seth diria. *Quando, quando, quando.*) Scotty era deles; Georgie o contratara dois programas antes; era o melhor escritor de piadas com o qual tinham trabalhado.

Seth e Georgie mandavam melhor bolando *situações*. Esquisitices que geravam ainda mais esquisitices, piadas cuidadosamente construídas, mas que faziam sentido após oito episódios. Mas às vezes simplesmente era preciso que alguém escorregasse numa casca de banana. Scotty nunca ficava sem cascas de banana.

– Ninguém sabe que você está guardando um segredo – Seth disse.

– Ninguém tá nem aí. Todo mundo só quer saber de terminar logo suas coisas pra poder vazar daqui e comemorar o Natal.

– Então qual é o plano? – Scotty ajeitou-se na cadeira. Era um indiano pequeno, com cabelo desgrenhado, de óculos, e se vestia como quase todo mundo da equipe de criação: calça jeans, moletom com capuz e chinelos idiotas. Scotty era o único gay da equipe. Às vezes alguém achava que Seth também era, mas não. Era só arrumadinho.

Seth jogou uma uva em Scotty. Depois outra em Georgie. Ela se esquivou.

– O plano – disse ele – é virmos amanhã, como de costume, e escrever. E depois escrevemos um pouco mais.

Scotty pegou sua uva do chão e comeu.

– Odeio abandonar todo mundo assim. Por que a gente sempre vai embora assim que eu começo a fazer amigos? – Ele se ajeitou para fitar Georgie. – E aí, Georgie? Tudo bem? Você tá estranha.

Georgie notou que tinha os olhos fixos. Em nada. Então disse:

– Tudo bem.

Ela pegou o telefone de novo e digitou uma mensagem.

Talvez...

Talvez ela devesse ter conversado com Neal de manhã antes de ele sair. Conversado *de verdade*. Pra se certificar de que estava tudo bem.

Mas quando o relógio dele despertou, às quatro e meia da manhã, ele já estava de pé, quase pronto. Neal ainda usava o mesmo rádio relógio antigo. Quando voltou à cama para desligá-lo, recomendou a Georgie que voltasse a dormir.

– Você vai ficar morrendo de sono depois – disse, vendo-a se sentar mesmo assim.

Como se Georgie fosse ficar dormindo em vez de se despedir das filhas. Como se não fossem ficar separadas por uma semana inteira. Como se não fosse Natal.

Ela pegou os óculos pendurados na cabeceira e pôs no rosto.

– Vou levar vocês pro aeroporto.

Neal estava perto do armário, de costas para ela, vestindo um moletom azul.

– Já chamei um táxi.

Talvez Georgie devesse ter argumentado. Em vez disso, ela se levantou e tentou ajudar com as meninas.

Não havia muito o que fazer. Neal as colocara para dormir de moletom e camiseta a fim de poder carregá-las para o carro sem acordá-las.

Mas Georgie queria falar com elas, e, de todo modo, Alice acordou quando Georgie tentava fazê-la calçar os sapatos cor-de-rosa.

– O papai disse que eu podia ir de bota – ela resmungou.

– Cadê a bota? – Georgie sussurrou.

– O papai sabe.

Acordaram Noomi enquanto procuravam pelas botas.

Então Noomi também quis as botas dela.

Georgie ofereceu iogurte, mas Neal disse que todos comeriam no aeroporto; estava levando lanchinhos.

Ele esperou que Georgie explicasse por que não iria pegar o avião com eles. Alice perguntou se a mãe iria de carro. Enquanto isso, ele corria escadas acima e abaixo, saindo e entrando pela porta da frente, checando coisas e juntando a bagagem.

Georgie tentou dizer às filhas que elas se divertiriam muito, que nem sentiriam a falta dela – e que elas podiam comemorar juntas na semana seguinte.

– Vamos ter dois Natais – disse ela.

– Não acho que isso seja possível – Alice argumentou.

Noomi começou a chorar porque a meia estava colocada do lado errado. Georgie não entendeu se ela queria com a costura para cima ou para baixo. Neal veio da garagem e tirou a bota da filha para dar um jeito na situação.

– O carro chegou – disse.

Era uma minivan. Georgie acompanhou as meninas até a porta, ajoelhou-se perto do meio-fio, ainda de pijama, e beijou-as tentando agir como se a despedida não fosse nada de mais.

– Você é a melhor mãe do mundo – disse Noomi. Tudo era "o melhor" ou "o pior" para Noomi. Era tudo "nunca" e "sempre".

– E você é a melhor menina de quatro anos de idade do mundo – assegurou Georgie, beijando-a na ponta do nariz.

– *Gatinha* – disse Noomi. Ainda estava chorosa por causa das meias.

– É a melhor gatinha do mundo.

Georgie arrumou os cabelos castanhos-claros da filha atrás das orelhas e puxou a camiseta para baixo, para cobrir a barriguinha.

– Gatinha verde.

– A melhor gatinha verde.

– Miau.

– Miau – respondeu Georgie.

– Mãe? – Alice chamou.

– Oi. – Georgie trouxe a mais velha, de sete anos, para perto. – Aqui, me dê todos os seus abraços.

Mas Alice estava ocupada demais, pensando, para corresponder ao abraço.

– Se o Papai Noel levar seus presentes pra casa da vó, eu guardo pra você. Coloco na minha mala.

– Ele não costuma trazer presentes pra mamãe.

– Bom, mas *caso* ele traga...

– Miau – disse Noomi.

– Tá bom – Georgie concordou, abraçando Alice com o braço esquerdo, pescando Noomi com o direito. – Se ele trouxer presentes, você cuida deles pra mim.

– Mãe, miau!

– Miau – disse Georgie, abraçando as meninas.

– Mãe?

– Oi, Alice.

– De qualquer forma, o verdadeiro significado do Natal não são os presentes, é Jesus. Mas não pra gente, pois não somos religiosos. O verdadeiro significado pra gente é só a família.

Georgie beijou-a na bochecha.

– É verdade.

– Eu sei.

– Tá bom. Amo você. Amo vocês duas, muito, muito.

– Até a lua e de volta? – perguntou Alice.

– Ai, meu Deus – disse Georgie –, muito mais.

– Até a lua e de volta ao infinito?

– Miau!

– Miau – disse Georgie. – Infinito vezes infinito. Amo tanto, tanto que até dói.

Noomi fechou a cara.

– Dói?

– Ela não quis dizer que dói *literalmente* – disse Alice. – Né, mãe? Não *literalmente*?

– Não. Bom. Às vezes.

Neal aproximou-se.

– Bom, hora de ir pegar o avião.

Georgie roubou mais uma meia dúzia de beijos enquanto arrumava as meninas no banco de trás do táxi, depois ficou ao lado da van com os braços cruzados, tensa.

Neal chegou perto e olhou por cima dela, como se estivesse pensando.

– Vamos chegar às cinco – disse. – Hora central. Então vai ser por volta das três aqui... Eu ligo quando chegar na minha mãe.

Georgie assentiu. Ele continuava sem olhar para ela.

– Tome cuidado – ela disse.

Ele checou o relógio.

– Vamos ficar bem. Não precisa se preocupar. Só resolva aí o que tem que resolver. Arrasa lá na reunião. – E então ele a abraçou, mais ou menos, passou o braço sobre os ombros dela e encostou a boca na dela. Quando disse "te amo", já estava se afastando.

Georgie quis agarrá-lo pelos ombros.

Quis abraçá-lo até seus pés deixarem o chão.

Quis encostar a cabeça no pescoço dele e sentir os braços dele um pouco apertados demais em torno de sua cintura.

– Te amo – disse ela. Não tinha certeza de que ele a escutara.

– Amo vocês! – ela gritou para as meninas, batendo na janela e beijando-a, porque sabia que elas achavam graça; as janelas traseiras do Prius viviam cobertas de marcas de beijos.

As meninas acenavam loucamente. Georgie afastou-se da van, acenando com as duas mãos. Neal falava com o motorista, no banco da frente.

Pensou tê-lo visto olhando para ela uma vez, antes de a van dobrar a esquina – suas mãos congelaram no ar.

E então eles se foram.

CAPÍTULO 3

– Precisa de ajuda?

Georgie levou um susto.

Seth estava bem ao seu lado. Bateu de leve na cabeça dela com uma pasta. Jeff German queria um episódio reescrito antes que os roteiristas saíssem para as festas de fim de ano – e resolver isso era função de Georgie. (Porque ela não confiava em ninguém para ajudar.) (O que era problema dela. E não algo com que se irritar.)

A tarde toda passou como um borrão permeado de barulho e comida e canções de Natal. Por algum motivo – bom, por motivos alcoólicos –, todo mundo resolvera cantar canções de Natal das duas às três e meia. Então alguém, talvez Scotty, tentou passar uma bandeja de camarões por baixo da porta da sala dela. Agora já passava das seis e, com tudo quieto, Georgie finalmente progredia na alteração do roteiro.

– Não – ela respondeu a Seth. – Tá tudo certo.

– Tem certeza?

Ela nem tirou os olhos da tela.

– Tenho.

Ele se apoiou na mesa, o lado dela da mesa, perto do teclado.

– Então...

– Então o quê?

– Então, eles foram pra Omaha.

Georgie fez que não, embora a resposta fosse sim.

– Fazia sentido. Já tínhamos comprado as passagens, e vou ficar trabalhando a semana toda mesmo.

– É, mas... – Seth cutucou-a no braço com a perna. Georgie olhou para ele. – O que você vai fazer no Natal?

– Vou pra casa da minha mãe.

Era mentira, mas apenas um pouco. Ela podia ir. Só que a mãe não estaria em casa.

– Você podia vir comigo pra casa da minha mãe.

– Eu iria. Se não tivesse a minha.

– Quem sabe eu também vá pra sua mãe – Seth brincou. – Ela me adora.

– Isso não diz muito sobre o seu caráter.

– Ela ligou aqui três vezes hoje de manhã antes de você chegar, sabe. Acha que você deixa o telefone sem bateria de propósito. Para evitá-la.

Georgie voltou-se para a tela.

– Eu devia fazer isso.

Seth levantou-se e jogou a bolsa carteira de couro sobre o ombro. Georgie levaria mais uma hora para terminar de reescrever a cena. Talvez devesse começar de novo...

– Ei, Georgie.

Ela continuou digitando.

– Hmm.

– *Georgie*.

Ela ergueu o olhar de novo. Ele estava na porta, estudando-a.

– Estamos tão perto – disse ele. – Está finalmente rolando.

Georgie fez que sim e tentou sorrir. Mais uma tentativa fracassada.

– Amanhã – disse ele, depois deu um tapa no batente e saiu andando.

Georgie estava a caminho de casa quando a irmã ligou.

– Já jantamos sem você – disse Heather.

– O quê?

– São nove horas. A gente tava com fome.

É mesmo. O jantar.

– Não tem problema – disse Georgie. – Fala pra mamãe que eu ligo amanhã.

– Ela quer que você venha mesmo assim. Disse que seu casamento acabou e que você precisa do nosso apoio.

Georgie quis fechar os olhos, mas estava dirigindo.

– Meu casamento não acabou, Heather, e não preciso de apoio.

– Então o Neal não deixou você e levou as crianças pra Nebraska?

– Ele as levou pra ver a avó – disse Georgie. – Não é uma briga por custódia.

– Neal com certeza ganharia a custódia, não acha?

Com certeza ganharia, pensou Georgie.

– Você devia vir – disse Heather. – A mamãe fez macarrão com atum.

– Com ervilha?

– Não.

Georgie pensou na casa vazia em Calabasas. E na mala vazia perto do armário. Na cama vazia.

– Tá bom – disse.

– Você tem carregador de iPhone?

Georgie largou as chaves e o celular no balcão da cozinha. Não andava mais de bolsa; levava a carteira de motorista e o cartão de crédito no carro, enfiados no porta-luvas.

– Eu teria, se você me desse um iPhone.

Heather estava curvada sobre o balcão, comendo macarrão com atum de um pote de vidro.

– Pensei que você já tinha jantado – disse Georgie.

– Não fale assim comigo. Vai me fazer ter um distúrbio alimentar.

Georgie revirou os olhos.

– Ninguém na nossa família tem distúrbio alimentar. Para de comer meu jantar.

Heather deu outra garfada gigante, depois entregou o pote à irmã. Tinha dezoito anos e fora um bebê-muda-vida – explicando: a mãe de Georgie resolvera dormir com o quiroprata para o qual trabalhava, ficando grávida acidentalmente aos 39 anos. Os dois ficaram casados somente até o nascimento de Heather.

Georgie já estava na faculdade na época, então morou na mesma casa que a irmã por um ou dois anos apenas. Às vezes ela se sentia mais como uma tia do que irmã mais velha de Heather.

Mas eram similares o bastante para parecerem gêmeas.

Heather tinha os cabelos castanhos-claros ondulados da irmã. E seus olhos azuis desbotados. E tinha a mesma compleição de Georgie no colegial, corpo de ampulheta. Era só um pouco mais alta...

Sorte a dela. Talvez, quando ela ficasse grávida, os bebês não detonassem sua cintura feito percussão caribenha. "São essas cesáreas", dizia a mãe. Como se Georgie tivesse escolhido fazer duas cesarianas, como se as tivesse escolhido no cardápio por pura preguiça. "Vocês nasceram do modo natural, e meu corpo voltou ao normal super-rápido."

– Por que tá olhando pra minha barriga? – Heather perguntou.

– Ainda tô tentando te causar um distúrbio alimentar.

– Georgie! – disse a mãe, entrando na cozinha, carregando uma cadelinha pug pequena, embora gravidíssima, junto ao peito. O padrasto de Georgie, Kendrick, negro e bastante alto, ainda metido nas roupas empoeiradas de construção, vinha logo atrás. – Não ouvi você entrando.

– Acabei de chegar.

– Deixa eu esquentar isso pra você.

A mãe pegou o pote de macarrão e passou a cadela para a filha. Georgie segurou-a longe do corpo; odiava tocá-la – e não se importava se isso fazia dela uma vilã de comédia romântica.

Kendrick inclinou-se e tirou a cadela de suas mãos.

– Como vai, Georgie?

A expressão do homem estava cheia de gentileza. Dava vontade de gritar "*Meu marido não me abandonou!*".

Mas Kendrick não merecia isso. Era o melhor padrasto chocantemente jovem que uma garota podia ter. (Kendrick tinha quarenta anos, apenas três a mais que Georgie. A mãe o conheceu quando ele viera limpar aquela coisa patética que chamavam de piscina.) (E não é que essas coisas acontecem mesmo?) (No Valley.)

– Tudo bem, Kendrick. Obrigada.

A mãe balançou a cabeça, pesarosa, perante o micro-ondas.

– De verdade – Georgie disse para o restante da cozinha. – Estou ótima. Vou passar o Natal aqui porque nosso programa está muito, muito perto de conseguir um sinal verde.

– Seu programa? – a mãe perguntou. – Seu programa tá com problemas?

– Não. Não o *Jeff'd Up*. O *nosso* programa. *Enrolando.*

– Não consigo assistir o seu programa – disse a mãe. – Aquele menino é tão insolente.

– Trev? – Heather perguntou. – Todo mundo adora o Trev.

Trev era o filho do meio do *Jeff'd Up*. Criação especial de Georgie – um misantropo de doze anos de idade e cara inexpressiva, um personagem que não gostava de nada e nunca fazia nada de que alguém gostasse.

Era nele que Georgie enterrava todo o seu ressentimento. Por Jeff German, pelo canal, pelo próprio Trev. Pelo fato de trabalhar num programa que era basicamente *Home Improvement* sem nada de bom – sem Jonathan Taylor Thomas e Wilson.

Trev era também a revelação do programa.

Georgie olhou desconfiada para a irmã.

– Você adora o Trev?

– Credo, eu não – disse Heather. – Mas todo mundo adora. Os "durões" da escola todos usam camisetas escrito "Que saco". E nem são, tipo, os "durões" descolados, que impõem respeito. Os deprimentes, banais, que escutam Insane Clown Posse.

– Não é "Que saco" – disse Kendrick, prestativo. – É mais um "Que saaaaaaco".

Heather riu.

– Ai, meu Deus, pai, você imita igualzinho!

– Que saaaaaaco – Kendrick repetiu.

"Que saco" era o bordão de Trev. Georgie tirou os óculos e esfregou os olhos.

A mãe balançou a cabeça e pôs um prato de macarrão com atum na mesa, depois tomou a cachorrinha de Kendrick e esfregou o rosto no focinho cinza e molhado dela.

– *Achou que eu tinha te esquecido?* – disse, com voz infantil. – *Não esqueci, não, mamãe.*

– Obrigada – disse Georgie, sentando-se à mesa, puxando o prato para perto.

Kendrick tocou-a no ombro.

– Eu gosto do Trev. Seu programa vai ser mais nessa linha?

– Não muito – ela disse, franzindo o cenho.

Ainda ficava incomodada quando Kendrick tentava ser paternal com ela. Era só três anos mais velho. "Você não é meu pai", ela tinha vontade de dizer às vezes. Como se tivesse doze anos. (Quando tinha doze anos, Kendrick tinha quinze. Ela podia ter flertado com ele no shopping.)

– *Enrolando* – disse Heather numa voz suave, tirando uma caixa de pizza da geladeira – é uma "dramédia" de uma hora. É alguma coisa mais alguma coisa mais outra coisa.

Georgie lançou um sorriso genuíno para a irmã. Pelo menos alguém escutava o que ela dizia.

– É *Square Pegs* – disse Georgie – mais *Minha vida de cão* mais *Caindo na real*.

Se Seth estivesse ali, acrescentaria "Mais algum programa que as pessoas assistem de verdade".

E então Scotty diria "Mais *The Cosby Show*!".

E então Georgie diria "Tirando os Cosbys", e se sentiria mal pelo piloto não ter mais diversidade. (Teria que ver isso com Seth no dia seguinte...)

Enrolando era um programa que capturava toda a angústia do ensino médio – todos os altos e baixos, todos os absurdos – para torná-los ainda mais altos e mais baixos e mais absurdos.

Pelo menos, era isso que visualizavam. Foi como Georgie apresentara para Maher Jafari no mês anterior. Ela estava com tudo naquela reunião. Tinha mandado muito bem.

Ela e Seth foram direto da sala de Jafari para o bar do outro lado da rua, e Seth ficou de pé no banco para brindar com ela, derramando nela o drinque como se fosse água benta.

– Você é incrível, Georgie McCool. Foi uma performance digna de Barbra Streisand. Você fez o cara rir em meio às lágrimas, você viu?

Depois ele começou a marchar em cima do banco. Georgie agarrou-o pelos tornozelos expostos: "Para, você vai cair!".

– Você – dissera ele, com a cabeça baixa e drinque para o alto – é minha arma secreta.

Heather estava curvada sobre a cadeira de Georgie, gesticulando com um pedaço de pizza fria.

– *Enrolando* já é meu programa preferido. E faço parte de uma parcela demográfica muito cobiçada.

Georgie engoliu a porção de macarrão que estava se demorando em sua garganta.

– Obrigada, linda.

– Já conversou com as meninas hoje? – perguntou a mãe. Trazia a cadelinha quase enfiada na cara, roçando o queixo entre as orelhas dela. Os olhinhos úmidos do bichinho se arregalavam a cada nova carícia.

Georgie fez uma careta e desviou o rosto.

– Não. Eu estava para ligar já.

– Qual é a diferença de fuso? – perguntou Kendrick. – Não é quase meia-noite lá?

– Ai, meu Deus. – Georgie largou o garfo. – É verdade.

O celular estava sem bateria, então ela foi até o aparelho marrom ainda acoplado à parede da cozinha.

Heather, Kendrick, a mãe e a cachorra ficaram todos assistindo. Outro cãozinho apareceu na cozinha, tamborilando as unhas no piso, e olhou para ela.

– Ainda tem um telefone no meu quarto? – Georgie perguntou.

– Acho que sim – disse a mãe. – Dá uma olhada no guarda-roupa.

– Legal. Vou lá...

Georgie saiu às pressas da cozinha, descendo pelo corredor.

A mãe havia transformado o quarto de Georgie na sala de troféus dos cachorros assim que ela se formou no ensino médio – o que era irritante, visto que ela só havia saído da casa de fato depois de terminar a faculdade.

– Onde mais posso colocar as fitas deles? – a mãe dissera quando Georgie protestou. – Eles ganham muitos prêmios. E você já está com um pé para fora de casa, de todo modo.

– Ainda não. No momento, estou com os dois pés em cima da cama.

– Tire os sapatos, Georgie. Isso aqui não é um celeiro.

A antiga cama de Georgie continuava no quarto. Assim como o criado-mudo, um abajur e alguns livros que ela nunca se lembrava de pegar. Abriu o guarda-roupa e fuçou numa pilha de bugigangas até encontrar um telefone amarelo daqueles antigos, com disco; ela mesma o comprara numa venda de garagem na época do colegial – porque ela tinha exatamente esse tipo de pretensão.

Nossa, como era pesado! Ela desenrolou o fio e espremeu-se embaixo da cama para plugá-lo. (Esquecera-se da sensação – do clique que a ponta do fio fazia ao se encaixar na tomada.) Depois subiu na cama e ajeitou o telefone no colo, respirando fundo antes de levar o aparelho ao ouvido.

Tentou primeiro ligar para o celular de Neal, mas a ligação não foi completada – a operadora deles era péssima em Omaha. Por isso, ela discou o número da casa da sogra, de memória...

Georgie e Neal haviam passado um verão separados: no terceiro ano da faculdade, logo depois que começaram a namorar. Ela ligou para ele, em Omaha, todas as noites daquele verão. Desse mesmo quarto, na verdade, com esse mesmo telefone amarelo.

Havia menos retratos de cachorros pendurados nas paredes, na época, mas já era o bastante para fazer Georgie ter vontade de se esconder sob as cobertas quando ficava acordada até tarde falando sacanagem com Neal. (Não era de se esperar que Neal ficasse safadinho ao telefone; ele nunca nem falava palavrões. Mas aquele foi um verão muito longo.)

A sogra atendeu após alguns toques.

– Alô?

– Oi, Margaret. Tudo bem? Sei que é tarde, desculpa. Sempre me esqueço do fuso horário. O Neal ainda está acordado?

– Georgie?

– Ah, desculpe. Sim, sou eu, Georgie.

A mãe de Neal ficou um instante calada.

– Só um minuto. Vou ver.

Georgie esperou, tensa, por algum motivo. Como se estivesse ligando para algum garoto de que gostava quando tinha catorze anos. Não o cara com quem estava casada havia catorze anos.

– Alô?

Neal parecia estar com sono. Voz rouca.

Ela se ajeitou na cama.

– Oi.

– Georgie.

– É... oi.

– Já é bem tarde aqui.

– Eu sei, eu sempre esqueço, desculpa. Fuso horário.

– Eu... – Ele bufou, frustrado. – Não pensei que você fosse ligar.

– Ah. Bom. Eu queria só ver se tava tudo bem.

– Cheguei bem.

– Que bom.

– Uhum...

– E sua mãe, tá bem?

– Tá bem. Os dois estão bem, tá todo mundo bem. Olha, Georgie, já é tarde.

– Eu sei. Neal, desculpa. Ligo amanhã.

– Mesmo?

– Claro. Quer dizer, ligo *mais cedo* amanhã. É que, humm...

Ele bufou de novo.

– Tá bom.

E desligou.

Georgie ficou ali sentada por um segundo, segurando o aparelho desligado no ouvido.

Neal desligou na cara dela.

Ela nem teve chance de perguntar das meninas.

E nem conseguiu dizer “te amo” – Georgie sempre dizia “te amo”, e Neal sempre dizia de volta, mesmo que apressadamente. Era como uma confirmação, uma prova de que os dois estavam ainda na mesma página.

Vai ver Neal estava chateado com ela.

É claro que estava chateado com ela; ele vivia chateado com ela – mas talvez estivesse mais chateado do que ela pensava.

Talvez.

Ou talvez só estivesse cansado. Estava de pé desde as quatro.

Georgie estava de pé desde as quatro e meia. Subitamente, sentiu-se cansada também. Pensou em voltar para o carro e retornar a Calabasas, para a casa vazia, na qual ninguém esperava por ela...

Preferiu tirar os sapatos e meter-se debaixo do antigo edredom. Bateu palmas para desligar a luz. Mesmo no escuro, dava para ver cinquenta pares de olhos de pugs tristonhos brilhando.

Ligaria para Neal no dia seguinte.

E começaria com "eu te amo".

TERÇA-FEIRA
19 DE DEZEMBRO DE 2013

CAPÍTULO 4

Havia um *post-it* da Pamela (a secretária) na porta da sala de Georgie. Devia ter passado batido por ele quando saíra na noite anterior.

> *Seu marido ligou enquanto você conversava com o Sr. German. Pediu para dizer que já chegaram e pra você ligar quando puder.*

Georgie já tinha tentado ligar para Neal duas vezes nessa manhã, a caminho do trabalho – queria algo para substituir aquela última conversa, empacada em sua mente –, mas ele não atendeu.

O que não era estranho. Neal costumava deixar o celular no andar de baixo ou no carro, ou se esquecia de tirar do silencioso. Jamais ignorava as ligações de Georgie *de propósito*. Até o momento.

Ela não quis deixar mensagem – congelava na hora. Mas pelo menos Neal veria que ela tinha ligado. Já era alguma coisa.

Ele soara tão distante na noite anterior...

Sem dúvida, Georgie o acordara. Mas tinha mais alguma coisa. O jeito como ele disse que a mãe estava bem – "os dois estão bem" –, por um segundo, fez Georgie pensar que talvez ele estivesse falando do pai.

O pai de Neal falecera há três anos. Era jardineiro de ferrovia, e teve um ataque do coração no trabalho. Quando a mãe ligou naquele dia,

Neal foi para o quarto sem dizer palavra. Foi a segunda vez na vida que Georgie o viu chorar.

Vai ver Neal estava desorientado na noite anterior, tendo acordado na casa dos pais, dormindo na antiga cama. Todas as lembranças do pai...

Ou talvez estivesse se referindo a Alice e Noomi. "Tá bem. Tá todo mundo bem."

Georgie pousou a xícara de café na mesa e plugou o celular.

Seth a observava.

– Você tá na TPM?

Poderia ser uma pergunta ofensiva para o ambiente de trabalho, mas não era. Não dava para trabalhar com a mesma pessoa todos os dias da sua vida adulta e nunca conversar sobre TPM.

Ou talvez até desse, mas Georgie adorava poder falar do assunto.

– Não. – Ela fez que não para o colega. – Tô bem.

– Não parece nada bem – ele disse. – É a mesma roupa de ontem?

Calça jeans. Uma das camisetas de banda do Neal, do Metallica. Um cardigã.

– A gente devia ir trabalhar na sala grande – ela disse –, a dos quadros brancos.

– Você está *mesmo* com as mesmas roupas de ontem – disse Seth –, e o visual já era péssimo ontem.

Georgie bufou.

– Passei a noite na minha mãe, tá? Sorte sua que tomei banho.

Usara o chuveiro de Heather, e o xampu dela. Estava com cheiro de cobertura de bolo.

– Passou a noite na sua mãe? Estava bêbada demais pra dirigir?

– Cansada.

Ele pareceu desconfiado.

– Ainda parece cansada.

Georgie franziu o cenho de volta para ele; Seth estava impecável, claro. Camisa xadrez, calça cáqui de alfaiataria com barra alta, sapato de camurça. Parecia ter acabado de sair da Banana Republic. Ou como Georgie imaginava que alguém assim pareceria – fazia anos que não punha os pés, de fato, numa dessas lojas. Comprava tudo pela internet, e somente quando não tinha mais como evitar.

Seth, contudo, jamais havia descuidado da aparência. Na verdade, foi melhorando com o tempo. Parecia não ter envelhecido um dia sequer desde 1994, na ocasião em que se conheceram.

A primeira vez que viu Seth, ele estava sentado ao lado da carteira de uma menina bonita, brincando com os cabelos dela. Georgie ficara animada só de ver outra mulher nas salas da *The Spoon*.

Descobrira, mais tarde, que a menina vinha somente às quartas-feiras para vender propaganda.

– Meninas não costumam curtir muito comédia – explicara Seth.

O que era muito melhor do que o que dizia a maioria dos caras da equipe:

– Meninas não são engraçadas.

(Depois de trabalhar na revista de humor da faculdade por quatro anos, Georgie acabou convencendo alguns deles a acrescentar um "a não ser você, claro".)

Ela escolhera a Universidade de Los Angeles por causa da *The Spoon*. Bem, e também pela disciplina de teatro e porque a ULA ficava perto o bastante da casa da mãe para que ela pudesse continuar morando lá.

Mas *The Spoon* era o motivo principal. Era a área de Georgie.

Começara a ler a revista no nono ano; costumava guardar edições anteriores e pregar as capas nas paredes do quarto. Todo mundo dizia que *The Spoon* era como a *Harvard Lampoon* da Costa Oeste – mais leve, de melhor aparência. Alguns dos roteiristas de comédia favoritos dela tinham começado lá.

Georgie aparecera nas salas da *Spoon*, um misto de laboratório de informática e sala de recreação no porão do grêmio estudantil, na primeira semana do primeiro ano de faculdade, disposta a qualquer coisa – até a fazer café ou revisar a seção de anúncios –, mas *querendo*, e muito, escrever.

Seth foi a primeira pessoa que ela conheceu lá. Estava no segundo ano e já era editor, e no começo era o único cara da equipe que fazia contato visual com Georgie nas reuniões do editorial.

Mas isso porque ele era o Seth, e ela era uma garota.

O passatempo favorito dele na época era dar atenção às garotas. (Outra coisa que nunca mudou.) Para a sorte dele, ao longo dos anos, elas sempre retribuíram a atenção.

Seth era radiante e bonitão – alto, olhos castanhos e cabelo ruivo escuro –, e se vestia como se tivesse acabado de sair da capa de um dos discos mais antigos dos Beach Boys.

Georgie acostumou-se com as camisas xadrez e calças cáqui de Seth.

Acostumou-se com ele, com *Seth*. Sempre se sentando na mesa dela ou se jogando no sofá ao lado dela. Acostumara-se a sempre ter a atenção dele na *Spoon* – porque era praticamente a única garota do local.

E porque os dois formavam um belo time.

Isso ficou muito claro quase imediatamente. Georgie e Seth riam das mesmas piadas, e eram mais engraçados juntos – assim que um deles entrava num lugar, o outro começava a se exibir.

Foi nessa época que ele começou a chamá-la de sua arma secreta. Os outros caras da equipe da *Spoon* viviam tão ocupados ignorando-a que acabaram não reparando em como ela era engraçada.

– Ninguém se importa com quem escreve suas séries favoritas – Seth dizia. – Ninguém liga se é um cara descolado de óculos retrô (eram os anos 1990) ou uma menina bonita de cabelo loiro (Georgie). Fique comigo, Georgie, e ninguém nem vai ver a gente passando.

Foi o que ela fez.

Depois de formada, ficou ao lado de Seth em cinco comédias de meia hora, cada uma um pouco menos terrível do que a anterior.

E agora finalmente tinham um sucesso, um grande sucesso – *Jeff'd Up* –, e quem se importava se era péssimo? (Quem se importava, além de Georgie? E Seth. E o resto da equipe de criação, amarga e desiludida.) Porque era um *sucesso*, e era deles.

E tudo teria valido a pena se o contrato desse certo.

Seth andava extasiado desde que receberam a ligação do escritório de Maher Jafari. Tinham achado, mesmo após a triunfante reunião, que Jafari não daria bola para *Enrolando*. Para eles. Enviara uma nota estranha que soava muito como rejeição. Mas então, dois dias atrás, a assistente dele ligara para dizer que o canal precisava substituir um programa no meio da temporada. Algo que pudessem produzir bem rápido. E a baixo custo.

– Maher disse que vocês dois têm algo de especial – dissera a assistente. – Conseguem fazer tudo em uma semana?

Seth prometera que fariam *tudo* numa semana.

– Podemos fazer tudo pra semana *passada* – afirmara.

Foi quando ele subiu de novo na mesa e dançou.

– Vai ser nosso *Sopranos*, Georgie, nosso *Mad Men*.

– Desce daí – dissera ela. – Vão pensar que você tá bêbado.

– Posso não estar. Mas estou *prestes* a ficar. O tempo é uma ilusão.

– Você é um *iludido*, isso sim. Não vamos conseguir escrever quatro roteiros antes do Natal.

Seth não parou de dançar. Ergueu o queixo e fingiu que girava um laço acima da cabeça.

– A gente tem até o dia 27. São quase dez dias inteiros.

– Dez dias em que vou estar em Omaha, Nebraska, celebrando o Natal.

– Foda-se Omaha. O Natal já chegou.

– Para de dançar. Seth. Fala comigo.

Ele tinha parado e feito careta para ela.

– Tá me escutando? *Maher Jafari quer o nosso programa*. Nosso programa, lembra? Aquele que viemos ao mundo pra escrever?

– Você acha mesmo que alguém vem ao mundo para escrever comédia de TV?

– Claro. Nós.

Desde então, estivera impossível – mesmo quando Georgie discutia com ele, mesmo quando o ignorava. Seth não parava de sorrir. Não parava de cantarolar, o que podia ser muito irritante. Mas Georgie estava acostumada a isso também.

Ela o fitara para perguntar sobre um prazo de *Jeff'd Up*...

E acabou só olhando mesmo.

Ele sorria sozinho, digitando um e-mail com os indicadores, só para fazer graça. As sobrancelhas dançavam.

Ela suspirou.

Eles deviam ter ficado juntos, Seth e Georgie.

Bom, tecnicamente, eles *tinham* ficado juntos. Conversavam diariamente desde o dia em que se conheceram.

Mas deviam ter ficado juntos-*juntos*. Todo mundo pensou que isso fosse acontecer – Georgie pensou que isso fosse acontecer.

Assim que Seth se cansasse das outras possibilidades, assim que esgotasse o seu séquito de admiradoras. Ele nunca teve pressa, e Georgie nunca tocara no assunto. Pegara uma senha. E esperou pacientemente.

Até que, um dia, cansou de esperar.

Depois que Seth foi para a sala dos roteiristas, Georgie resolveu tentar ligar de novo para Neal.

Ele atendeu depois de três toques.

– Alô?

Não. Não era o Neal.

– Alice? É você?

– Isso.

– É a mamãe.

– Eu sei. Sua música tocou no celular.

– Qual é a minha música?

Alice começou a cantar "Good day, sunshine".

Georgie mordeu o lábio.

– Essa é a minha música?

– É.

– Que música legal!

– É.

– Ei, cadê o papai?

– Lá fora.

– Lá fora?

– Tá limpando a neve – disse Alice. – Tá *nevando* aqui. O Natal vai ser com neve.

– Que gostoso! Foi boa a viagem de avião?

– Foi, sim.

– Qual foi a melhor parte?... Alice? – As meninas adoravam atender ao telefone, e adoravam ligar para as pessoas, mas sempre perdiam o interesse no meio da conversa. – *Alice*. Tá assistindo TV?

– Uhum.

– Dá pause um pouquinho pra falar com a mamãe.

– Não posso. Não tem como pausar aqui na casa da vó.

– Então desliga um pouquinho.

– Não sei desligar.

– Tá, então... – Georgie tentou não parecer irritada. – Tô com muita saudade!

– Eu também.

– Amo vocês... Alice?

– Humm?

– Deixa eu falar com a Noomi?

Ouviu-se um farfalhar, depois um baque, como se tivesse derrubado o telefone. Depois, finalmente:

– Miau?

– Noomi? É a mamãe.

– Miau.

– Miau. O que você tá fazendo aí?

– A gente tá assistindo *Tico e Teco*.

– A vovó ficou contente de ver vocês?

– Ela disse que a gente podia ver *Tico e Teco*.

– Legal. Amo você.

– Você é a melhor mãe do mundo!

– Obrigada! Olha, Noomi, diz pro papai que eu liguei. Tá bom?

– Miau.

– Miau. Diz pro papai, tá?

– Miau!

– Miau.

Georgie desligou, depois fuçou no celular por um minuto, vendo fotos das filhas. Odiava conversar com elas ao telefone; dava a sensação de que estavam ainda mais longe. E isso a fazia sentir-se indefesa. Como se, caso ouvisse algo de ruim acontecendo, não poderia fazer nada para impedir. Uma vez, Georgie ligara para casa da estrada, e tudo o que pôde fazer foi ficar ouvindo quando Alice derrubou o telefone na tigela de cereal e ficou pensando se pegava de volta ou não.

Além disso... as vozes das meninas eram mais agudas no telefone. Ficavam parecendo mais novas, e Georgie ouvia cada respiração. Fazia-a notar mais ainda quanto sentia a falta delas. Sentia falta de verdade. Elas cresciam e mudavam enquanto ela não estava por perto para acompanhar.

Se Georgie não falasse com as filhas durante um dia inteiro, era mais fácil fingir que o mundinho delas congelara, feito estátua, enquanto ela estava no trabalho.

Ela ligava todo dia. Geralmente, duas vezes.

Georgie, Seth e Scotty trabalharam em *Enrolando* até muito tarde. Trabalharam até Scotty pegar no sono, com a cabeça pendendo para trás, por cima do encosto da cadeira, o bocão aberto. Seth quis deixá-lo ali, desse jeito.

– Pelo menos sabemos que ele não vai se atrasar amanhã.

Mas Georgie ficou com pena. Ela virou três sachês de adoçante na boca do rapaz, e ele acordou espirrando. Depois ela o forçou a beber meia lata de Coca-Cola diet para ganhar ânimo antes de voltar de carro para casa.

Ela e Seth ficaram um pouco mais, olhos fixos no quadro por algum tempo depois que Scotty saiu. Haviam trabalhado principalmente nos personagens – desenharam uma árvore genealógica mostrando como todo mundo no programa era conectado, e pensando em histórias que poderiam ramificar de cada um.

Muito do que estavam fazendo era lembrar de todas as ideias que haviam criado ao longo dos anos, algumas das quais haviam definitivamente expirado. (*Chloe resolve ser emo, mas nunca entende do que se trata. Adam é defensor ferrenho de Monica Lewinsky.*) Fazia tanto tempo que conversavam sobre esses personagens que Georgie podia vê-los em sua mente – podia até fazer as vozes.

Seth arrancou algumas das notas pregadas na parede.

– Ainda é bom, não é? Em si? O programa... ainda está engraçado?

– Eu acho – disse Georgie. – Mas a gente não tá indo tão rápido quanto deveria.

– Como sempre. Mas a gente consegue.

– Sim.

Georgie esfregou os olhos. Quando parou, Seth sorria o sorriso que era só dela. Era menor do que os que ele oferecia aos demais. Era mais olhar. Menos dentes.

– Vá pra casa – disse ele. – Durma um pouco. Ainda parece exausta.

E estava mesmo.

Então ela foi.

CAPÍTULO 5

Quando Georgie chegou em casa, a porta da frente estava trancada. Ela se atrapalhou com as chaves por um instante.

Deixara algumas luzes acesas, então a casa não estava um breu – só dava essa impressão. Georgie notou que estava andando nas pontas dos pés. Pigarreou.

– Sou só eu – disse, em voz alta, para provar que podia.

Tentou lembrar da última vez que chegara numa casa vazia, e não conseguiu. Não nessa casa.

Tinham se mudado para Calabasas quando Georgie estava grávida de Noomi; a casa anterior, um bangalô verde-claro em Silver Lake, tinha apenas dois quartos, e havia mais estúdios de tatuagem e bares de karaokê na vizinhança do que crianças.

Georgie sentia falta de lá. Não dos estúdios de tatuagem nem dos karaokês... Ela e Neal não saíam muito, mesmo antes de Alice e Noomi. Sentia falta da casa. Do tamanho. Da proximidade. Sentia falta do projeto de jardim da frente, e do jacarandá contorcido que sempre despejava flores roxas grudentas em cima de seu velho Jetta na primavera.

Ela e Neal decoraram juntos aquela casa. Foram à loja de materiais de construção todo fim de semana durante um ano para discutir sobre tinta. Georgie sempre escolhia o tom mais saturado da cartela.

– Não dá pra escolher sempre a cor mais forte – Neal dizia.

– Mas a cor mais forte faz todas as outras perderem a graça.

– Você não tá olhando direito.

– Como isso é possível?

Neal quase sempre deixava a esposa vencer; a casa em Silver Lake parecia a moradia da Rainbow Brite – e dava para ver quais paredes haviam sido pintadas por Georgie, porque ela era péssima em pintar beiradas e cantos.

Os dois tinham empregos, na época. Neal trabalhava nos finais de semana. Então havia muitos dias e noites em que Georgie tinha a casa só para si. Assistia a programas de TV que Neal jamais assistiria junto com ela. (Tudo do Warner Channel.) E então, quando ele chegava, amontoava-se em cima dela no sofá e a incomodava até dar a hora de fazer o jantar.

Isso era quando Georgie ainda fingia que ajudava. Quando ficava junto dele na cozinha, tomando vinho, vendo-o picar legumes.

– Você podia viver disso – ela dizia. – Podia fatiar tomates num comercial de TV sobre produtos de utilidade doméstica, de tão bom que é nisso.

Então Neal picava com mais alarde ainda e brandia a faca por cima das fatias de tomate, com um floreio.

– Sério. Você podia ser um Iron Chef.

– Isso, ou trabalhar no Applebee's.

Georgie tinha lugar cativo no balcão da cozinha, e Neal trabalhava em volta dela. Ele servia vinho demais – e ficava oferecendo pedaços dos ingredientes antes do jantar ficar pronto, soprando no garfo até a porção esfriar o bastante para ela provar...

Quanto tempo fazia isso? Oito anos? Dez?

Georgie largou o celular e as chaves na mesa de centro, numa pilha de livros ilustrados de Noomi, e entrou na cozinha. O prato de guisado de salmão que Neal fizera duas noites antes ainda estava na geladeira. Ela não tivera vontade de comer no dia, mesmo estando morta de fome. Agora, nem se incomodou de esquentar; apenas pegou um garfo e levou o prato para a sala de estar, sentou-se no sofá e ligou a TV para ter um pouco de luz. Havia dois episódios novos de *Jeff'd Up* gravados, uma reprise e um especial de Natal de uma hora.

O especial havia sido um pé no saco para gravar. No roteiro, Jeff e Trev faziam amizade com um cachorro de rua que fingiam odiar. Jeff botava o cãozinho para fora de casa, depois Trev o deixava entrar. Então Jeff saía para procurar o bicho, no intuito de botá-lo de volta para dentro ele mesmo, aí era surpreendido e expulsava o animal mais uma vez. As reações pré-gravadas soltavam mais "ohhh" do que risos, e Georgie notou que o cara da sonoplastia tinha usado o mesmo efeito sonoro repetidamente.

O cachorro fora um equívoco.

Jeff German insistira para que usassem o cachorro *dele*, um beagle idoso que não obedecia e no qual ninguém mais podia tocar. Acabou que o menino que representava Trent era alérgico a cães; a mãe correu atrás dele o dia inteiro com uma dose de epinefrina. No fim das contas, ele não precisou, mas ficou de olhos inchados e lacrimosos.

– Tudo bem – dissera Seth. – Parece só que ele andou chorando.

– Vamos nos livrar do cachorro. Pensar em outra coisa.

– É você que não gosta de cachorro. Quer o quê? Um gato?

– Pensei mais num órfão.

– De jeito nenhum, Georgie. O canal vai mandar a gente ficar com ele.

Em geral, Georgie ficava trocando mensagens de texto com Seth enquanto assistiam *Jeff'd Up*. Mas seu celular estava plugado no outro canto da sala, e ela não estava a fim de se levantar.

Levantaria apenas se Neal ligasse.

O que provavelmente não aconteceria, não tão tarde – Neal não retornara sua ligação o dia todo.

Georgie tentara falar com ele meia dúzia de vezes desde o almoço, e toda vez a ligação iria parar na caixa postal. Tentara ligar na casa da sogra também, mas só dava ocupado. (Fazia tanto tempo que Georgie não ouvia o toque de um telefone ocupado que ficou meio confusa.)

Ela deixou o prato vazio na mesa de centro e puxou a coberta até os ombros.

– Ohhhh... – disse a plateia na TV.

Georgie olhou para o teto. Neal pintara ali um arranjo de flores. Começavam num canto, depois iam descendo pela parede. Azuis com estrelinhas brancas – não se lembrava como era o nome delas.

Foi Neal quem escolhera essa casa. Em Calabasas. Gostara da varanda e do jardim. Da cozinha ampla. Do fato de ter dois andares e porão. (A casa em Silver Lake tinha um andar e meio, com o quarto na metade superior. Neal odiava escutar o barulho da chuva caindo sobre o teto à noite.)

Georgie estava grávida de cinco meses quando se mudaram, então não pôde ajudar a pintar. (Por causa do cheiro da tinta.) Além disso, ela e Seth estavam trabalhando como *showrunners* na época, então os horários dela eram malucos – e ela se sentia um trapo.

Sentiu-se um trapo durante toda a gravidez. Ganhara mais peso com Noomi. Sentia mais dor. Os dedos ficaram tão inchados e roxos que ela os fitava enquanto digitava, imaginando ser Violet Beauregarde – imaginando que Seth teria que tirá-la rolando da sala dos roteiristas quando entrasse em trabalho de parto.

(Ela acabou não entrando em trabalho de parto. Georgie era ótima em ficar grávida, mas não tão boa em deixar que os bebês saíssem. Nunca teve uma contração decente com nenhuma das meninas.)

Georgie ficara aliviada quando Neal começou a pintar as paredes sem ela. No começo, escolhera cores mais fracas – havia poucos quartos vivos *a la* Georgie. Boa parte da casa era branca. Ou amarelo pálido. Ou azul aguado.

Ele começara a pintar murais fazia alguns anos, quando Noomi não era mais bebê de colo e ficava bonitinha brincando com Alice no chão. Georgie chegou em casa certa noite e encontrou um salgueiro chorão saindo do armário.

Neal pintava paisagens terrestres e marítimas. E o céu. (Conta como paisagem?) Pintara murais por toda a casa, nunca terminando um antes de começar outro. Georgie nunca perguntou por quê.

Neal não gostava que lhe fizessem perguntas. Ficava todo tenso. E dava uma resposta seca. Tipo, não importa o que você quer saber, não é da sua conta.

Como se nada fosse da conta de ninguém.

Como se ninguém devesse fazer perguntas que não precisassem absolutamente ser respondidas.

Georgie ficara muito boa, ao longo dos anos, em não fazer perguntas. Às vezes, nem percebia que não as fazia.

Essa casa era realmente muito melhor do que a antiga...

Neal era melhor na escolha das cores e no arranjo dos móveis do que Georgie. Além disso, as roupas eram lavadas, de fato, agora que era ele quem ficava a cargo disso.

– Não acaba nunca – dizia ele.

– A gente podia contratar alguém – Georgie oferecia.

– Não precisamos contratar ninguém.

Os vizinhos tinham faxineira e babá, um cara para cortar grama e outro para limpar a piscina, e um rapaz que cuidava do cachorro a domicílio. Neal odiava todos.

– Não precisamos ter uma equipe maior do que a nossa família. Não moramos numa mansão.

– Como os Malfoy – dizia Alice. – Que têm elfos domésticos.

Neal estava lendo os livros do Harry Potter para ela.

Era ele quem cortava a grama. De calça cargo velha e camisetas que usava desde o colegial. Tinha sempre cheiro de filtro solar, porque se não usasse, queimava-se de imediato. Mesmo com o filtro solar, a nuca vivia vermelha.

Neal podava as árvores. Neal guardava botões de tulipa na geladeira e desenhava planos para o jardim atrás de recibos do supermercado. Espalhava catálogos de sementes na cama e fazia Georgie dizer quais plantas mais a agradavam.

– Berinjela roxa ou branca? – perguntara ele no último verão.

– Tem como plantar berinjela branca? É igual... feijão preto roxo.

– Mas existe feijão roxo. E laranja amarela.

– Para. Tá me deixando louca.

– Ah, vou te deixar maluquinha. Mocinha.

– Tá dando em cima de mim, é?

Virou-se então para ela, tampa da caneta na boca, pendendo a cabeça.

– Uhum. Acho que sim.

Georgie olhou para seu moletom velho. Para as calças de ioga puídas.

– Isso aqui é o que te excita?

Neal abriu quase um sorriso inteiro, deixando cair a tampa da caneta.

– Até agora, sim.

Neal...

Ela ligaria na manhã seguinte. E não desistiria até falar com ele. Era só – foram apenas uns dias estranhos. Georgie andava ocupada. E Neal andava ocupado. E o fuso horário estava contra o casal.

E ele estava muito bravo com ela.

Ela daria um jeito; não o culpava. Ficaria tudo melhor pela manhã.

Glória-da-manhã, pensou Georgie consigo pouco antes de adormecer.

SEXTA-FEIRA
20 DE DEZEMBRO DE 2013

CAPÍTULO 6

Uma ligação perdida.

Droga, droga, droga.

Georgie acordara no sofá meia hora depois do horário em que o alarme teria soado caso ela tivesse se lembrado de programá-lo. Correu para o andar de cima para tomar uma ducha, depois vestiu uma calça jeans limpa e a camiseta do Metallica. (Ainda tinha mais o cheirinho do Neal do que o dela.)

Quando foi pegar o celular a caminho da porta, viu a mensagem de alerta:

Uma ligação perdida.

Contato de Emergência

Era assim que Neal aparecia nos contatos de Georgie. (Por via das dúvidas.) (Caso necessário.) Tinha uma mensagem de voz também – ela pôs para ouvir, mas Neal não deixara nada, apenas meio segundo de silêncio. Devia ter ligado enquanto ela tomava banho.

Georgie ligou logo em seguida, entrou na caixa postal dele e começou a falar assim que ouviu o bipe.

– Oi – disse. – Sou eu. Perdi sua ligação, mas não vou perder de novo. Me liga. A hora que quiser. Não vai interromper nada.

Assim que desligou, se sentiu muito boba. Porque é claro que ele interromperia. Por isso ela ficara em L.A., porque não podia ser interrompida.

Droga.

Georgie estava péssima naquela manhã.

Seth fingia não notar. Fingia também não ter notado a camiseta do Metallica.

– É tão estranho estar escrevendo outro programa aqui – disse Scotty, olhando ao redor, na sala dos roteiristas. – É como transar na cama dos pais. – Estava sentado no lugar de sempre, na ponta da mesa de conferência, mesmo havendo oito lugares vazios perto de Seth e Georgie. – Queria que a secretária estivesse aqui pra fazer café pra gente. Georgie, você sabe fazer café?

– Tá brincando.

Scotty revirou os olhos.

– Não quis ser sexista. É que eu não sei mesmo como é que liga a cafeteira. Essa parte era pra ser óbvia.

– Hmm, bom, eu também não sei – ela disse.

Seth olhou para Scotty, desviando o olhar do notebook.

– Por que não vai *você* comprar café pra gente? – perguntou. – Não vamos precisar de nenhuma piada de peido por pelo menos meia hora.

– Vai se ferrar – disse Scotty. O rapaz fez uma careta para o pôster de *Jeff'd Up* pendurado na parede. – É igual transar na cama do *Jeff German*.

– Ninguém tá transando aqui – disse Georgie. – Vá comprar café.

Scotty levantou-se.

– Odeio deixar vocês sozinhos. Vocês esquecem que eu existo.

– Não te esqueci – disse Seth, pegando o celular. – Estou te passando nossos pedidos por SMS.

Assim que Scotty se foi, Seth rolou sua cadeira para perto de Georgie e descansou a cabeça no braço da cadeira dela.

– Já vi você usar a cafeteira.

– É pelo princípio da coisa.

– Isso quer dizer que não vai mexer no quadro também?

– Não sou sua secretária.

– É, mas você não confia no Scotty pra tomar nota, e não entende a minha letra.

Georgie levantou-se, relutante, encontrou um marcador e começou a atualizar o progresso da equipe no quadro. Na verdade, gostava muito de ser quem escrevia as coisas. Era como ter as rédeas nas mãos.

Na faculdade, Georgie digitava enquanto Seth zanzava pelas salas da *Spoon*, pensando alto. Depois ele ficava todo indignado quando a revista voltava da gráfica:

– Georgie. Cadê minha piada sobre o Unabomber?

– Só Deus sabe. Deve ter ficado presa em Montana.

– Era uma ótima piada, que você cortou.

– Era uma piada? Olha, seria bem mais fácil pra mim se você fizesse piadas engraçadas. Eu não ficaria tão confusa.

No segundo ano, Georgie e Seth escreviam uma coluna juntos na página dois da *Spoon*. Georgie finalmente começava a se sentir como parte da equipe. Como se fosse boa o bastante.

Compartilhava uma mesa com Seth também nessa época; foi quando começaram a se acostumar com isso. Ele gostava de tê-la perto o bastante para poder puxar seu cabelo, e ela gostava de tê-lo perto o bastante para chutar.

– Ai, Georgie, doeu de verdade! Você tá calçando Doc Martens.

Georgie lembrou-se do chilique referente ao Unabomber porque foi no meio dele que ela viu Neal pela primeira vez na *Spoon*. Seth estava dizendo que queria que a coluna fosse mais política. Mais "seca"...

– Consigo ser mais seco, Georgie, não me diga que...

– Quem é aquele? – ela interrompeu.

– Quem?

– Aquele cara que acabou de entrar na sala da produção.

Seth inclinou-se para trás, para enxergar.

– Qual?

– Blusa azul.

– Ah. – Ele voltou. – É o hobbit dos quadrinhos. Não conhece o hobbit dos quadrinhos?

– Não. Por que o chama assim?

– Porque ele faz aquele troço, sabe, os quadrinhos, na parte de trás. – Seth tinha uma cópia da *Spoon* e estava escrevendo a piada sobre o Unabomber na margem da coluna deles. – Uma já foi; faltam 4099 cópias.

– É ele que escreve *Parem o sol*? A tirinha?

– Escreve. Desenha. Rabisca.

– É a parte mais engraçada da revista.

– Não, Georgie, nós somos a parte mais engraçada da revista.

– É o Neal Grafton?

Ela tentava olhar para a sala de produção sem virar muito o rosto.

– O próprio.

– Por que nunca tinha visto ele aqui antes?

Seth olhou para ela e fez cara de desconfiado.

– Não sei. Ele não é muito sociável.

– Já falou com ele?

– Tá a fim do *hobbit dos quadrinhos?*

– Acabei de ver o cara. Só acho ele talentoso pra caramba. Pensei que a tirinha fosse licenciada. Por que chama ele de hobbit?

– Porque ele é baixinho e gordo e parece um hobbit.

– Não é gordo.

– Você mal viu o cara.

Seth quase subiu em cima de Georgie para pegar a cópia dela da revista e começou a escrever sua piada atrás da capa.

Ela inclinou as costas na cadeira e espiou a sala de produção. Dava para ver Neal curvado sobre uma mesa de desenho, atrás de uma viga.

– *Nós* somos a parte mais engraçada da revista – Seth murmurou.

Scotty trouxe o café, que não ajudou em nada.

Georgie estava com dor de cabeça. E de estômago. E o cabelo ainda cheirava ao xampu adocicado de Heather, mesmo ela tendo lavado de novo.

Disse para si mesma que só estava cansada. Mas a sensação era diferente – parecia medo. O que não fazia o menor sentido. Não havia nada errado, nenhuma novidade. Apenas...

Fazia dois dias e meio que não falava com Neal.

E nunca tinham ficado tanto tempo assim sem se falar. Desde que se conheceram. Bom, praticamente desde que se conheceram.

Não é que tudo era sempre... (Que palavra ela queria usar? *Perfeito*? *Tranquilo*? *Gostoso*?) Não é que tudo era sempre... *fácil* entre Georgie e Neal.

Às vezes, mesmo quando estavam se falando, não se falavam de verdade. Às vezes só negociavam um com o outro. Mantendo-se informados.

Mas nunca havia sido desse jeito. Silêncio total.

Sempre houvera a voz dele.

Georgie se sentiria melhor se pudesse ouvir a voz de Neal.

Quando Seth saiu para comprar o almoço, ela se enfurnou na sala para tentar ligar para ele mais uma vez. Discou o número do celular e esperou, tamborilando os dedos na mesa.

– Alô? – alguém atendeu, em dúvida, como se a pessoa não tivesse certeza de que aquilo era um celular e que ela estava mesmo atendendo a ligação. Era a mãe de Neal.

– Margaret? Oi, é a Georgie.

– Georgie, olá! Não tinha certeza se isso era um celular tocando ou um iPod. Pensei que estivesse atendendo a um iPod.

– Que bom que testou. Como vai?

– Sabe, a Naomi tava assistindo TV nesse negócio, agora há pouco. Bem de frente a uma televisão que funciona perfeitamente. Estamos no futuro, né? Nem tem formato de telefone. Parece um baralho...

Margaret era a única pessoa que chamava Noomi pelo nome de batismo. Georgie sempre estranhava – mesmo tendo sido ela quem escolheu o nome.

– É verdade – disse Georgie. – Nunca tinha pensado nisso. Tudo bem com você, Margaret? Desculpe por ter ligado tão tarde no outro dia.

– Georgie, tá me ouvindo?

– Tô ouvindo direitinho.

– Porque não sei onde fica o microfone. Esse telefone é tão pequeno!

– É pequeno mesmo.

– Coloco no ouvido ou na boca?

– Humm – Georgie teve que pensar um pouco, mesmo usando um celular muito parecido –, no ouvido. Acho.

– Meu celular é daquele que abre. Parece mais com telefone de verdade.

– Acho que sua mãe tem síndrome de Asperger – Georgie dissera a Neal certa vez.

– Ninguém tinha isso nos anos 1950.

– Só tô dizendo que talvez ela possa ter.

– Ela é só uma professora de matemática.

– Margaret – Georgie forçou-se a sorrir, esperando que isso a fizesse parecer menos impaciente –, o Neal tá por aí?

– Tá, sim. Quer falar com ele?

– Seria *ótimo*. Quero. Obrigada.

– Ele acabou de levar as meninas na Dawn. Ela tem uma calopsita, sabe? E achou que as meninas iam querer ver.

– Dawn – disse Georgie.

Dawn, a vizinha. A vizinha perfeita, *literalmente*. Dawn, ex-quase-noiva de Neal. (Não devia contar se não chegou a ter aliança, né? Se foi apenas um acordo de férias de verão.)

Meu Deus. Meus sais. Porra.

Por que Neal não podia ter uma fileira de ex-namoradas? Garotas com quem conversara, com quem saíra. Garotas que usara para sexo, e se sentira mal depois... Por que tinha que ter só a *Dawn*?

Dawn sempre passava na casa da mãe de Neal para dar "oi" quando estavam na cidade; vivia na casa ao lado e cuidava dos pais.

Dawn tinha belos olhos castanhos e cabelo castanho liso. Era enfermeira. Divorciada. Comprara para as meninas bichinhos de pelúcia que elas levaram consigo para a Califórnia – e agora vivem em suas camas.

A cabeça de Georgie doía. O cabelo cheirava a cupcake envenenado.

– Amadeus! – disse Margaret, como se tivesse se lembrado de algo.

– Como? – Georgie perguntou, pigarreando.

– Amadeus. A calopsita de Dawn. Uma graça, o pássaro.

– Você podia só dizer que eu liguei.

Margaret ficou calada por alguns segundos e então disse:

– Ah, tá falando do Neal.

– É. Isso.

– Claro, tudo bem, Georgie. Eu aviso.

– Obrigada, Margaret. Peça pra ele me ligar quando quiser.

– Claro. Ah, espera, antes de desligar, feliz Natal, Georgie! Estou torcendo pro seu programa novo ser escolhido.

Georgie hesitou. E lembrou-se de que gostava muito da mãe de Neal.

– Obrigada, Margaret. Feliz Natal. Dê um abraço nas meninas por mim.

– Georgie, espera, como é que desliga isso aqui?

– Eu desligo por aqui. Você não precisa fazer nada.

– Ah, tá, obrigada.

– Vou desligar, Margaret. Feliz Natal.

– É engraçado, né? – Seth perguntou, depois repetiu a piada pela quarta vez. – Tem graça? Ou é só esquisita?

Georgie não sabia dizer. Estava com dificuldade de manter o foco.

– Preciso de um tempo – disse Scotty. – Não consigo nem enxergar.

– Não pare agora – Seth ordenou. – É nesse ponto que acontece a mágica.

– É nesse ponto que eu vou pegar um *frozen yogurt*.

– Você só pensa em comer. Come, depois já começa a pensar na próxima coisa que vai comer.

– Comer é a única coisa que acaba com a monotonia – retrucou Scotty.

Seth exasperou-se.

– Isso não é monotonia. É a porra do nosso sonho.

– Vai ser – disse Scotty. – Quando eu tiver um iogurte.

– Georgie. Fala pra ele. Nada de *frozen yogurt* até ele falar alguma coisa engraçada.

Georgie estava esparramada na cadeira, com os pés na mesa e os olhos fechados.

– Não consigo falar. Muita mágica acontecendo.

– Quer um *frozen yogurt*, Georgie? – Scotty ofereceu, parado na porta.

– Não, obrigada.

Ela ouviu a porta fechando. Depois sentiu uma caneta quicar em seu ombro.

– Melhor você tirar uma soneca – disse Seth.

– Humm.

– A gente precisava de um sofá. *Enrolando* vai ter um sofá. Lembra do sofá na *Spoon*? Aquele era dos bons para cochilar.

Georgie se lembrava. Era de veludo cinza e tinha as almofadas gastas. Se Georgie se sentava nele, Seth se sentava bem ao lado dela, mesmo tendo mais espaço. Mesmo quando não tinha espaço. Gostava de descansar a cabeça no colo ou no ombro dela. Quando ele não estava namorando, ela permitia. (Ele vivia namorando.)

Seth era um paquerador incorrigível. Mesmo com Georgie – talvez *principalmente* com Georgie.

Nos primeiros meses depois que se conheceram, ela ficava empolgada com toda aquela atenção. Depois – quando notou que Seth paquerava todo mundo, e que estava sempre *ativamente* procurando outras meninas –, ficou de coração partido.

Logo passou a ser ruído. Como a tagarelice dele. Como o cantarolar. Georgie gostava, mesmo quando não estava prestando atenção. Sentado no sofá, cabeça no ombro dela, o cabelo castanho-avermelhado pinicando a orelha dela...

Estavam esparramados no sofá na segunda vez que Georgie viu Neal. Seth tinha uma namorada na época – pernuda, rosto anguloso, atriz –, então tinha encostado a cabeça no sofá mesmo. Georgie cutucou-o com o cotovelo.

– Olha lá ele de novo.

– Ai. Quem?

– O cartunista.

– O hobbit?

– Vou lá me apresentar.

– Por quê?

– Porque a gente trabalha junto – disse Georgie. – É o costume.

– Ele não trabalha aqui. Só entrega as tirinhas.

– Vou lá me apresentar. E dizer como gosto do trabalho dele.

– Vai se arrepender – Seth avisou. – Ele é carrancudo. É o hobbit menos amigável do Condado.

– Para de falar de Tolkien comigo. Só me lembro do Frodo.

Seth deitou a cabeça no ombro dela.

Georgie o repeliu.

– Vou lá. Me apresentar.

E saiu do sofá.

– Tá – ele resmungou. – Espero que sejam muito felizes juntos. O casalzinho hobbit com um monte de bebezinhos hobbits rosadinhos.

Georgie voltou-se para ele, sem parar de andar.

– Não tenho nada de hobbit.

– Você é baixinha, Georgie. – Ele se esparramou no sofá. – E redonda. E tem a cara simpática. Aceite.

Georgie entrou na sala de produção e parou. Os roteiristas quase nunca entravam na sala de produção. Os artistas viviam lá – e o pessoal da colagem nas noites em que a *Spoon* saía pra gráfica.

Neal estava sentado numa mesa de desenho. Tinha uma tirinha de quadrinhos diante dele, e abria um potinho de nanquim. De algum canto vinha uma música do Foo Fighters, tocando no rádio.

Georgie pensou em voltar para o sofá. Mas ficou e disse:

– Oi.

Neal olhou para ela sem erguer a cabeça, depois voltou para a tirinha.

– Oi.

Usava uma camiseta preta por baixo da camisa de flanela, e seu cabelo era escuro e curto, quase militar.

– Você é o Neal, né?

Ele continuou fitando a revista.

– Isso.

– Meu nome é Georgie.

– Ah, é?

– Como?

– É de verdade? – ele perguntou.

– Hã, sim.

– Pensei que fosse pseudônimo. Georgie McCool. Parece pseudônimo.

– Você sabe o meu nome?

Neal finalmente olhou para ela. Com os redondos olhos azuis e praticamente a cabeça toda.

– Tem uma foto sua na *Spoon* – ele disse.

– Ah. – Georgie não levava muito jeito com os rapazes, mas costumava ser melhor do que isso. – É mesmo. Você também. Quer dizer, tem a sua tirinha. Eu vim falar com você sobre a sua tirinha.

Neal estava novamente concentrado no papel. Usava uma caneta de modelo antigo; parecia uma caneta-tinteiro de ponta comprida.

– Algum problema?

– Não – ela disse. – É só que... eu gosto. Eu ia dizer que gosto muito.

– E não vai mais?

– Hã...

Ele a olhou nos olhos após um segundo, e ela pensou ter visto um sorriso ali.

E sorriu de volta.

– É. Gosto muito. Acho a parte mais engraçada da revista.

Ela teve quase certeza de que Neal estava sorrindo. Mas era apenas um tique nos lábios.

– Sei lá – disse ele. – Parece que as pessoas gostam mais do horóscopo...

Georgie escrevia o horóscopo. (Sob um personagem, mais ou menos. Era difícil explicar.) Neal *sabia* que era ela quem escrevia o horóscopo. Sabia o nome dela. Tinha mãos pequenas que se moviam com controle absoluto pelo papel, deixando uma linha grossa, reta.

– Não sabia que você usava tinta de verdade – disse ela.

Ele fez que sim.

– Posso ficar vendo?

Ele fez que sim mais uma vez.

CAPÍTULO 7

A mãe de Georgie tinha um colo espetacular. Bronzeado, sardento, robusto.

– Genética – disse ela ao flagrar Georgie fitando.

Heather enfiou um pote de vagem no braço de Georgie.

– Você tava olhando os peitos da mamãe?

– Acho que sim. Tô meio cansada. E ela tá meio que implorando, com essa blusa.

– Ah, claro – disse Heather. – Põe a culpa na vítima.

– Na frente do Kendrick, não – disse a mãe. – Ele está ficando vermelho.

Kendrick sorriu para o prato de macarrão e balançou a cabeça.

A mãe a surpreendera com o celular na mão, naquela tarde, quando Georgie esperava que Neal ligasse.

– Vou fazer um jantar pra você. Está me preocupando.

– Não precisa – disse Georgie. – Não se preocupe.

Mesmo assim, concordou em aparecer quando saísse do trabalho.

A mãe fizera macarrão com almôndegas caseiras, e bolo invertido de abacaxi de sobremesa. E todo mundo esperou que Georgie chegasse para começar a comer, então ela não se sentiu à vontade para sair da mesa correndo e ligar para o Neal. (Eram quase sete e meia da noite, nove e meia em Omaha.)

Georgie tentara ligar para o celular de Neal duas vezes no caminho para a casa da mãe. As ligações caíram direto na caixa postal – o que não significava necessariamente que ele ainda estava na casa da Dawn, mas também não provava que não estava.

(Era bobagem preocupar-se com Dawn. Neal era adolescente quando namorou com ela.)

(Mas os maridos não acabavam abandonando as esposas assim que as acompanhantes da formatura apareciam no Facebook deles?)

(Além disso, Dawn não envelhecia. Em nenhum sentido da palavra. Era sempre bom vê-la, e ela estava sempre bem. A última vez que Georgie a vira, no funeral do pai de Neal, ela parecia nunca ter sido retirada da caixa.)

– Falou com as meninas hoje? – perguntou a mãe.

– Falei ontem.

– Como elas estão lidando com tudo isso?

– Bem. – Georgie quase engasgou com meia almôndega. – Não tem nada com que lidar, tá?

– As crianças são perspicazes, Georgie. São como os cachorros – ela ofereceu uma almôndega com o próprio garfo para o pug sentado em seu colo –, sabem quando as pessoas estão infelizes.

– Acho que você acaba de antropomorfizar ao inverso as suas próprias netas.

A mãe brandiu o garfo, desprezando o comentário.

– Você entendeu.

Heather inclinou-se para Georgie e suspirou.

– Às vezes eu sinto que sou a filha. E às vezes, sinto que sou o cachorro que tem menos prêmios.

Heather estava comendo macarrão também, mas numa dessas embalagens nas quais os restaurantes colocam as sobras para levarmos embora. Georgie achou melhor nem perguntar por quê. Olhou para o relógio – sete e quarenta e cinco.

– Gente, prometi que ligaria pro Neal mais cedo. – Prometera à caixa postal, na verdade. – Vou lá usar o telefone no meu quarto, tudo bem?

– Mas você nem terminou de comer – protestou a mãe.

Georgie já estava na metade do corredor.

– Volto já!

O coração batia acelerado quando ela entrou no quarto. Estava tão fora de forma assim? Ou apenas nervosa?

Ela envolveu o gancho do telefone amarelo com os dedos e sentou-se na cama, repousando-o no colo e esperando para recobrar o fôlego.

Atende, por favor, pensou, imaginando os sérios olhos azuis de Neal e a expressão sisuda. Imaginando o rosto pálido e forte. *Por favor. Só preciso muito ouvir a sua voz agora.*

Começou a discar o número, depois desligou e tentou o telefone fixo – talvez fosse melhor contar com Margaret para atender; a geração dos pais deles ainda se sentia moralmente obrigada a atender telefonemas.

Georgie ficou escutando o toque, tentando apaziguar as borboletas em seu estômago. Tentando esmagá-las, na verdade, em pedacinhos de borboleta.

– Alô?

Neal. Finalmente.

Neal. Neal. Neal.

As borboletas explodiram de volta à vida e começaram a voar até a garganta de Georgie. Ela as engoliu.

– Oi.

– Georgie – ele disse, como se confirmasse alguma coisa. Confirmasse gentilmente.

– Oi – ela repetiu.

– Achei que não fosse ligar de novo.

– Eu disse à sua mãe que iria. E disse na última vez que conversamos. Por que não ligaria?

– Sei lá, não pensei que você fosse ligar naquele dia também.

– Eu te amo – ela soltou.

– Quê?

– Na última vez... você desligou antes de eu poder dizer que te amo.

– Então você ligou só pra dizer que me ama?

– Eu... – Georgie estava tão confusa. – ... liguei pra ver se você tinha chegado bem. Saber como você está. Como estão as meninas.

Neal riu. Não um riso gostoso. Era o efeito sonoro que suas defesas faziam quando entravam em ação.

– As meninas – disse ele. – *As meninas* estão bem. Tá falando isso por causa da Dawn? Porque eu não a vi.

– Quê? Sua mãe disse que você foi lá hoje.

– Quando você falou com a minha mãe?

– Hoje. Ela disse que a Dawn ia te mostrar a calopsita dela. Amadeus.

– O nome da calopsita é Falco.

Georgie fez careta, defensiva.

– Desculpa. Não sou *expert* nas calopsitas da Dawn.

– Eu também não.

Ela balançou a cabeça e tirou os óculos, e tapou os olhos com a mão.

– Neal. Olha. Desculpa. Não foi por isso que eu liguei.

– Tá. Ligou pra dizer que me ama.

– Isso. Na verdade, foi por isso. *Te amo*.

– Bom, também te amo. O problema não é esse, Georgie.

A voz dele era quase um sussurro.

Georgie sussurrava também:

– Neal. Não sabia que você estava tão chateado. Devia ter dito que estava triste assim antes de viajar. Eu não teria deixado você ir. Teria ido junto.

Ele riu de novo, e dessa vez foi pior ainda.

– Eu devia ter dito? – ele reclamou. – Mas eu *disse*. Falei que não aguento mais. Eu disse que te amo, mas que não acho que é o bastante, não sei se algum dia vai ser o bastante. Eu disse: "eu não quero viver assim, Georgie", lembra?

Georgie ficou sem palavras. Lembrava-se de tudo. Mas...

– Só um minuto – Neal disse baixinho. – Não quero ter essa conversa perto dos meus pais... – O que ele disse em seguida saiu abafado: – Pai, pode desligar aqui quando eu chegar lá em cima?

– Claro. Diga à Georgie que eu disse "oi".

– Diga você mesmo. Ela tá na linha.

– Georgie? – alguém disse ao telefone. Alguém que não era o pai de Neal. Não podia ser.

– Sr. Grafton?

– A gente ficou chateado de você não ter vindo passar o Natal esse ano. Fizemos até nevar e tudo mais pra você.

– Desculpa não ter ido – disse Georgie. Deve ter dito, pois ouviu-se dizendo.

– Bom, quem sabe ano que vem? – disse ele. *Ele que não era, que não poderia ser o pai de Neal, que estava morto. Que morrera no trabalho três anos antes.*

Ouviu-se um clique, depois o som grave de outro telefone na linha.

– Já atendi, pai, obrigado.

– Até mais, Georgie – disse o pai de Neal. – Feliz Natal.

– Feliz Natal – ela respondeu. Automaticamente.

Mais um clique.

Georgie estava congelada feito estátua.

– Georgie?

– Neal?

– Tá tudo bem? Tá chorando?

Ela estava, sim, chorando.

– Só... estou muito cansada. Não tenho dormido, e *Neal*, meu Deus, eu imaginei uma coisa tão esquisita. Imaginei que seu pai tinha me falado feliz Natal. Não é...

– Ele disse mesmo.

Georgie levou um susto.

– Georgie?

– Acho que eu não devia estar no telefone agora.

– Georgie, espera.

– Não posso falar agora, Neal. Melhor... melhor eu desligar.

Georgie bateu o telefone no gancho, fitou por um segundo, talvez dois, depois jogou-o para longe de si. O aparelho caiu no chão com um baque pesado. O telefone voou e foi parar em baixo do criado mudo.

Ela ficou olhando para ele.

Aquilo não estava certo. Nada daquilo estava certo.

O pai de Neal estava morto. Neal sempre dizia "te amo". E sabia quem eram "as meninas".

E também... também, principalmente – principalmente, *principalmente* –, o pai de Neal estava morto.

Georgie estava... Devia estar imaginando coisas.

Exausta. Estava exausta.

E chateada. Estresse demais. Pouco sono.

E mais, alguém podia tê-la drogado – isso era possível. Era mais possível do que o pai de Neal *voltar do além* para desejar feliz Natal. O que não. Podia. Ter. Acabado. De acontecer.

O que mais não acontecera nesse dia? Ela tinha ido trabalhar? Passara a noite anterior no sofá? Será que estava dormindo ainda?

Acorda! Porra, acorda logo, Georgie!

Quem sabe quando acordasse, quando acordasse mesmo, veria Neal deitado ao lado dela. Talvez nem estivessem brigando. (Estavam brigando?) Talvez, no mundo real, no mundo desperto, Georgie e Neal nem chegaram a brigar.

– *Sonhei que as coisas estavam exatamente como estão agora* – ela diria quando acordasse –, *mas não estávamos felizes. E era Natal, e você tinha me deixado...*

– Georgie? – a mãe chamou da cozinha. A não ser que Georgie estivesse sonhando isso também. – Você tá bem?

– Tudo bem! – Georgie gritou de volta.

A mãe veio até o quarto mesmo assim.

– Ouvi um barulho – disse, da porta. Olhou para o telefone, receptor separado do aparelho, jogado no chão. – Tá tudo bem?

Georgie esfregou os olhos.

– Tudo. É só que... – ela balançou a cabeça – sei lá, acho que estou tendo um colapso nervoso.

– Claro que está, querida. Seu marido te deixou.

– Ele não me deixou – disse Georgie. Mas talvez tivesse deixado. Talvez por isso Georgie estivesse se despedaçando. – Acho que preciso descansar.

– Boa ideia.

– Ou talvez precise de um drinque.

A mãe entrou no quarto e pegou o telefone, que devolveu ao criado mudo.

– Não acho que seria uma boa você começar a beber.

Será que Georgie já andava bebendo? Será que essa cena já havia acontecido antes? Estava tendo blecautes?

– Lembra-se do pai do Neal? – ela perguntou à mãe.

– Paul? Claro. Ele é a cara do Neal.

– É? Ou *era*?

– Quê?

– O que você sabe do pai do Neal?

– Do que você tá falando? Ele não teve um ataque do coração?

– Teve. – Georgie estendeu a mão e pegou a mãe pelo braço. – Teve um ataque do coração, sim.

A mãe pareceu ainda mais preocupada.

– Você acha que está tendo um ataque?

– Não – disse Georgie. Estava tendo um ataque do coração? Um derrame, talvez? Ela sorriu e tocou as bochechas; tudo no lugar. – Não. Não, só preciso descansar, acho.

– Melhor você não voltar dirigindo pra casa.

– Também acho.

– Certo. – A mãe a estudou por um instante. – Você vai superar isso, Georgie. Eu mesma pensei que fosse passar o resto da vida sozinha quando seu pai e eu nos separamos.

– Você o trocou por outro cara.

A mãe balançou a cabeça, contrariada.

– Esses sentimentos não são racionais. Não tem nada de racional no casamento.

– Um ataque de coração *fatal*, né?

– Por que você está com essa fixação no pai do Neal? Pobre coitado. Coitada da Margaret.

– Sei lá – disse Georgie. – Só preciso descansar.

– Descanse.

A mãe apagou a luz quando saiu.

Georgie ficou deitada no escuro por uma hora.

E chorou um pouco mais.

E falou sozinha.

– Tô imaginando coisas. Tô cansada. Só cansada.

Fechou os olhos e tentou pegar no sono.

Abriu-os novamente, e viu o telefone amarelo.

Pensou em ir para casa. Foi lá fora e ficou sentada no carro por um tempo. Finalmente, plugou o celular e tentou ligar para Neal. (Ele não atendeu.) (*Afinal, ele nunca atende essa porra*. E talvez tivesse *mesmo* a abandonado, talvez estivessem tão fora de sintonia que Georgie nem reconhecia que ele a estava deixando mesmo. Talvez ele já tivesse dito que estava, e ela não tinha escutado.)

Ficou sentada no carro, chorando.

Depois tentou ligar para a casa da mãe dele, mesmo sendo tarde. Georgie só precisava falar com ele de novo. Uma conversa normal. Precisava ter uma conversa normal com ele para recomeçar tudo.

O telefone estava ocupado. Talvez o pai dele tivesse umas ligações fantasmas muito importantes para fazer à meia-noite.

Georgie pensou mais uma vez em tentar dormir. Pensou em como sua histeria devia estar tornando a situação – fosse qual fosse a situação – ainda pior.

Então ela foi para dentro e fuçou nos armários da cozinha, até que achou uma garrafa de licor de menta, provavelmente sobras da última vez que a mãe fizera torta de menta. (A mãe e Kendrick não eram de beber.) (Maconheiros? Possível. Neal desconfiava.)

Georgie tomou a bebida pura. Foi como ficar bêbada de calda.

Algum tempo depois, acabou pegando no sono.

SÁBADO
21 DE DEZEMBRO DE 2013

CAPÍTULO 8

Quatro ligações perdidas – todas de Seth.

Já era meio-dia, e Georgie estava a caminho do trabalho. O celular tocou assim que ela o plugou no acendedor do carro.

– Desculpe – ela disse quando atendeu. – Perdi a hora.

– Por Deus, Georgie, eu já tava quase ligando pra polícia.

– Estava nada.

– Vai nessa. Eu estava quase indo até Calabasas ver se você tava bem. Que aconteceu?

– Dormi na minha mãe de novo. Desculpe. Esqueci de acertar o alarme.

Aquela era uma versão muito, muito simplificada mesmo do que havia ocorrido. Georgie acordara no sofá da mãe fazia meia hora, com um dos pugs lambendo seu rosto. Passou os vinte minutos seguintes vomitando. E mais dez tentando encontrar roupas no armário da Heather – nada servia – antes de ir parar no da mãe. Acabou com uma calça de moletom aveludado e uma blusinha decotada com *strass*. Georgie nem escovara os dentes. (Não fazia sentido; o corpo todo cheirava a menta.)

– Tô chegando – ela disse a Seth. – Vou levar o almoço.

– Já temos comida aqui. E meio roteiro. Tá horrível, anda logo.

– Tô chegando.

Ela desligou e pegou a rodovia 101.

Quatro ligações perdidas, todas de Seth. Nenhuma de Neal.

Georgie passou o polegar sobre a tela do celular. Não estava pensando na noite passada. A noite passada era algo em que Georgie não pretendia pensar no momento.

Era uma nova manhã. Ela ligaria para Neal e começaria tudo a partir dali. Segurando o celular em cima do volante, fuçou nas ligações recentes e apertou CONTATO DE EMERGÊNCIA.

Tocou...

– *Bom dia, raio de sol.*

– Oi, Alice. É a mamãe.

– Eu sei, tocou a sua música. E aparece uma foto sua quando você liga. Do Halloween. Com a fantasia do Homem de Lata.

Neal tinha ido de Leão Covarde. Alice, de Dorothy. Noomi, de Toto, o gato.

– Preciso falar com o papai – disse Georgie.

– Você tá no carro?

– Indo pro trabalho.

– Você prometeu que não iria mais usar o celular no carro. Vou contar pro papai.

– Eu prometi que iria usar só depois de pegar a rodovia. Cadê o papai?

– Não sei.

– Não tá aí?

– Não.

– Cadê a vovó?

– Não sei.

– *Alice.*

– O quê?

– Encontre a vovó, por favor.

– Mas a gente tá vendo *Bernardo e Bianca*.

– Dá pause.

– Aqui na vó não tem como dar pause!

– Você só vai perder uns minutinhos. Eu conto o que acontece.

– Mamãe, não quero que você estrague.

– *Alice.* Escute a minha voz. Parece que estou com humor pra discutir isso com você?

– Não... – Alice parecia chateada. – Você tá fazendo voz de brava.

– Vá chamar a vovó.

O telefone caiu. Um segundo depois, alguém pegou.

– Não faz voz de brava, mãe. – Era Noomi. Chorando. Sem dúvida, choro de mentira. Noomi quase nunca chorava de verdade; começava a fingir que chorava muito antes de chegar às lágrimas de fato.

– Não estou fazendo voz de brava, Noomi. Tudo bem com você?

– Tô triste.

– Não fique triste.

– Mas você tá fazendo voz de brava, e eu não gosto.

– Noomi – disse Georgie, no que devia ser sim voz de brava. – Eu nem estava falando com você. Fique *calma*, pelo amor de Deus.

– Georgie?

– Margaret!

– Tudo bem?

– Tudo – disse Georgie. – É que... O Neal tá por aí? Preciso muito, muito falar com ele.

– Ele foi comprar algumas coisas de última hora pras meninas.

– Ah – disse Georgie. – Acho que ele não levou o celular.

– Acho que não. Tem certeza de que tá tudo bem?

– Sim. Só estou com saudades. Deles. De todo mundo. – Ela fechou os olhos, mas logo os abriu. – De você... do Paul.

A sogra ficou muda.

Georgie resolveu continuar. Não tinha certeza do que tentava descobrir.

– Acho uma pena elas não terem convivido com ele como eu.

Margaret respirou fundo.

– Obrigada, Georgie. E obrigada por deixar o Neal trazê-las aqui para Omaha. Desde que perdemos Paul, bom, essa é a época mais difícil de ficar sozinha.

– Claro – disse Georgie, limpando os olhos com o polegar. – Avisa o Neal que eu liguei?

Georgie desligou e largou o aparelho no banco do passageiro.

Resolvido.

Georgie estava ficando maluca mesmo.

– Meu Jesus – disse Seth quando ela entrou na sala. Boquiaberto, provavelmente só para causar efeito. – Meu Jesusinho Cristinho de bicicleta.

Scotty espirrou Coca-Cola pelo nariz.

– Ai, saco – disse ele. – Credo, como arde.

– Será que dá pra... – Georgie tentou começar.

– Que aconteceu com você? – Seth já tinha se levantado da cadeira, estava rodeando-a. – Tá a cara da Britney Spears na época em que ela saía com os dançarinos e passeava por postos de gasolina descalça.

– Peguei emprestado umas roupas da minha mãe. Pensei que você não iria querer que eu perdesse mais uma hora indo pra casa me trocar.

– Ou tomar um banho – disse Seth, vendo o cabelo dela.

– Sua *mãe* usa essas roupas? – Scotty perguntou.

– Ela é um espírito livre – disse Georgie. – Vamos trabalhar agora, né? Já cheguei, então vamos trabalhar.

– Tem alguma coisa verde no seu rosto – disse Seth, tocando-a no queixo. – Grudento.

Georgie afastou-se e foi sentar-se em seu lugar na longa mesa de conferência.

Scotty continuou a comer.

– Isso é o que acontece quando o Neal vai viajar? Não me admira que ele te mantenha a rédeas curtas.

– Não tem rédea nenhuma – disse Georgie. – Sou *casada*.

Seth colocou uma caixinha de isopor na frente dela. Georgie abriu-a. Tacos coreanos molengos. Ela esperou um pouco para descobrir se tinha mais enjoo ou fome... Mais fome.

Seth entregou-lhe um garfo.

– Tudo bem?

– Tudo. Mostre o que fizeram até agora.

Nada bem. Nem um pouco bem.

Eu devia ter dito? Mas eu disse. Falei que não aguento mais. Eu disse que te amo, mas que não acho que é o bastante, não sei se algum dia vai ser o bastante. Eu disse: "eu não quero viver assim, Georgie", lembra?

Fazia sentido, muito. Se Georgie estava para ter um colapso nervoso paranoico e alucinatório pelo fato de seu marido tê-la deixado, fazia sentido voltar para a única vez em que ele *de fato* a deixara.

Meio que a deixara.

Antes de se casarem.

Foi no feriado do Natal, no último ano da faculdade. Tinham ido a uma festa, uma festa da TV que parecia muito importante na época. Seth já estava trabalhando numa série da Fox, e queria que Georgie conhecesse todos os outros roteiristas do programa – até mesmo a protagonista estaria lá. Era só uma festa no quintal de alguém, com uma piscina e cerveja e luzinhas de Natal penduradas em limoeiros.

Neal passou a noite toda de pé junto à cerca, recusando-se a falar com as pessoas. Recusando-se por princípio. Como se até mesmo trocar uma ideia – por *educação* – fosse uma concessão grande demais. (Uma concessão a Seth. À Califórnia. Ao fato de que Georgie iria arranjar um trabalho como *esse* com *esse* tipo de pessoas, e Neal teria que ir junto.)

Então ele ficou encostado na cerca com uma lata da cerveja mais barata, de cara amarrada.

Georgie ficou tão enfurecida com a conduta dele que fez questão de ser uma das últimas a sair da festa. Conheceu e conversou com todos os colegas de trabalho de Seth. Fez seu papel no "show do Seth e da Georgie". (Era um bom papel; Georgie ficava com a maioria das piadas.) Fez com que todos ali a adorassem.

Terminada a noite, entrou no Saturn velho de guerra do Neal, e ele a levou para a casa da mãe. E disse que não queria mais.

– *Não aguento mais isso* – disse. – *Eu te amo, mas não acho que é o bastante, acho que nunca vai ser o bastante. Eu não quero viver assim, Georgie.*

Na manhã seguinte, foi para Omaha sem ela.

Georgie não teve notícias dele durante toda aquela semana. Achou que estava tudo acabado.

Pensou que talvez ele estivesse certo, que eles *deviam* terminar.

E então, na manhã de Natal, em 1998, Neal apareceu na porta da frente da casa dela – de joelhos no carpete verde, com a aliança da tia-avó na mão.

Pediu a Georgie que se casasse com ele.

– Eu te amo – disse. – Te amo mais do que odeio todo o resto.

E Georgie riu porque só mesmo Neal para pensar que isso seria algo romântico a dizer.

E disse sim.

Georgie plugou o celular no notebook e certificou-se de que o volume estava no máximo.

– O que tá fazendo? – Seth perguntou. – Nada de celulares na sala dos roteiristas, lembra? A regra é *sua*.

– A gente nem tá aqui oficialmente – Georgie retrucou.

– Você não está aqui nem mesmo *não* oficialmente – ele devolveu.

– Desculpa. Tô com a cabeça cheia.

– Certo. Eu também. Quatro roteiros, lembra?

Ela esfregou os olhos. Tinha sido só um sonho. Na noite passada. Ainda que parecesse tão real – não podia ter sido mais do que um sonho. Um surto.

É algo que acontece com as pessoas. Pessoas normais. *Surtos*. E então bastava colocar um pano úmido sobre os olhos e planejar passar um tempo à beira-mar.

Neal estivera em seus pensamentos, o *pai* de Neal estivera em seus pensamentos – e o cérebro dela havia feito o restante. Afinal, ele era muito bom nisso. Contar histórias em episódios.

– Provavelmente, a semana mais importante da nossa carreira – Seth murmurava –, e você resolve não comparecer.

– Eu tô comparecendo – disse Scotty.

– Não tô falando de você – Seth respondeu. – Nunca me refiro a você.

Scotty cruzou os braços.

– Sabe, eu não gosto de ser o alvo de todas as suas piadas maldosas quando não tem mais ninguém por perto. Não sou o Cliff Clavin daqui.

– Ah, meu Deus – Seth apontou para ele –, você é muito o Cliff Clavin. Nunca mais vou te enxergar de outro jeito. Já assistiu *Caras e caretas*? Você é tipo o nosso Skippy também.

– Sou novo demais pra *Caras e caretas* – disse Scotty.

– Você é novo demais pra *Cheers*.

– Esse eu vi no Netflix.

– Você até se parece com o Skippy. Georgie, o Scotty é o nosso Skippy? Ou nosso Cliff?

Georgie nunca tinha tido um surto.

Embora parecesse que estava tendo um ali mesmo. Ela levou os óculos para cima da testa e massageou a ponte do nariz.

– *Georgie*. – Seth cutucou-a no braço com a ponta de borracha do lápis. – Tá escutando? Scotty: Skippy ou Cliff?

Ela colocou os óculos de volta.

– Tá mais pra Radar O'Reilly.

– Ah, Georgie – Scotty sorriu. – Para com isso, vou começar a chorar.

– Você é novo demais pro *M*A*S*H* – Seth resmungou.

Scotty deu de ombros.

– Você também.

Trabalharam no programa.

Tudo ficava mais fácil quando estavam trabalhando. Mais fácil para Georgie fingir que não havia nada de errado.

Não havia nada de errado. Acabara de falar com Alice e Noomi, poucas horas antes – elas estavam bem. E Neal estava fazendo as compras de Natal.

Tudo bem que ele não estava com pressa de falar com ela – isso não era incomum. Do que precisavam falar? Georgie e Neal conversaram todos os dias desde que se conheceram. (Quase.) Não tinham que colocar nenhum assunto em dia.

Georgie trabalhou em seu programa. No programa deles. Ela e Seth pegaram o ritmo e escreveram diálogos por uma hora, trocando frases entre si feito num jogo de pingue-pongue. (Era assim que costumavam trabalhar. Colaboração competitiva.)

Seth foi o primeiro a fazer uma pausa. Georgie o atingiu com uma piada de mãe das mais bobas, e ele caiu para trás, na cadeira dele, rolando de rir.

– Não acredito que vocês estão fazendo isso há vinte anos – disse Scotty, sincero, quando parou de aplaudir.

– Não faz tanto tempo assim – disse Georgie.

Seth ergueu a cabeça.

– Dezenove.

Ela o fitou.

– Jura?

– Você se formou no ensino médio em 1994, né?

– Foi.

– Estamos em 2013. Dezenove anos.

– Gente.

Gente. Fazia tanto tempo assim?

Fazia.

Dezenove anos que Georgie cruzara com Seth nas salas da *Spoon*.

Dezessete anos que reparara em Neal.

Catorze anos que se casara, ao lado de uma fileira de lilases no quintal da casa dos pais dele.

Georgie nunca imaginara que viveria tanto a ponto de falar sobre a vida em grandes nacos, décadas, desse jeito.

Não que achasse que morreria antes – apenas nunca imaginara como seria a sensação. O peso das proporções. Vinte anos com o mesmo sonho. Dezessete com o mesmo homem.

Em pouco tempo, teria passado mais tempo junto de Neal do que sem ele. E se conheceria mais como esposa dele do que como qualquer outra coisa.

Parecia tanto tempo. Não muito a *viver*, mas muito a contemplar. Compromissos como fardos pesados demais para carregar.

Catorze anos desde que se casaram.

Quinze anos desde que Neal tentara afastar-se dela. Quinze anos que retornara.

Dezessete anos que o vira pela primeira vez, vira algo nele de que não pôde se desviar.

Seth continuava de olho em Georgie, expressão desconfiada.

O que diria se ela tentasse lhe contar sobre as últimas 36 horas?

– *Caramba, Georgie, você pode ficar maluca semana que vem. Tudo pode acontecer semana que vem. Dormir. Natal. Ter um colapso nervoso. Essa semana, a gente vai fazer nosso sonho virar realidade.*

– Vou fazer um café – disse Georgie.

CAPÍTULO 9

Os três continuaram trabalhando ao longo do jantar. Começaram a avançar ainda mais rápido, fazendo ainda mais progresso...

E foram reparando que iam assim rápido porque estavam transformando o roteiro num episódio de *Jeff'd Up*.

– Meu Deus, meu Deus, meu Deus – disse Seth. – Fomos corrompidos. Totalmente corrompidos.

– Que saaaaaco – disse Scotty.

Seth começou a apagar o quadro com os antebraços – para, com certeza, arrepender-se disso mais tarde, quando visse o estado de sua camisa xadrez.

Resolveram assistir a alguns episódios de *Barney Miller* para limpar um pouco as ideias. Seth tinha a série completa em VHS no escritório. Havia um videocassete por ali também, metido num canto junto de uma TV antiga.

– Dá pra assistir isso *on-line* – disse Scotty, aninhando-se em seu lugar de sempre.

Seth ajoelhou-se diante do videocassete e enfiou a fita.

– Não é igual. O vodu não vai funcionar.

Georgie trouxe o notebook, com o celular plugado do lado, e tentou ligar para o Neal, encostada na porta. (Não atendeu.)

Seth suspirou assim que ouviu o começo da canção de abertura do programa. Abriu um amplo sorriso para Georgie.

– Vamos passar por isso – disse.

Ela sorriu de volta – não pôde evitar – e sentou-se ao lado dele no chão.

Era assim que Georgie tinha passado os primeiros dois anos da faculdade. Sempre que não estava trabalhando com Seth na *Spoon*, estava junto dele na fraternidade, assistindo a *Barney Miller* e *Taxi* e *M*A*S*H*. O quarto dele era cercado e forrado de fitas de vídeo.

– *O que você tá fazendo numa fraternidade?* – ela perguntara certa vez. – *Roteiristas de comédia não entram em fraternidades.*

– *Não tente me cercear, Georgie. Sou infinito.*

– *Tá, mas por quê?*

– *Motivos de sempre. Amigos garantidos, jaquetas azul-marinho. Além disso, qualquer dia posso querer entrar pra política.*

Escreveram o primeiro rascunho do piloto de *Enrolando* no quarto de Seth. E escreveram o segundo rascunho na *Spoon*. Georgie digitou tudo.

Como pôde não ter reparado em Neal até o terceiro ano? Ele começara a trabalhar na *Spoon* no primeiro ano da faculdade, assim como ela. Georgie devia tê-lo visto, sem vê-lo de fato, dúzias de vezes. Era assim tão vidrada em Seth? Seth sugava demais – expansivo e extrovertido demais, sempre querendo a atenção de Georgie...

Mas assim que ela notara Neal, via-o no escritório constantemente. Tentava não encarar quando ele passava pela mesa dela, a caminho da sala de produção. Às vezes, em dias de sorte, ele olhava na direção dela e a cumprimentava.

– Simplesmente não entendo a atração – Seth dissera depois de um mês disso.

– Que atração?

Estavam sentados na mesa que compartilhavam, e Seth estava comendo o frango xadrez de Georgie. Fincando o pauzinho na carne.

– A sua. Por esse desenhista gordinho.

Georgie também não entendia – por que Neal de repente era a única coisa que ela via no radar.

– Somos só amigos – ela disse.

– Tá.

– Conhecidos amistosos.

– Tá, mas a questão é essa, Georgie. Ele não é amistoso. Ele rosna pras pessoas, literalmente, se elas chegam perto demais.

– Ele nunca rosnou pra mim.

– É, ele não faria isso.

– Por que não?

– Porque você é uma menina bonita. Deve ser a única menina bonita que já parou pra falar com ele. Fica abobalhado demais pra rosnar.

Georgie tentava não ficar de olho em Neal. Tentava se fazer de indiferente quando o via. Mas costumava arranjar motivo para entrar na sala de produção alguns minutos depois que ele chegava lá. Às vezes fingia que precisava falar com um dos outros artistas. Às vezes, ia até a mesa de desenho dele e encostava na parede, esperando que ele a percebesse.

Seth era um idiota: Neal não era gordo. Só meio fofo. Baixo e forte, sem arestas.

– Você está à espreita – Neal disse naquela noite. A noite do frango xadrez.

Georgie zanzara até a sala de produção e ficara ali, à toa, encostada num pilar, perto da mesa dele.

– Não tô espreitando – ela retrucou. – Só não queria te assustar.

– Acha que assusta alguém?

A tirinha dessa semana estava mais complicada do que o usual. Um painel com vários personagens. Neal estava começando a pintar por um dos cantos.

Ela pendeu a cabeça sobre a mesa.

– Não queria que você levasse um susto e derrubasse tinta no desenho.

Ele fez que não.

– Eu não faria isso.

– Talvez fizesse.

– Eu não me assusto.

– Nervos de aço, é?

Neal deu de ombros.

– Então – ela disse –, eu podia vir de fininho atrás de você e, sei lá, *gritar*, e você não iria nem tremer.

– Provavelmente não.

Georgie puxou um banco com rodinhas e sentou-se de frente para ele.

– Mas eu poderia ser uma assassina.

– Não poderia.

– Poderia sim.

– *Georgie McCool, a assassina...* – Ele pendeu a cabeça, como se imaginasse a cena. – Não. Não poderia.

– Mas você não saberia que era eu chegando por trás.

– Eu saberia que é você.

– Como?

Ele olhou para ela por um segundo, depois voltou ao trabalho.

– Você tem uma presença muito distinta.

– Distinta?

– Palpável.

Georgie tentou não sorrir.

– Isso é um elogio?

– Não sei, você quer que seja?

– Se eu quero que as pessoas saibam quando entro num lugar?

– Quer que *eu* saiba?

– Eu...

Neal olhou por cima do ombro dela, depois baixou os olhos.

– Seu namorado tá te chamando.

Georgie se virou para trás. Seth estava parado na porta, com um sorriso falso e brilhante.

– Ei, Georgie. Será que pode dar uma olhada num negócio aqui?

Ela o fitou, desconfiada, tentando entender se ele precisava mesmo dela ou se estava apenas interrompendo.

– Hum, claro – ela disse. – Um minuto.

Ele ficou esperando na porta.

– Só. Um minuto – ela repetiu, erguendo as sobrancelhas para ele.

Seth consentiu, fazendo um biquinho, e foi embora.

Georgie levantou-se.

– Ele não é meu namorado.

– Ah – disse Neal, pintando um sorriso num coelhinho, no desenho. – Irmão siamês?

– Parceiro de escrita.

Georgie foi para a porta, relutante.

– Parceiro de escrita – Neal murmurou, mexendo em suas coisas.

Seth não precisava mesmo da ajuda dela – claro que não. (E comera toda a melhor parte do jantar dela.)

– Sabia que era bobeira sua – ela disse, empurrando a caixinha de comida para o lado dele da mesa. – Da próxima vez, vou te ignorar.

– Não era bobeira. – Ele se aproximou dela. – Bobo é ele.

– E se eu fizer isso com você quando você estiver em ação?

– Ah, nossa, Georgie, retire o que disse. Você não pode estar *em ação* com o *hobbit dos quadrinhos*.

– Nunca critico nenhuma das suas namoradas.

– Porque elas são todas legais e lindas. De modo uniforme. Nossa, elas deviam usar uniformes, não é uma ideia ótima?

– A questão é: eu posso fazer isso, Seth. Posso falar com homens. Quer que eu passe o resto da vida sozinha?

– *Não*. Não seja ridícula.

– Então fica na sua.

Ele inclinou para a frente, descansando o cotovelo no braço da cadeira dela.

– Tá se sentindo só, Georgie? Precisando de alguma coisa?

– Eu disse pra ficar na sua.

– Porque você podia me falar do que tá sentindo falta – sugeriu ele. – Acho que nossa amizade está pronta pra isso.

– Te odeio.

– Sendo que "odeio" é igual a "adoro" e "não sei viver sem".

– Não tô nem te ouvindo.

– Peraê, eu preciso mesmo da sua ajuda nisso aqui. – Ele virou o monitor do computador para ela e apontou. – Tá engraçado? É uma coisa meio Snoopy/Snoop Dogg, e sempre que o Charlie Brown tenta dar comida para ele, ele faz, tipo, "Valeu, Chizzuck".

Na vez seguinte em que Seth tentara interrompê-la enquanto ela falava com Neal, Georgie ignorou-o mesmo. Dispensara-o com um "com certeza isso pode esperar".

Aquilo fez Neal levantar o rosto quase totalmente da tirinha. Ele ergueu uma sobrancelha, e os lábios curvaram-se num pequeno sorriso.

Neal tinha belos lábios.

Vai ver todo mundo tinha belos lábios, e a gente só notava quando fitava as bocas das pessoas o tempo todo.

Georgie fitava a boca de Neal o tempo todo.

Era fácil encará-lo porque ele estava sempre com os olhos baixos, colados na tirinha; não havia perigo de ser pega. E era fácil olhar para ele porque era gostoso olhar para ele.

Talvez não fosse de tirar o fôlego. Não como Seth podia ser quando aparecia todo produzido, fazendo pose, passando os dedos pelos cabelos.

Neal não tirava o fôlego de Georgie. Talvez o oposto. Mas tudo bem – era muito bom, na verdade, ficar perto de alguém que preenchia os pulmões dela de ar.

Georgie simplesmente *gostava* de olhar para Neal. Gostava dos cabelos escuros-mas-nem-tanto. Gostava da pele clara. Neal era *tão* pálido, até nas bochechas e nas costas das mãos pequenas e largas. Georgie não entendia como alguém podia continuar pálido daquele jeito andando pelo *campus* o dia todo. Talvez Neal andasse de guarda--sol. De todo modo, isso deixava os lábios dele muito rosados, por causa do contraste.

Os lábios de Neal eram de primeira – pequenos, bonitos e simétricos. Horizontalmente simétricos, o lábio superior tinha quase a mesma espessura do inferior. Até os entalhes combinavam, um logo acima do lábio superior e outro logo abaixo do inferior. Permanentemente franzidos em vinte por cento.

Claro que Georgie se imaginava beijando-o.

Provavelmente todo mundo que prestasse bastante atenção nele começaria a pensar nisso. Vai ver era por isso que ele odiava tanto fazer contato visual com as pessoas – controle de massas.

Neal desenhava algo na margem da tirinha. Uma menina. De óculos, rosto redondo... cabelos encaracolados para todo lado. Depois, desenhou um balão de pensamento: "*Não posso ficar aqui o dia todo. A comédia precisa de mim!*".

Georgie achou que estava ruborizando.

– Estou te incomodando?

Neal fez que não.

– Isso aqui não pode ser empolgante pra você.

– Empolgante não é. É... impressionante. É como ver uma pessoa fazendo mágica.

– Tô desenhando um porco-espinho de monóculo.

– É como se você pudesse fazer sair qualquer coisa das suas mãos – ela disse. – Isso é mágica.

– Talvez, se fosse um porco-espinho de verdade saindo da minha mão.

– Desculpa. – Ela se sentou na cadeira. – Vou te deixar trabalhar.

– Posso trabalhar com você aqui.

Ele não tirou os olhos do desenho.

– Mas...

– Posso trabalhar mesmo com você falando.

Georgie recostou-se na cadeira, hesitante.

– Tá bom.

Neal acrescentou outro balão de pensamento à caricatura dela: "*O que eu falo agora?!?!*".

Depois desenhou um balão de pensamento saindo da borda inferior da página, apontando para ele mesmo: "*O que você quiser, Georgie McCool*".

E então um menorzinho: "*Isso se o seu nome for esse mesmo...*".

Georgie sabia que estava ruborizando. Ele voltou a mão para a tirinha; ela pigarreou.

– Você não é daqui, né?

Com essa ele sorriu, um sorriso de verdade, com os dois cantos da boca.

– Nebraska – respondeu.

– É igual o Kansas?

– É mais como o Kansas do que outros lugares, acho. Sabe bastante sobre o Kansas?

– Assisti a *O mágico de Oz* muitas, muitas vezes.

– Bom, então – disse ele –, Nebraska é igual o Kansas. Mas com cores.

– O que você veio fazer aqui?

– Impressionar você.

– Você veio até a Califórnia só pra me impressionar?

– Antes fosse isso. É melhor do que o motivo verdadeiro.

– Que é...

– Vim para Califórnia pra estudar Oceanografia.

– Pra mim, é um ótimo motivo.

– Bom – ele fez risquinhos com a caneta em torno do rosto do porco--espinho –, no fim das contas, não curto muito o oceano.

Georgie riu. Neal riu junto, mas com os olhos.

– Nunca tinha visto o mar antes de chegar aqui – disse ele, olhando de relance para ela. – Achei que era legal.

– Não é legal?

– É muito molhado – disse ele. – E fica lá fora.

Georgie continuou rindo. Neal continuou pintando.

– Queimaduras de sol... – disse ele –, enjoo...

– Então o que você tá estudando agora?

– Eu continuo estudando Oceanografia, claro – disse ele, fazendo que sim para o desenho. – Estou aqui com a bolsa da Oceanografia, ainda estudando Oceanografia.

– Mas isso é horrível. Você não pode estudar Oceanografia se não gosta do oceano.

– Posso, sim. – Ele quase sorriu de novo. – Não gosto de mais nada.

Georgie riu.

Neal acrescentou outro balão de pensamento no fim da página: "*Quase nada*".

– Não pode ir ainda.

Seth bloqueou a passagem na porta, braços cruzados.

– Seth, são sete da noite.

Nove em Omaha. Ou talvez 1998 em Omaha.

– Tá – ele disse –, mas você chegou eram quase uma e foi praticamente inútil o dia todo.

– Primeiro, não é verdade – Georgie argumentou. – Segundo, se estou inútil, é melhor eu ir pra casa.

– Não – ele implorou –, fica. Talvez você esteja prestes a melhorar.

– Tô exausta – disse ela. – E devo estar de ressaca ainda. E sabe de uma coisa? Você também foi inútil durante as últimas três horas. Qual é a sua desculpa?

– Fico inútil quando você está inútil, Georgie – Seth brandiu a mão, estressado –, isso é fato conhecido há muito tempo.

Ela desplugou o celular.

– Então talvez nós dois estaremos melhor amanhã.

– Você podia falar comigo sobre isso – disse ele, a voz grave, sem toda a afetação. – Seja lá o que está acontecendo com você hoje. Essa semana.

Georgie olhou para ele. Para seus olhos castanhos e cabelos ainda-nem-um-pouco-grisalhos. Nunca retirado da caixa.

Era seu melhor amigo.

– Não – ela disse. – Não posso.

CAPÍTULO 10

Georgie começou a ligar para Neal a caminho de casa nessa noite, com o celular plugado no acendedor do carro – mas desistiu. Ele não havia atendido nenhuma de suas ligações, o dia todo.

A última vez que tinha falada com ele era ainda... a *última* vez que tinha falado com ele.

Algo com que Georgie ainda estava lutando.

Algo que ela ainda não conseguia aceitar.

Georgie pensou em sua casa, grande, escura, vazia – a casa que já começava a parecer assombrada...

E em vez de ir direto para casa, pegou a estrada em Reseda.

Não tinha a chave da casa da mãe, então teve que bater na porta da frente.

Heather abriu, muito mais arrumada do que de costume. Usava *gloss* nos lábios e pelo menos três tons de sombra.

– Ah – disse ela. – É você. – Ela puxou Georgie pelo braço. – Entra, rápido. E fique longe das janelas.

– Por quê? Tem alguém rondando a casa?

– Só entra logo.

Georgie entrou. Os pais – a mãe e Kendrick – estavam vendo TV no sofá, acariciando um dos pugs, a que estava grávida, afagando-a a quatro mãos.

– Georgie! – disse a mãe. – Não sabíamos que você viria.

– Não tava a fim de ir até Calabasas. Aqui é tão mais perto do estúdio.

– Claro. – A mãe fez cara de preocupação. Georgie não sabia dizer se era por causa dela ou da cachorra. – Tá se sentindo melhor?

– Sim, eu... – Tocou a campainha. Georgie foi até a porta.

– Não! – avisou a mãe. A cachorra latiu. Heather empurrou Georgie, acenando freneticamente para que se afastasse.

– É o menino da pizza – sussurrou a mãe.

– Isso não explica nada – Georgie sussurrou de volta.

Heather espiou pela janela, alisou a camiseta, abriu a porta e foi para a varanda, fechando a porta ao passar.

– Ela está apaixonada – disse a mãe, coçando a barriga inchada do cãozinho. – *Você lembra como é, né?* – disse ela para a cachorra, com voz de criança. – *Lembra, mamãezinha?*

– Acho que ela não se lembra – disse Georgie. – Você colocou ela pra cruzar com um cachorro de Tarzana que ela nunca tinha visto na vida.

– Shiiiu – disse a mãe, cobrindo os olhos da cachorra. – Só porque o marido dela é estéril.

– Eeeeca – Georgie estremeceu.

– Você parece estar melhor mesmo – disse a mãe, ainda com voz de criança, ainda sorrindo para a cachorrinha.

– Estou – disse Georgie. Estava mesmo. Relativamente. Não estava bêbada nem de ressaca. E fazia quase 24 horas que não falava com gente morta, o que era um bônus.

– Ah, que bom – disse a mãe. – Tem um cozido de carne na geladeira, se estiver com fome.

– E pizza – Heather ofereceu, entrando na sala de estar. Reluzente. Ela fechou a porta e encostou nela, abraçando-se à caixa da pizza.

Georgie olhou para a caixa.

– Ah, não. Essa pizza é muito especial. Eu não ousaria. Mas já comi no trabalho. Acho que só vou me deitar.

Ela foi cruzando a sala, na direção do corredor.

– Na verdade... – Virou-se para a mãe. – Posso usar seu celular?

– Claro, tá na minha bolsa. – A mãe passou a cachorrinha para o colo de Kendrick e saiu do sofá. – Lavei sua calça jeans pra você – disse, pegando a bolsa e fuçando lá dentro –, mas você ficou tão bem nessa aí. Devia usar roupas mais confortáveis.

Ela entregou o celular a Georgie, um Android com capinha de joias e um pug como fundo de tela.

Georgie digitou o número de Neal e desligou quando caiu na caixa postal. Depois ligou para a casa da mãe dele, prendendo a respiração. Ocupado.

– Obrigada – ela disse, devolvendo o celular. – Kendrick? Posso usar seu celular?

Georgie achava que estava testando algo, sem saber muito bem o quê.

O celular de Kendrick era simples, preto, manchado de gesso.

– Ah, querida, você acha mesmo que o Neal tá evitando atender?

– Não sei – Georgie respondeu honestamente. – Obrigada. E obrigada por me deixar ficar.

A mãe passou o braço sobre os ombros de Georgie e beijou-a na têmpora. Georgie largou-se nesse meio abraço por um minuto, depois foi para o quarto.

A sensação foi igualzinha a chegar em casa, vindo da escola após um dia ruim. A mãe havia dobrado a calça dela e a camiseta do Neal e colocado em cima do travesseiro, como se soubesse que Georgie voltaria. (Como se o marido tivesse se separado dela e, além disso, a expulsado de casa.) Colocara até lençóis novos na cama da filha.

Ela pensou em tomar uma ducha, mas subiu na cama e trouxe o celular para o colo. Não havia motivo para ligar para Neal de novo. Acabara de tentar; ele não atendera.

Estaria evitando mesmo as ligações dela?

Era o que parecia. O único momento em que alguém atendia o celular de Neal era quando ele não estava por perto... supostamente. Talvez a mãe estivesse interferindo por ele. Talvez soubesse algo que Georgie não sabia.

Margaret não iria querer que isso acontecesse. Gostava de Georgie, e nunca desejaria isso às meninas. (*Isso*, pensou Georgie, sem querer procurar palavras para descrever o cenário da pior das hipóteses.)

Margaret não gostaria, não desejaria que acontecesse algo...

Mas Neal era filho de Margaret. E ela sabia que ele andava infeliz.

Isso era apenas um fato.

Não era melodrama nem paranoia nem ilusão de Georgie. Era honestidade.

Neal não estava contente. Neal não estava contente fazia um bom tempo.

Ele não reclamava. Não dizia "Tô infeliz". (*Deus – de certo modo, seria um alívio.*) Ele só se cobria disso, respirava isso. Mantinha isso entre os dois. Fugia ao dormir.

Neal não estava feliz, e Georgie era o porquê.

E não era por algo que tinha feito ou dito. Era por ser quem ela era.

Georgie era a âncora de Neal. (E não no bom sentido. Não era aquela âncora feliz que te mantém tranquilo e centrado, a que você tatua no peito.) Georgie era... peso morto.

Certo. *Agora* ela estava sendo bem melodramática.

Era por isso mesmo que ela nunca se permitia pensar nisso. Porque seu cérebro ficaria mergulhando eternamente e nunca tocaria o fundo. Ela não se permitia pensar no assunto. Mas *sabia*, mesmo assim. Todo mundo ao redor sabia – Margaret devia saber. Que Neal estava triste. Que odiava a Califórnia, que se sentia perdido e frustrado lá. Preso.

E todo mundo sabia que Georgie precisava de Neal mais do que ele precisava dela. Que as *meninas* precisavam do Neal mais do que precisavam dela.

Claro que Neal ganharia a custódia. Ele já tinha a custódia. Neal e Alice e Noomi – eram um sistema fechado, um organismo independente.

Neal as levava para a escola, Neal as levava ao parque, Neal dava banho nelas.

Georgie chegava em casa pro jantar.

Na maioria das noites.

Quando Georgie levava Alice pra aula de natação, a menina receava que a mãe se perdesse no caminho.

– A gente pode ligar pro papai se você errar o caminho.

Nas manhãs de sábado, quando Neal saía para resolver umas coisas, as meninas não pediam para tomar café da manhã enquanto ele não chegava. Quando caíam e se machucavam, gritavam "papai!".

Georgie era um bônus. Era a quarta roda. (Num carro que só precisava de três. A quarta roda de um triciclo.)

E não seria nada sem eles. *Nada*. Mas eles sem ela? Seriam exatamente os mesmos. E Neal... quem sabe Neal seria até mais feliz.

Ficou enjoada de novo.

Pegou o telefone amarelo, mas segurou o botão do gancho com o dedo, despreparada para discar o número. Não havia motivo para ligar para o Neal – tinha acabado de tentar.

Georgie precisava comprar um carregador de parede para o celular no dia seguinte, a caminho do trabalho.

Ou só consertar a bateria, o cérebro gritou pra ela. *Ou ir pra casa, onde você tem carregadores de parede estocados em todo canto da casa!*

Não vou voltar pra casa enquanto Neal não estiver lá, Georgie gritou de volta, compreendendo pela primeira vez que era isso mesmo.

Ela soltou o botão e escutou o tom da linha.

Não vai acontecer de novo, ela disse a si mesma. Afinal, nada de estranho acontecera ao longo do dia todo. Neal andava evitando-a, mas isso não era estranho; era só horrível.

Não iria acontecer de novo. Georgie estava de cabeça fresca. Sentia-se os pés fincados, firmes, no chão. Tristemente fincados. Ela bateu na cabeça com o receptor para provar que doía. Depois correu o indicador pela face plástica do telefone e começou a discar o número do telefone fixo da mãe de Neal.

Porque...

Quis.

Porque tinha conseguido falar em duas ligações para o fixo já, a despeito do que acontecia depois.

Um, ela discou, *quatro*, *zero*, *dois*...

Esses telefones de disco eram quase como meditação. Eles te forçavam a desacelerar e se concentrar. Se você discasse o número seguinte rápido demais, tinha que recomeçar desde o início.

Quatro, *cinco*, *três*...

Não iria acontecer de novo. A esquisitice. O delírio. Neal talvez nem atendesse.

Quatro, *três*, *três*, *um*...

CAPÍTULO 11

– Alô?

Georgie soltou o ar dos pulmões quando ouviu a voz de Neal e resistiu à vontade de perguntar quem era o presidente.

– Oi – disse.

– Georgie. – Ele parecia aliviado. (Parecia o Neal de sempre, o céu.) – Você ligou.

– Liguei.

– Desculpe, fui um babaca ontem à noite – ele correu dizer.

Ontem à noite. Ela sentiu uma onda de pânico. *Ontem à noite, ontem à noite, ontem à noite*. Neal não devia se lembrar da noite anterior, porque a noite anterior não acontecera fora da cabeça maluca de Georgie.

– Georgie? Você ainda está aí?

– Tô aqui.

– Olha, desculpa pelo jeito que eu agi. – Ele parecia determinado. – Fiquei pensando nisso o dia todo.

– Me desculpa também – Georgie soltou.

– É que você me pegou de surpresa – disse ele. – Ei, você está chorando de novo?

– Eu...

Ela estava chorando? Ou hiperventilando? Talvez um pouco dos dois.

Neal baixou a voz.

– Ah. Não chora, luz do sol. Desculpa. Não chora, não.

– Não tô chorando – disse Georgie. – Quero dizer, não vou chorar. Desculpa, é que...

– Vamos começar de novo, tá?

Georgie soltou um meio soluço, meio riso esperançoso.

– Começar de novo? Podemos fazer isso?

– Essa conversa – ele disse. – Vamos começar a conversa de novo. E a de ontem à noite também. Vamos voltar pra ontem à noite, tá?

– Acho que a gente tem que voltar pra antes disso – disse Georgie.

– Não.

– Por que não?

Neal sussurrava.

– Não quero voltar mais. Não quero perder todo o resto.

– Tá bom – ela disse, limpando os olhos.

Que loucura. Era estranho e louco. Não era real. Mas ainda estava *acontecendo*. Se Georgie desligasse, será que parava?

Ou será que devia continuar louca na linha pra poder rastrear a ligação?

– Tá bom – ela repetiu.

– Tá bom – disse Neal. – Então... você ligou pra saber se eu tinha chegado bem. Cheguei bem. Foi longa a viagem, e eu só tinha três CDs, então escutei um programa no rádio no meio da noite, chamado Costa a Costa, e acho que passei a acreditar em ETs.

Georgie resolveu entrar na brincadeira. Devia estar tendo essa alucinação por um motivo. Talvez se entrasse na brincadeira, descobriria do que a ilusão precisava pra seguir seu caminho. (Ou será que isso só funcionava com fantasmas?)

– Você sempre acreditou em ETs – disse ela.

– Não – disse Neal. – Sou cético. *Era* cético. Agora acredito em ETs.

– Viu algum?

– Não. Mas vi um arco-íris no Colorado.

Ela riu.

– John Denver chorou.

– Foi muito legal.

– Você dirigiu direto, sem parar?

– Dirigi – disse ele –, fiz o trajeto em 27 horas.

– Que loucura!

– Eu sei. Mas tinha muita coisa pra pensar. Achei que isso tudo me manteria acordado.

– Que bom que chegou bem.

Para uma alucinação, a conversa progredia de modo bastante racional. (O que fazia sentido; Georgie sempre fora boa em escrever diálogos.)

Ela adivinhara: estava obviamente conversando com Neal – ou imaginando que estava conversando com Neal – logo após a briga feia do Natal, na faculdade.

Mas eles *não* conversaram depois dessa briga.

Neal não ligou para Georgie depois que saiu para Omaha, então Georgie também não ligou para ele. Ele simplesmente apareceu no fim da semana, na manhã de Natal, com a aliança na mão...

– Você ainda parece bem chateada – Neal disse. Corrigindo, Não-Neal disse. A miragem-aura-alucinatória-do-Neal disse.

– Meu dia foi esquisito – Georgie respondeu. – Além disso, acho que você terminou comigo faz uns dias.

– Não – ele disse, correndo.

Ela balançou a cabeça. Ainda tonta.

– Não? Tem certeza?

– Não. Quer dizer... Fiquei bravo. Disse umas coisas terríveis, e eu falei todas a sério, mas não terminei com você.

– Não estamos terminados? – A voz de Georgie falhou no "terminados".

– *Não* – Neal insistiu.

– Mas eu sempre achei que você tinha terminado comigo.

– Sempre?

– É... desde o dia em que a gente brigou.

– Não quero terminar com você, Georgie.

– Mas você disse que não aguentava mais.

– Eu sei.

– E falou a sério.

– Falei.

– Mas não estamos terminados?

Ele resmungou, mas ela sabia que não era com ela. Geralmente, quando Neal resmungava, era consigo mesmo.

– Não aguento mais *isso* – ele disse. – Mas espero que *isso* possa mudar porque... acho que também não consigo viver sem você.

– Claro que consegue.

Georgie não estava brincando.

Neal riu, mesmo assim. (Bom, não *riu* – Neal quase nunca ria. Mas ele soltava um barulhinho meio com o céu da boca que contava como riso.)

– Acha mesmo que eu consigo viver sem você? Porque eu não tive sorte nenhuma nisso até agora.

– Não é verdade – disse Georgie. Ela podia dizer isso; essa conversa não era real, não lhe custava nada. Na verdade, talvez fosse isso o que precisava fazer ali: dizer tudo o que não conseguira dizer para o Neal de verdade. Tirar tudo do peito. – Você teve vinte anos de muita sorte antes de nos conhecermos.

– Isso não conta – disse ele, como se entrasse na brincadeira. (*Não, quem entrou na brincadeira fui eu*, pensou Georgie. *Você, moço, é uma alucinação.*) – Eu não sabia o que estava perdendo antes de te conhecer.

– Frustração – disse ela. – Irritação. Festas metidas de gente da TV.

– Não é só isso.

– Noites longas – ela continuou. – Jantares que eu perco. Aquela voz que eu uso quando tento impressionar as pessoas...

Neal odiava aquela voz.

– Georgie.

– ... Seth.

Neal soltou aquele barulhinho de novo. Esse não saiu nem um pouco parecido com risada.

– Por que você está se esforçando tanto pra me afastar?

– *Porque* – ela insistiu. – Por causa do que você disse antes de ir. Sobre não estar funcionando e sobre você não estar feliz, e que não conseguiria continuar assim. Fico pensando no que você disse, não parei de pensar nisso, e não encontro modo de argumentar. Você *tinha razão*, Neal. Eu não vou mudar. Estou totalmente presa num mundo que você odeia, e só vou te prender aqui. Talvez seja melhor você sair fora enquanto ainda pode.

– Acha que eu devia terminar com você? – disse ele. – Quer isso?

– São duas perguntas diferentes.

– Acha que eu ficaria melhor sem você?

– Provavelmente. – *Fala*, ela disse a si mesma. *Fala logo*. – Quero dizer, *sim*. Olha tudo o que você disse depois da festa. Olha todas essas evidências.

– Aconteceu muita coisa depois que eu disse isso.

– Você viu um arco-íris duplo – disse ela –, e agora acredita em ETs.

– Não. Você ligou três vezes pra dizer que me ama.

Georgie respirou fundo e prendeu a respiração. Ligara para Neal muito mais vezes do que isso.

Ele pareceu estar segurando o telefone muito mais perto da boca:

– Você me ama *mesmo*, Georgie?

– Mais do que tudo – ela disse. Porque continuava falando a verdade, os torpedos que se danassem. – Mais do que tudo.

Neal fez o barulhinho, talvez de alívio.

– Mas – ela continuou insistindo – você disse que podia não bastar.

– Talvez não baste.

– Então...

– Então sei lá – disse Neal. – Mas não vou terminar com você. Não consigo, agora. Você quer terminar comigo?

– *Não.*

– Vamos começar de novo – ele disse baixinho.

– Desde que parte?

– Desde o começo dessa conversa.

Georgie respirou fundo.

– Como foi a sua viagem?

– Boa – disse ele. – Fiz o trajeto em 27 horas.

– Idiota.

– E vi um arco-íris duplo.

– Um milagre.

– E quando cheguei aqui, minha mãe tinha feito os biscoitos de Natal que eu mais gosto.

– Que sorte!

– Queria que você estivesse aqui, Georgie. Nevou pra você.

Isso não podia estar acontecendo. Era uma alucinação. Ou um surto esquizofrênico. Ou... um sonho.

Georgie recostou-se na cabeceira e levou o cabo do telefone, todo enrolado, até a boca e mordeu o plástico borrachudo.

Fechou os olhos e continuou na brincadeira.

CAPÍTULO 12

– Não acredito que você dirigiu sem parar.

– Não foi tão ruim assim.

– Dirigiu por 27 horas. Acho que isso é ilegal.

– Para caminhoneiros.

– *Por um bom motivo.*

– Não foi tão ruim assim. Comecei a ter um pouco de sono em Utah, mas parei o carro e andei um pouco.

– Você podia ter morrido. Lá mesmo. Em Utah.

– Você fala como se fosse uma morte pior do que a normal.

– Promete que não vai nunca mais fazer isso.

– Prometo que nunca mais vou quase morrer em Utah. Vou ter cuidado extra, daqui em diante, com os mórmons.

– Me fala mais dos ETs.

– *Me fala mais da viagem.*

– *Me fala mais dos seus pais.*

– *Me fala mais de Omaha.*

Georgie só queria ouvir a voz dele, não queria parar. Não queria que Neal parasse.

Houve momentos em que ficava mais claro para ela o que estava acontecendo. Ao que ela estava tendo acesso, real ou não. *Neal. 1998.*

A imensidade da coisa – e sua improbabilidade – ficava escalando a nuca de Georgie feito tontura, que ela apenas afastava.

Era como tê-lo de volta. Seu Neal. (O Neal de antigamente.)

Ele estava logo ali, e ela podia lhe pedir o que quisesse.

– Me fala mais das montanhas – disse Georgie, porque não sabia mais o que perguntar. Porque "*me fala onde foi que eu errei*" podia quebrar o feitiço.

E porque o que ela mais queria, mais do que tudo, era continuar escutando.

– Fui assistir a *O resgate do soldado Ryan* sem você.

– Que bom.

– E meu pai e eu vamos ver *A vida é bela*.

– Legal. Você devia também alugar *A lista de Schindler* sem mim.

– A gente já discutiu sobre isso – disse ele. – Você precisa assistir *A lista de Schindler.* Todo ser humano precisa assistir *A lista de Schindler*.

Georgie ainda não tinha assistido.

– Você sabe que eu não suporto nada relacionado a nazistas.

– Mas você gosta de *Guerra, sombra e água fresca*...

– Esse é o meu limite.

– O limite nazista?

– Isso.

– No Coronel Klink.

– É claro.

Ela tinha parado de chorar. Neal tinha parado de resmungar.

Ela estava metida no edredom, segurando o telefone delicadamente sobre o ouvido.

Ele ainda estava lá...

– E aí, Natal com o Cara da Piscina, hein?

– Gente – disse Georgie. – Esqueci que eu chamava ele assim.

– Como pôde esquecer? Faz seis meses que você chama ele disso.

– O Kendrick não é tão ruim assim.

– Não parece ser mesmo, parece ser legal. Acha mesmo que eles vão se casar logo?

– Acho. Talvez. – *Iminentemente.*

– Quando foi que você ficou tão zen com relação a isso?

– Como assim?

– A última vez que conversamos sobre isso, você fez todo um discurso sobre como isso é esquisito. Sobre como você e a sua mãe estão bebendo das mesmas águas.

Ai. É mesmo. Georgie riu.

– E você disse: "Não, sua mãe bebe da água da piscina"... Gente. Lembro disso.

Neal continuou:

– E depois você disse que se a sua mãe continuar nesse padrão e ritmo, seu próximo padrasto pode ser um menino atualmente na sexta série. Foi engraçado.

– Você achou engraçado?

– Achei.

– Mas não riu.

– Você sabe que eu não rio, luz do sol.

Georgie rolou para o lado e trocou o telefone de lado, encaracolando-se mais uma vez sob o edredom.

– Ainda não consigo acreditar que a minha mãe ficava de olho nos meninos de vinte e poucos anos aos *quarenta*. Que ela olhava pros garotos da faculdade e pensava: "Beleza. Tranquilo. Totalmente pegável". Acho que nunca notei como isso é perturbador até *agorinha mesmo*. – Seria como Georgie ficar com Scotty. Ou com um dos amigos da Heather, tipo o garoto da pizza. – Os garotos no começo dos vinte anos são uns *bebês* – ela disse. – Nem têm toda a barba formada ainda. Literalmente, nem saíram direito da puberdade.

– Ei, espera lá.

– Ah. Desculpa. Você, não.

– Isso. Eu, não. Ao contrário de muitos dos meus pares, tenho maturidade suficiente pra sair com a sua mãe.

– Para! Neal! Nem brinca com isso.

– Eu sabia que você não estava assim tão zen com relação a isso.

– Gente. Minha mãe é uma pervertida. Uma libertina.

– Acho que ela só tá apaixonada.

– Me desculpa pela festa – disse ela.

– Não quero falar disso, Georgie.

– Mesmo assim, desculpa.

– Porque aconteceu? Porque você foi um sucesso?

– Por ter feito você ir.

– Você não me fez ir – disse ele. – Não pode me *obrigar* a fazer nada. Sou adulto. E muito mais forte que você.

– Força nos membros superiores não é tudo. Tenho meus truques.

– Nada a ver.

– Tenho, sim. Sou mulher. As mulheres têm truques.

– Algumas mulheres. Nem toda mulher nasce com truques.

– Se eu não tenho truques – disse ela –, como é que eu consigo fazer você fazer quase tudo que eu quero?

– Você não me *faz* fazer nada. Eu faço as coisas. Porque eu te amo.

– Ah.

– Nossa, Georgie, não fale assim, tão desapontada.

– Neal... desculpa mesmo. Pela festa.

– Não quero falar disso.

– Tá bom.

– E não são só meus membros superiores – disse ele. – Todo o meu corpo é mais forte que o seu. Consigo te prender em, tipo, 35 segundos.

– Só porque eu *deixo* – disse ela. – Porque eu te amo.

– Ah, tá bom.

– Não fale assim, tão desapontado, Neal.

– Tenho certeza de que não falei desapontado.

Georgie mergulhou mais fundo no travesseiro. Puxou o edredom até o queixo. E fechou os olhos.

Se isso era só um sonho, ela queria ter um desses todas as noites – Neal quase sussurrando coisas fofas no ouvido dela.

– Meus pais ficaram desapontados por você não ter vindo pra cá comigo.

– Aposto que sua mãe ficou contente de ter você só pra ela.

– Minha mãe gosta de você.

Não gostava, não. Não em 1998.

– Acho que isso é um exagero – disse Georgie. – Ela faz cara feia de propósito toda vez que eu tento ser engraçada. É como se simplesmente *não rir* não fosse uma reação negativa forte o bastante.

– Ela não sabe como agir com você. Mas gosta de você.

– Ela acha que eu quero viver de escrever piadas.

– Você quer.

– Piadas bobas.

– Minha mãe gosta de você – disse ele. – Ela gosta porque você me faz feliz.

– Agora você tá colocando palavras na boca da sua mãe.

– Não tô, não. Foi ela quem me disse isso, na última vez que me eles vieram me visitar em L.A., depois que fomos naquele restaurante que servia tamales.

– Ela disse?

– Disse que não me via sorrindo tanto desde que eu era criança.

– Quando você sorriu? Ninguém da sua família sorri. Vocês são uma dinastia de covinhas desperdiçadas.

– Meu pai sorri.

– É…

– Eles gostam de você, Georgie.

– Você explicou por que eu não fui?

– Eu disse que a sua mãe queria que você passasse o Natal com ela.

– Isso é verdade.

– Sim.

Era uma da manhã. Três da manhã em Omaha. Ou no lugar em que Neal estava.

A mão que segurava o telefone na orelha dela tinha ficado dormente, mas Georgie não trocou de posição.

Devia deixá-lo ir. Ele estava bocejando. Talvez estivesse já pegando no sono – ela teve que repetir a última pergunta.

Mas Georgie não queria.

Porque…

Bom, porque não havia como esperar que isso continuasse. Fosse o que fosse. Essa coisa que ela começara, nas últimas horas, a considerar como um presente.

E porque... não sabia ao certo quando ouviria a voz de Neal novamente.

– Neal. Tá dormindo?

– Hmmm – ele respondeu. – Quase. Desculpa.

– Tudo bem. É que... por que você não quis falar sobre tudo comigo hoje?

– *Tudo*. Você quer dizer por que eu não quis brigar?

– Isso.

– Eu... – Parecia que ele estava se mexendo, talvez se levantando. – Fiquei tão triste quando saí da Califórnia, e me senti tão mal quando gritei com você no telefone ontem à noite, e... não sei, Georgie, talvez nunca dê certo entre a gente. Quando penso em voltar pra L.A., toda a minha raiva começa a voltar. Me sinto preso, e frustrado, e tenho vontade de dirigir o mais longe que posso daí. Longe de você, sinceramente.

– Nossa, Neal...

– Espera, não terminei. Me sinto assim. Até que ouço a sua voz. E daí... Não quero terminar com você. Não agora. Definitivamente, não essa noite. Essa noite, eu só queria fingir que todas as outras coisas não existem. Essa noite, eu só queria amar você.

Ela apertou o telefone no ouvido.

– E amanhã?

– Hoje, você quer dizer.

– É – ela disse.

– A gente vai descobrir quando chegar lá.

– Quer que eu ligue mais tarde? Hoje?

Neal bocejou.

– Quero.

– Tá bom. Vou deixar você dormir.

– Obrigado – ele disse. – Desculpa eu estar tão cansado.

– Tudo bem. Fuso horário.

– Me fala de novo?

– O quê?

– Por que você ligou.

Georgie apertou o telefone.

– Pra ver se você tinha chegado bem. E para dizer que eu te amo.

– Também te amo. Não duvide nunca disso.

Uma lágrima correu pela ponte do nariz dela, entrando no outro olho, embaixo.

– Nunca duvido – ela disse. – Nunca.

– Boa noite – disse Neal.

– Boa noite – Georgie respondeu.

– Me liga.

– Ligo.

DOMINGO
22 DE DEZEMBRO DE 2013

CAPÍTULO 13

Georgie espreguiçou-se e rolou para cima de alguém.

Neal?

Vai ver era ele. Vai ver ela estava acordando dessa maluquice toda, e Neal estaria ali... e também tio Henry e tia Em.

Ela teve medo de abrir os olhos.

Um celular tocou, ao lado da cabeça dela. O toque era uma música da Beyoncé.

Georgie rolou para o outro lado e viu Heather, sentada por cima do edredom, atendendo ao telefone.

– Mãe – disse ela –, a gente tá na mesma casa. Que preguiçosa, você... Tá. Fica calma, eu disse que iria perguntar. – Ela fitou Georgie. – Quer *waffle*?

Georgie fez que não.

– Não – disse Heather. – Ela não quer... Sei lá, acabou de acordar. Você precisa trabalhar hoje? – Ela cutucou Georgie. – *Ei*. Você tem que trabalhar?

Georgie fez que sim e olhou para o relógio. Quase nove. Seth ainda não estava pensando em chamar a polícia.

– Tá – Heather disse, ao celular, depois suspirou. – Também te amo... Não, mãe, não é que eu não goste de dizer, mas você está no fim do corredor... Tá. Te amo. Tchau.

Ela desligou o celular e saltou para perto de Georgie.

– Bom dia, dorminhoca.

– Bom dia.

– Como você está?

Alucinando. Possivelmente louca. Estranhamente feliz.

– Bem – Georgie respondeu.

– Jura?

– Como assim, "jura"?

– Assim – disse Heather –, sei que você precisa dizer pra mamãe que tá bem, mesmo que não esteja, mas se você estivesse bem *mesmo*, não estaria aqui.

– Tô bem, sim, só não sinto vontade de ir pra aquela casa vazia.

– O Neal te largou mesmo?

– Não – disse Georgie, depois resmungou. – Quer dizer, acho que não. – Ela pegou os óculos. Estavam equilibrados sobre a cabeceira. – Ele estava bravo quando saiu, mas... acho que me diria se fosse me largar. Não acha que ele diria alguma coisa?

A pergunta foi genuína.

Heather fez uma careta.

– Nossa, Georgie, sei lá. O Neal não é de falar muito. Eu nem sabia que vocês não estavam bem.

Georgie esfregou os olhos.

– A gente nunca tá bem.

– Bom, nem dá pra perceber. Sempre que falo com vocês, Neal te leva café na cama ou te dá um cartão de aniversário superfofo.

– É.

Georgie não queria dizer a Heather que não era assim tão simples. Que Neal fazia o café da manhã até quando estava muito bravo; e às vezes fazia *exatamente* por estar muito bravo. Como um modo de fingir estar presente no relacionamento, mesmo quando estava frio e mal falava com ela.

– Quando eu era criança – disse Heather –, sempre achei que Neal era seu príncipe encantado.

A sensação de estranha felicidade de Georgie estava desaparecendo com rapidez.

– Por quê?

– Porque lembrava do seu casamento... Aquele vestido branco longo que você usou e todas as flores, e Neal tão bonito... ele tinha um cabelo totalmente príncipe encantado, e ainda tem, tipo o da Branca de Neve. E ele te chamava de "luz do sol". Ele ainda te chama de luz do sol?

– Às vezes – disse Georgie, olhando para o telefone.

– Achava ele tão romântico...

– Me faz um favor?

Heather pareceu desconfiada.

– O quê?

– Ligue pro telefone aqui de casa.

– Ahn?

– O fixo – disse Georgie. – Liga pro fixo.

Heather franziu o cenho, mas pegou o celular e digitou.

Georgie prendeu a respiração, fitando o telefone amarelo. Ele tocou. Ela soltou o ar e foi atender.

– Alô? – disse, olhando para Heather, sabendo que devia estar com uma cara muito de louca.

– Oi – disse Heather –, vai um *waffle*?

– Não – disse Georgie. – Te amo, tchau.

Heather sorriu.

– Te amo, tchau.

Georgie tomou banho no banheiro da mãe. O xampu dela era pior ainda que o da Heather. Cheirava a marzipã.

Vestiu sua calça e a camiseta do Neal. O sutiã tivera dias melhores, mas ainda dava para usar. Ela concluiu que a calcinha tinha sido usada dias demais para ser considerada, então enfiou-a no fundo do lixo e saiu sem.

Talvez devesse pegar calcinhas quando for pra casa pegar o carregador, disse seu cérebro.

Talvez devesse ficar na sua, Georgie pensou de volta.

Depois de vestida, sentou-se na cama e olhou para o antigo telefone. Hora de lidar com o problema.

Ela pegou o telefone e discou sem parar o número da casa dos pais de Neal.

A mãe dele atendeu após o terceiro toque.

– Alô?

– Oi... Sra. Grafton – disse Georgie.

– Oi?

– É a Georgie.

– Ah, oi, Georgie. Neal ainda tá dormindo. Deve ter ficado acordado até tarde. Quer que ele ligue depois?

– Não. Quer dizer, diga que eu ligo depois. Na verdade, eu já disse que iria ligar depois. Mas... eu ia pedir uma coisa. – Não dava para perguntar quem era o presidente, pareceria muito maluca... – Sabe quem está presidindo a Câmara dos Representantes?

– Hmmm. É o Newt Gringrich, não é? Já mudou?

– Não – disse Georgie. – Acho que é isso mesmo. O nome dele tava na ponta da minha língua. – Ela chegou mais perto da base do telefone. – Obrigada. Humm, tchau. Obrigada.

Georgie largou o receptor no aparelho, levantou-se e deu alguns passos. Depois caiu de joelhos e meteu o braço embaixo da cama, onde alcançou o plugue do telefone para retirá-lo da parede. Ela puxou o fio, afastou-se da cama e engatinhou até a parede oposta, fitando o criado-mudo.

Tinha que lidar com isso.

Ainda estava acontecendo.

Tinha que lidar com o problema.

Possibilidades:

1. Alucinação persistente.

2. Sonho muito, muito longo. (Ou sonho de duração normal, mas percebido como muito, muito longo de dentro?)

3. Surto esquizofrênico.

4. Encenação acidental de Em algum lugar do passado.

5. Já morri? Tipo em Lost, *o seriado?*

6. Uso de drogas. Não me lembro de ter usado.

7. Milagre.

8. Portal interdimensional.

9. A felicidade não se compra*? (Sem o anjo. Sem o suicídio. Sem a explicação quase-racional.)*

10. A porra de um telefone mágico.

Tinha que resolver o problema.

Sentou-se no carro e plugou seu iPhone. Nenhuma ligação perdida de Neal. Do Neal de verdade, o de 37 anos. (*Por que ele não ligava? Estava tão bravo assim? Neal, Neal, Neal!*)

Ela digitou o número do celular dele e nem estranhou quando foi a sogra quem atendeu.

– Georgie?

– Margaret.

– Dessa vez eu sabia que era você – disse a mãe –, porque vi sua foto no telefone. Quem você é aqui? Um robô?

– O Homem de Lata. Margaret, quem é o presidente da Câmara dos Representantes?

– Ih, não sei. Não é aquele republicano dos olhos bonitos?

– Não sei – disse Georgie, notando que não sabia mesmo. *Quem veio depois de Nancy Pelosi?* – Não é Newt Gingrich, né?

– Ah, não – disse Margaret. – Ele não concorreu à presidência? Você tá fazendo palavras cruzadas?

Isso seria um bom disfarce; ela devia ter dito à outra Margaret que estava fazendo palavras cruzadas.

– Isso – disse Georgie. – Viu, posso falar com o Neal?

– Ele acabou de sair.

Claro que saiu.

– Ele não te ligou ontem? – perguntou Margaret. – Eu pedi pra ele ligar.

– Acho que não vi quando ele ligou.

– A Alice tá aqui, quer falar com ela? Alice, vem dar oi pra mamãe...

– Alô? – Alice parecia distante.

– Alice?

– Fala mais alto, mãe. Não dá pra ouvir.

Ela parecia estar sentada do outro lado do canto em que ficava o aparelho.

– Alice! – Georgie afastou seu celular do rosto e gritou. – Atende o telefone!

– Já atendi! – Alice gritou. – Mas a Dawn disse que não é bom encostar o celular no rosto porque dá câncer.

– Não é verdade.

– O quê?

– Não é verdade! – Georgie gritou.

– A Dawn disse que é! Ela é enfermeira!

– Miau!

– É a Noomi? Deixa eu falar com ela!

– Não quero que a Noomi tenha câncer.

– Liga o viva-voz, então, Alice.

– Não sei fazer isso.

– É o botão que diz "viva-voz"!

– Ah... assim?

Georgie colocou o celular de volta na orelha.

– Tá me ouvindo?

– Uhum.

– Alice, ninguém fica com câncer por causa do celular. Principalmente se for só uns minutinhos.

– Miau.

Alice suspirou.

– Eu confio em você, mão, mas você não é enfermeira. Nem médica. Nem cientista.

– Cientista! – disse Noomi, rindo. – O cientista faz poção.

– Como vocês estão? – Georgie perguntou.

– Bem – ambas disseram. Por que Georgie perguntava isso? Era o que sempre as fazia ficar caladas. Teria sido melhor ficar discutindo sobre câncer cerebral.

– Cadê o papai?

– Ele foi no mercadinho – disse Alice. – Vamos fazer todos os biscoitos famosos da vovó. Até aquele com gotinha de chocolate que parece ratinho.

– O bumbum vai ser de cereja – disse Noomi.

Alice continuou falando:

– E vamos fazer bolinhas de manteiga de amendoim e árvores de Natal verdinhas, e a vovó disse que eu posso usar a batedeira. A Noomi vai ajudar, mas ela tem que subir na cadeira, e a Dawn disse que parece perigoso, mas não vai ser, porque o papai vai segurar.

Dawn, a enfermeira.

– Que legal – disse Georgie. – Guarda um pouco pra mim?

– Miau!

– Claro – disse Alice. – Vou ter que arranjar uma caixa.

– Miau, mamãe!

– Miau, Noomi.

– A gente tem que desligar. Vamos arrumar a cozinha.

– Alice, espera. Fala uma coisinha pro papai?

– Uhum.

– Fala pra ele que eu liguei pra dizer eu te amo?

– Também te amo – disse Alice.

– Te amo, filhinha. Mas diz pro papai que eu amo ele também. Diz que liguei pra dizer isso.

– Tá bom.

– Te amo, Alice. Te amo, Noomi.

– A Noomi já foi pra cozinha com a vovó.

– Tá bom.

– Tchau, mamãe.

Georgie começou a se despedir, mas Alice já tinha desligado.

Alguém bateu no para-brisa dela.

Georgie ergueu a cabeça do volante. Era Kendrick. Não dava para ouvir direito o que ele dizia. Ela baixou o vidro da janela.

– Tudo bem aí? – ele perguntou.

– Tudo.

– Tá bem. Porque, bom, é que parece que você tá sentada no carro chorando.

– Já parei de chorar. Agora estou só sentada no carro.

– Ah, bom. Tá bem.

Georgie ergueu o vidro da janela e escondeu o rosto no volante.

Bateram no para-brisa de novo. Ela olhou.

– Você tá me bloqueando! – Kendrick gritou, para que ela pudesse ouvir, não por estar irritado, e apontou para a garagem aberta, onde sua picape já estava com o motor ligado.

– Desculpa – disse Georgie. – É que...

Ela engatou a marcha à ré e tirou o carro da entrada da garagem. Era melhor ir logo trabalhar.

Opções:

1. Ligar pro médico. (E acabar medicada? Talvez até numa clínica... Neal ficaria com pena, pelo menos.)

2. Consultar vidente. (Prós: muito comédia romântica. Contras: parece demorado; nunca gostei de me sentar numa sala com gente estranha.)

3. Fingir que nem aconteceu. Basta evitar o telefone amarelo, pelo visto...

4. Destruir o telefone amarelo? (Canal para o passado perigoso demais para existir. Possíveis situações de pesadelo, por exemplo: e se o pai do Marty McFly não levasse a mãe dele pra formatura?

5. SANTO DEUS. EU NÃO TENHO UM CANAL PARA O PASSADO.

6. Ligar pro médico?

7.

7.

7. Continuar na brincadeira?

– Senhora?

– Desculpe, como?

– Um *latte venti* de baunilha, certo?

– Isso – disse Georgie.

– Pode passar para o próximo guichê.

Alguém buzinou atrás, e Georgie checou o retrovisor. Havia pelo menos cinco carros atrás do dela.

– Claro – disse. – Desculpe.

Se fosse um filme...

Se houvesse um anjo...

Ou uma máquina de prever o futuro...

Ou uma fonte mágica...

Se fosse um filme, isso não seria aleatório. Uma ligação qualquer para um ponto qualquer do passado. Teria algum *significado*. Então, o que isso significava?

Natal de 1998:

Georgie e Neal foram a uma festa. Brigaram. Neal terminou com ela – pelo menos ela achou que ele havia terminado com ela. E então, uma semana depois, ele a pediu em casamento.

E agora ela estava falando com ele durante essa semana, a semana perdida… *Por quê?*

Será que ela tinha que mudar alguma coisa? Se ela estivesse num episódio de *Quantum Leap*, haveria algo específico que ela teria de mudar. *(Você não está num episódio de* Quantum Leap, *Georgie – isso aqui é a sua vida. Você não é o Scott Bakula.)*

Mas *e se…*

Natal de 1998. Eles brigaram. Neal foi para casa. Voltou. Pediu-a em casamento. Viveram meio-que-felizes para sempre. Espera, será que era *isso* o que ela tinha de mudar? Esse meio-que-felizes para sempre?

Como ela poderia consertar algo como isso, *por telefone*, sem nem saber se tinha conserto?

Natal de 1998. Uma semana sem Neal. A pior semana da vida dela. A semana em que ele decidira casar-se com ela…

Será que Georgie tinha que fazê-lo mudar de ideia?

CAPÍTULO 14

– Não sei o que dizer – disse Seth. Estava encostado no quadro, olhando feio para a camiseta dela, do Metallica. – Por um lado, seu cabelo está molhado, então você obviamente tomou banho e trocou de roupa. O que é muito bom. Por outro, sinto falta da calça de moletom... Georgie? Oi? *Ei?*

Georgie parou de tentar plugar o celular no computador e olhou para o amigo. Ele tinha se afastado da parede e colocou a mão no ombro dela.

– Sei que já te perguntei isso a semana toda – disse ele –, mas vou tentar de novo. Tá tudo bem?

Ela enrolou o cabo USB entre os dedos.

– Se você pudesse voltar no tempo e corrigir um erro, voltaria?

– Sim – ele disse, sem nem pensar. – Você está bem?

– É? Voltaria? Mexeria no passado?

– Sem dúvida. Você disse que tinha um erro. Eu consertaria.

– Mas e se você bagunçasse tudo? – Georgie perguntou. – E se essa sua ação mudasse tudo?

– Como em *De volta para o futuro*?

– Isso.

Seth deu de ombros.

– Nah. Não acredito nisso. Eu voltaria e consertaria o erro. O resto se organizaria sozinho. Não vai haver uma guerra mundial só porque eu fui melhor no vestibular.

– Mas se você tivesse ido melhor no vestibular, talvez não tivesse cursado a ULA, e então não teria me conhecido, e não estaríamos aqui agora mesmo.

– Pfff – disse ele, zombando de mim. – Você acha mesmo que foi só isso que fez a gente ficar junto? Circunstâncias? Localização? – Ele balançou a cabeça. – Estou achando sua perspectiva sobre tempo e espaço bastante limitada.

Georgie voltou a fuçar no notebook. Seth tomou o cabo da mão dela e o plugou.

– Imprimi o que escrevemos ontem – disse ele. – Dá uma olhada.

Neal notara que Georgie estava diferente – no telefone, na noite anterior. Até chegou a mencionar o fato. Talvez reparasse no que estava acontecendo.

De jeito nenhum ele iria reparar no que estava acontecendo.

Por que raios Neal chegaria à conclusão totalmente implausível *e correta* de que estava conversando com ela no futuro?

Georgie não havia dito nada que a localizasse no tempo. Não mencionou a internet. Ou a guerra. Ou as filhas. Não tentou avisá-lo sobre a bolsa de valores ou o 11 de Setembro.

– Você tá diferente hoje – ele disse. Isso foi depois que tinham passado cerca de meia hora ao telefone.

– Por quê? – Georgie perguntou. Deus do céu, era como conversar com um fantasma. Ou algo ainda mais esquisito: uma assombração.

– Não sei o que é.

– Minha voz tá mais grave? – Isso faria sentido. Ela estava quinze anos mais perto da menopausa. – Talvez seja por ter chorado.

– Não – disse ele. – Acho que não. Você está soando tão... cautelosa.

– Eu *estou* sendo cautelosa.

– Parece não ter certeza de nada.

– E não tenho – ela afirmou.

– É, mas Georgie, "ter certeza de tudo" é a sua marca registrada.

Ela riu.

– Isso foi uma referência a *Flores de aço*?

– Você sabe que eu tenho uma queda pela Sally Field – disse ele. – Não vou pedir desculpas por isso agora.

Ela tinha se esquecido da queda por Sally Field.

– Eu conheço todos os seus segredinhos – disse ela.

– Tudo culpa da *Noviça Voadora*.

Georgie não se lembrava de sempre ter certeza de tudo aos 22 anos.

Ela tinha um plano.

Sempre tinha um plano. Parecia a coisa certa a fazer – ter um plano e segui-lo, até ter motivos sólidos para mudar o curso.

Neal seguia uma abordagem oposta. Seu grande plano, a Oceanografia, não dera muito certo; e então seu plano tornou-se apenas ficar de olho para quando aparecesse algo melhor.

Georgie achava que podia consertar isso para ele. Era ótima em fazer planos, e Neal era ótimo no restante; a dupla tinha tudo para ser perfeita.

– Você podia fazer *isso aqui* da vida – Georgie sugeriu, certa noite, na *Spoon*, antes mesmo de começarem a sair.

– Entreter você? – disse Neal. – Acho legal. Quais são os benefícios?

Ela estava sentada de frente para ele (sempre se sentava de frente para ele), apoiada na mesa de desenho.

– Não. Isso aqui. *Parem o sol*. Você é muito bom. Pensei que já fosse sindicalizado.

– Você é muito gentil – disse ele. – Está errada, mas é muito gentil.

– Tô falando sério.

– Não posso viver disso. – Ele pôs um charuto na boca do castor que estava desenhando. – Isso é só de bobeira, são só rabiscos.

– Então não quer ser como Matt Groening?

– Com todo o respeito, não.

– Por que não?

Neal deu de ombros.

– Quero fazer uma coisa real. Quero fazer diferença.

– Fazer as pessoas rirem é real.

Ele torceu o canto da boca.

– Deixo pra você essa honra.

– Você também acha que comédia é bobeira?

– Sinceramente?

– Claro, sinceramente.

– Acho.

Georgie ajeitou-se na cadeira e cruzou os braços, em cima da mesa.

– Acha que os meus sonhos são perda de tempo?

– Acho que os seus sonhos seriam perda de tempo pra *mim* – disse ele. – Eu não seria feliz assim.

– Então o que faria *você* feliz?

– Bom, se eu soubesse, estaria fazendo. – Ele olhou para ela, os olhos sofridos e quase sinceros demais para as circunstâncias, para as luzes fortes no porão do grêmio estudantil. Pairou a caneta sobre a margem da tirinha e deixou a tinta escorrer. – Sério. Se eu descobrir o que me faz feliz, não vou perder mais tempo. Vou agarrar logo. Não vou nem pensar.

Georgie assentiu.

– Acredito em você.

Neal sorriu e baixou os olhos, envergonhado, balançando um pouco a cabeça.

– Desculpa. Andei pensando muito na minha vida ultimamente.

Ela esperou que ele retomasse o desenho.

– Você podia ser médico...

– Talvez.

– Você tem umas mãos de médico. Posso imaginar você fazendo umas suturas muito bem-feitas.

– Esquisito – disse ele. – Mas obrigado.

– Advogado?

Neal fez que não.

– Chefe apache?

– Não tenho contatos pra isso.

– Bom – disse Georgie –, fiquei sem ideias. Peraê. Açougueiro? Padeiro? Veleiro?

– Nenhum desses seria muito ruim, na verdade. O mundo precisa de padeiros.

– E de veleiros – ela acrescentou.

– Na verdade, andei pensando – Neal olhou para ela, depois baixou os olhos, umedecendo os lábios. – Andei pensando no Corpo da Paz.

– Corpo da Paz? Jura?

– É. Seria uma coisa importante pra fazer enquanto descubro o resto.

– Nem sabia que ainda existia o Corpo da Paz.

– Isso ou a Força Aérea – disse Neal.

– Não são direções radicalmente diferentes?

– Nem um pouco.

Ele olhou por cima do ombro dela, então baixou as sobrancelhas e olhou para baixo.

Georgie conhecia essa expressão. Ela se ajeitou na cadeira e olhou para trás para ver o que Seth queria.

Seth havia entrado de corpo inteiro na sala de produção – geralmente, não passava da porta. Mas, dessa vez, ele se sentou num banco alto perto de Georgie e apoiou-se numa mesa.

– Oi, Neal, tudo joia?

– Beleza – Neal murmurou, sem olhar para o outro.

Seth assentiu e voltou-se para Georgie.

– Então, a gente só tá esperando aquela matéria de capa. Mike e Brian ainda estão trabalhando nela.

Georgie fitou seu relógio. A *Spoon* teria que ir para a gráfica naquela noite. Ela e Seth eram os editores-chefes, por isso teriam que esperar pela matéria, ajustá-la, e só então mandar os arquivos para a gráfica. Seria uma noite longa.

– Não há motivos pra nós dois ficarmos – disse Seth. – Você devia ir embora.

– Não, tudo bem – disse Georgie. – Eu fico. Pode ir pra casa.

Seth franziu o nariz. Ela tinha certeza de que ele fazia isso porque era adorável. Tinha certeza de que Seth praticava todas as expressões faciais e gestos em frente ao espelho, e se concentrava naqueles que faziam dele um misto de modelo da Abercrombie e gatinho filhote.

– Não quero deixar tudo nas suas costas – disse ele. – Pode ser que tenha que ficar a noite toda.

– Eu não ligo mesmo – disse ela. – Você não tem um encontro?

Ele fez que sim.

– Tenho, sim.

– Com a adorável Breanna, pelo que ouvi.

– Com a adorável Breanna – disse Seth, ainda fazendo que sim; ele fez um biquinho meio de lado.

– Vai lá – disse ela. – Você fica me devendo essa.

Seth fez cara de desconfiado para Georgie, depois para Neal, mas pareceu tomar uma decisão.

– Tá bom. – Levantou-se. – Fico te devendo.

– Divirta-se no encontro – disse Georgie.

Ele chegou até a porta, depois deu meia-volta.

– Quer saber? Vou ligar para a Breanna. Não posso te largar desse jeito. Vai ficar tarde, você vai ter que ir até o carro sozinha...

– Não se preocupe – disse Neal. Georgie olhou para ele, surpresa de ouvir sua voz. – Eu fico aqui. E acompanho ela até o carro.

Seth fitou Neal. Georgie tinha certeza de que os dois nunca tinham feito contato visual antes; ela achou que um dos dois fosse entrar em combustão. Ou ambos.

– Que cavalheiro – disse Seth.

– Nada de mais – retrucou Neal.

– Ótimo – disse Georgie, tentando fazer sinal com os olhos para Seth, desejando que eles tivessem um código não verbal para *Me deixa aqui sozinha com o gatinho, seu mala.* – Problema resolvido. Pode ir, Seth. Vá pro seu encontro. Vai lá e arrasa!

– Ah, então acho que é isso... – disse Seth. – Beleza. Bom. Te vejo amanhã, Georgie. Você vai lá amanhã? Pro meu quarto?

– Vou. Me dá uma ligada quando não tiver mais nada da adorável Breanna e as coisinhas dela.

– Beleza – disse ele, finalmente saindo.

Georgie voltou-se para Neal, toda animada.

– Você tem um péssimo gosto pra comparsas – ele disse, após um instante.

– Parceiro de escrita – ela corrigiu.

– Humm.

Neal *realmente* levou Georgie até o carro nessa noite. E foi *sim* um cavalheiro perfeito.

Para a tristeza de Georgie.

Neal também parecera diferente ao telefone na noite anterior.

A voz estava mais aguda, os pensamentos fluíam com mais naturalidade. Neal com menos restrição, menos controle.

Falava como o rapaz do outro lado da mesa de desenho.

CAPÍTULO 15

Seth e Scotty gostavam de fazer graça.

Se Georgie risse das piadas dos dois, eles não perceberiam que ela não estava contribuindo com o *brainstorming*, apenas escrevia no quadro o que diziam e sublinhava.

Mas esse dia não era como os outros. Seth continuava de olho em Georgie, como se tentasse descobrir o que estava acontecendo...

Bom, ele podia continuar tentando – jamais descobriria que o problema era aquela porcaria de telefone mágico! (Embora Georgie estivesse um pouco preocupada, achando que ele fosse reparar em outra coisa – que ela estava sem calcinha.)

Seth e Scotty davam ideias.

Georgie estava cheia delas na cabeça.

E se isso tudo estivesse acontecendo por algum motivo? E se ela tivesse que consertar o que havia de errado entre ela e Neal? "O que tem de errado?" não era pergunta das mais fáceis de responder.

Ah, mas dava para responder, sim:

Muita coisa.

Havia muita coisa errada entre eles, mesmo nos dias bons...

(Os dias em que ela chegava cedo e recebia café da manhã na cama. Dias em que os olhos de Neal brilhavam. Quando as meninas o faziam sorrir, e ele as fazia rir. Dias tranquilos. Manhãs de Natal. Dias em que ela chegava tarde e Neal a encontrava na porta e a agarrava ali mesmo.)

Mesmo nos dias *bons*, Georgie sabia que Neal era infeliz.

E era tudo culpa dela.

Não era só por que ela o colocava pra baixo, desanimava-o e continuamente o deixava esperando...

Era por tê-lo atado a ela com tanta força. Porque o *queria*. Porque ele era perfeito para ela, mesmo ela não sendo perfeita para ele. Porque o queria mais do que queria que ele fosse feliz.

Se ela amasse Neal, se realmente o amasse...

Não deveria desejar para ele mais do que *comigo, sempre comigo*?

E se Georgie pudesse dar a Neal a chance de recomeçar? O que ele faria?

Entraria para o Corpo da Paz? Voltaria para Omaha? Casaria-se com a Dawn? Ou com alguém ainda melhor do que a Dawn?

Seria feliz?

Voltaria todo dia do trabalho sorrindo? Será que a Dawn ou a ainda-melhor-do-que-a-Dawn já teria posto o jantar?

Entraria na cama e a puxaria para perto dele, para adormecer com o nariz mergulhado no espaço perto da nuca dessa mulher imaginária...?

Georgie chegara a esse ponto em seu devaneio: Neal dormindo de conchinha com sua esposa mais-adequada-do-que-ela, até que imaginou os *filhos* da segunda chance do marido nesse mundo diferente. Então bateu a porta, fugindo de toda essa felicidade hipotética.

Se o universo achava que Georgie apagaria *suas filhas* do fluxo temporal, estava muito, mas muito enganado.

Ela foi até o banheiro e chorou por alguns minutos. (Essa era uma das vantagens de ser a única mulher da equipe de criação: Georgie quase sempre tinha o banheiro só para si.)

Depois passou a hora seguinte jogando, mentalmente, o telefone amarelo num poço profundo, que era depois preenchido com concreto.

Nunca mais tocaria naquela *coisa*.

O aparelho não era nenhum canal para o passado. Não era mágico. Não existe magia. (*Eu não acredito em fadas. Foi mal, Peter Pan.*) Mas Georgie não queria arriscar ainda. Não era uma Senhora do Tempo, não queria um colar Vira-Tempo. Sentia-se estranha até de rezar pelas coisas – porque não achava que devia pedir que Deus lhe concedesse algo que já não fizesse parte do plano.

E se Georgie acabasse apagando acidentalmente seu casamento com essas ligações? E se apagasse suas filhas? E se já tivesse bagunçado alguma coisa – será que saberia?

Ela tentou lembrar a si mesma que tudo não passava de ilusão. Que ela não tinha que se preocupar com as implicações perigosas, porque ilusões não têm implicações.

Foi isso que ela tentou lembrar a si mesma, mas não tinha certeza se acreditava.

Ilusão.

Engano.

Miragem.

Porra de telefone mágico.

– Tacos coreanos de novo? – perguntou Seth.

Georgie fez que sim.

Depois de dois meses visitando a sala de produção da *Spoon*, Georgie tinha 53% de certeza de que Neal gostava dela.

Ele a aturava; isso parecia significar alguma coisa. Ele nunca lhe pedia para ir embora. (*Valia a pena mesmo colocar isso na coluna dos pontos positivos? Não pedir para que fosse embora?*)

Ele conversava com ela...

Mas só se Georgie puxasse assunto primeiro. Se ficasse ali por um tempo.

Às vezes até parecia que Neal estava flertando com ela. Noutras, não dava nem para saber se a estava escutando.

Ela decidiu testá-lo.

Na vez seguinte que Neal veio à *Spoon*, Georgie disse "oi", mas ficou em sua mesa, torcendo para que *ele* fosse até *ela*, pra variar.

Ele não foi.

Ela usou essa estratégia de novo alguns dias depois. Neal cumprimentou-a quando ela disse oi, mas não parou e nem foi até ela.

Georgie disse a si mesma para aceitar a recusa.

– Reparei que você anda evitando a toca do hobbit – Seth comentou.
– Não estou evitando – Georgie retrucou. – Estou trabalhando.
– Ah, tá. Trabalhando. Notei mesmo essa sua ética inexorável de trabalho todas as noites em que você montou acampamento na toca do hobbit assim que o Bilbo dava as caras.
– Vai reclamar da minha ética de trabalho, agora?
– Não tô reclamando, Georgie. Só *reparando*.
– Bom, pode parar.
– Ele te deixou? Te achou alta demais pra ele?
– Temos a mesma altura, na verdade.
– É mesmo. Que fofo. Como os vidrinhos de sal e pimenta.
Georgie devia estar com uma cara 53% chateada, porque Seth parou de mexer com ela. Mais tarde, quando estavam trabalhando na coluna, ambos espremidos frente ao computador dela, Seth deu um baita puxão no rabo de cavalo dela.
– Você é boa demais pra ele.
Ele disse isso baixinho.
Georgie nem tirou os olhos da tela.
– Provavelmente não.
Ele puxou de novo.
– Alta demais. E bonita demais. E boa demais.
Georgie ficou tensa.
– Não tô preocupado com você – disse Seth. – Algum dia, seu príncipe vai chegar.
– E você vai fazer tudo o que puder pra espantar o cara.
– Que bom que as regras estão claras pra todos – ele disse, puxando o cabelo dela de novo.
– Isso dói, sabia?
– Estou tentando desviar sua atenção da dor emocional.
– Se fizer de novo, vou te dar um tapa.
Ele puxou de novo, imediatamente. De leve, dessa vez. Georgie deixou passar.

Seth sempre tinha que forçar Georgie a ir a festas. Uma vez na festa, ela ficava bem. Uma vez na festa, geralmente, ela ficava ótima – quando não era a *alma* da festa, certamente era uma das convidadas mais interessantes. As pessoas (desconhecidos, estranhos) deixavam Georgie nervosa. E uma Georgie nervosa era muito mais extrovertida do que uma Georgie normal. Georgie nervosa era praticamente uma maníaca.

– É como se você virasse o Robin Williams de 1982 – Seth dizia.

– Ai meu Deus, não fala assim. É terrível.

– O quê? O Robin Williams de 1982 era hilário. Todo mundo adorava ele nessa época.

– Não quero ser o Mork nas festas.

– Eu quero – disse Seth. – O Mork é incrível.

– Os gatinhos nunca vão pra casa com o Mork – Georgie resmungou.

(A coisa não tinha melhorado com o passar dos anos; Georgie *ainda* ficava nervosa nas festas e encontros e grandes reuniões. Seth dizia que a carreira dos dois acabaria se ela um dia percebesse como era divertida e parasse de enlouquecer por causa disso.)

Não muito tempo depois que Georgie desistira de Neal, Seth a convencera a ir à festa de Halloween da *Spoon*. Ele foi vestido de Steve Martin. Terno branco, cabelo pintado de grisalho, com uma flecha de mentira atravessando a cabeça.

Georgie foi de Hot Lips Houlihan, personagem de *M*A*S*H*. O que era basicamente roupa camuflada, camiseta verde-oliva e plaquinhas de identificação do exército. Além disso, fez escova no cabelo. Ela supôs que o *look* devia estar razoável, visto que Seth pareceu distraído com os seios dela.

Assim que entraram na festa, a distração dele passou para os seios de outra pessoa. Havia muitas garotas no local, considerando que era uma festa da *Spoon*; devia haver gente com outros contatos – talvez o colega de quarto de alguém estudasse administração.

Georgie pegou uma bebida com pouco álcool, dessas de garrafinha, e colocou o líquido num copo para que ninguém soubesse o que ela estava bebendo de fato.

Já tinha começado a tagarelar nervosamente com um cara vestido de Maggie Simpson quando viu Neal do outro lado do recinto. Estava encostado na parede, entre dois grupos de pessoas – olhando para ela.

Georgie não desviou o olhar. Ele ergueu sua garrafa de cerveja quase até o peito e a cumprimentou, acenando com a cabeça. Ela apertou o copo, quase amassando-o, e tentou acenar de volta. O resultado foi mais um espasmo do que um aceno.

Georgie voltou sua atenção para o cara vestido de Maggie Simpson. (Por que um cara escolheria fantasiar-se de Maggie Simpson?) Estava tentando adivinhar qual era a fantasia dela.

– Aquela mina do *Tomb Raider*?

Georgie olhou de novo para Neal. Estava com a cabeça inclinada de lado. Ainda a observava.

Ela sentiu o rosto arder de rubor e baixou os olhos para seu drinque.

Quem sabe ele viria até ela. Quem sabe Neal finalmente daria quinze passos fora do seu caminho de sempre para lhe dar "oi". Georgie olhou-o de volta, no mesmo instante em que ele desviava os olhos da garrafa – nem levantou a cabeça totalmente para olhar para ela.

Que se dane.

– Desculpa, tenho que... vou pra lá, tudo bem? É que vi meu, hmm, é que... um amigo meu tá ali. Com licença.

Georgie afastou-se de Maggie Simpson e espremeu-se por entre um patético círculo de gente dançando para chegar até onde estava Neal. Não havia muito espaço disponível entre as pessoas; ele escorregou para o lado, abrindo lugar para ela.

– Oi – Georgie disse, encostando de lado.

Neal estava de costas para a parede, segurando a garrafa com as duas mãos. Não tirava os olhos dela.

– Oi, Hot Lips.

Georgie sorriu e revirou os olhos.

– Como adivinhou a minha fantasia?

Ele torceu os lábios o bastante para fazer covinhas.

– Sei da sua fixação bizarra com os seriados dos anos 1970. – Ele deu um gole na cerveja. – Fiquei surpreso de você não ter vindo de Detetive Wojciehowicz.

– Não encontrei a gravata certa.

Neal quase sorriu.

Ela olhou para as roupas dele. Estava bem normal – calça jeans, camiseta preta –, mas havia um desenho branco brilhante que subia pelas mangas e descia da gola. Ele mesmo devia ter pintado. Parecia um cristal.

– Desiste? – ele perguntou.

Ela fez que sim.

– A primeira geada.

Ele deu outro gole.

– É lindo – disse Georgie. Alguém tinha aumentado o som, então ela repetiu, só que mais alto: – *É lindo*.

Neal deu de ombros.

– Tenho que admitir que estou surpresa de te ver aqui – ela disse.

– Não devia.

– Você não faz muito o tipo festeiro.

– Odeio festas – disse Neal.

– Eu também.

Ele fez cara de desconfiado.

– Ah, tá.

– Juro.

– Deu pra ver mesmo pelo jeito como que você entrou, e todo mundo gritou "Georgie!", e você mandou beijos pra todos, e começou a tocar "Gettin' jiggy wit it"...

– Primeiro: que exagero! Segundo: só porque eu me saio bem nas festas, não quer dizer que gosto delas.

– Você prefere coisas em que não se sai bem?

Georgie tomou um gole frustrado de sua bebida e pensou em sair dali.

– Obviamente.

Então houve um surto de risos no grupo atrás dela, e alguém tropeçou em Georgie, empurrando-a para cima de Neal. Ela segurou o copo contra o peito, para não derramar a bebida. Neal rapidamente ficou de frente para ela, abrindo espaço na parede e segurando-a por um instante, a mão no braço dela.

– Desculpa – disse o cara atrás dela.

– Sem problema – Georgie respondeu. Ela e Neal ficaram mais perto um do outro, os ombros quase se tocando na parede.

Realmente, os dois tinham quase a mesma altura. Georgie tinha 1,67m; Neal devia ter uns 1,70m. Talvez. Era legal – ter os olhos de um cara bem ali, onde ela podia alcançá-los. Se ao menos ele olhasse para ela...

– Então – disse ele –, você veio com seu não namorado, né?

– Ele *não* é meu namorado.

– Uhum. Acho que vi ele entrando. Veio de O Babaca.

Georgie fechou os olhos por um instante. Quando voltou a falar, sua voz estava tão baixa, que não tinha certeza de que Neal conseguiria ouvir:

– Às vezes eu acho que o único motivo pelo qual você começou a falar comigo foi porque sabia que isso irrita o Seth.

A resposta veio curta e grossa:

– Às vezes eu acho que esse é o único motivo pelo qual *você* começou a falar comigo.

Ela abriu os olhos.

– O quê?

– Todo mundo sabe. – Neal quase tocava o peito com o queixo; evitava olhar para ela nesse nível. – Todo mundo na *Spoon* diz que você é louca por ele.

– Nem todo mundo – retrucou Georgie. – Eu nunca disse isso.

Neal deu de ombros e foi dar um gole na cerveja, mas a garrafa estava vazia.

Georgie afastou-se da parede e deu um passo para trás. Precisava sair dali antes que começasse a chorar, mas primeiro:

– Quer saber? É por isso que você tá assim, sozinho numa festa. Porque é um babaca. Com gente que, por algum motivo, gosta de você.

Ela deu outro passo para trás e colidiu com outro cara.

– Oi, Georgie! – gritou este. – Tá de Recruta Benjamin?

– Oi – disse ela, tentando passar por ele.

– Georgie, espera – ela ouviu Neal dizer. Sentiu a mão dele em seu pulso. Firme, mas não apertada. Dava para se soltar. Neal continuou falando, mas a música o encobriu. (*Deus do céu*, como ela odiava festas.) Ele chegou mais perto. Perto. Estavam parados no meio de uma multidão de pessoas que tentava decidir se queria ou não dançar. Neal baixou a cabeça perto dela.

– Desculpa! – gritou no ouvido dela. E disse algo mais.

– O quê? – Georgie gritou.

Ele parecia frustrado. Olhos nos olhos por alguns segundos – uns poucos e arrebatadores (para Georgie) segundos –, então ele começou a puxá-la para a parede.

Georgie deixou. Neal fechou ainda mais a mão no pulso dela.

Ele abriu caminho entre a multidão e a levou até um pequeno corredor, parando em frente à única porta fechada. Havia um pedaço de fita escrito PERIGO bloqueando-a e um aviso que dizia:

NÃO ENTRE!!
SE ALGUÉM ENTRAR AQUI,
MEU COLEGA DE QUARTO ME MATA.
TENHA PIEDADE.
— *Whit*

Whit trabalhava na *Spoon*.

– A gente não pode entrar aí – disse Georgie.

– Tudo bem.

Neal abriu a porta e passou por baixo da fita.

Georgie o seguiu.

Ele se curvou e acendeu um abajur sem soltar o pulso dela. A porta fechou-se quase por completo, e o rugido da música se dissipou.

Neal voltou-se para ela e fechou a cara.

– Você está certa – disse, em tom normal de voz. Ele largou o pulso dela e esfregou a palma da mão na calça. – Desculpa. Eu sou um babaca mesmo.

– Seth concordaria com isso.

– Não quero mais falar do Seth.

– Foi *você* quem falou dele.

– Eu sei. Desculpa. – Neal tinha mania de manter o queixo abaixado e olhar pelo canto de cima dos olhos, mesmo quando não estava sentado na mesa de desenho. – Podemos voltar e começar tudo de novo?

– Voltar até que ponto?

Georgie tentou cruzar os braços, mas ainda tinha na mão aquele maldito copo de bebida.

– Até aquela hora na parede – disse ele. – Aquela hora em que você cruzou a sala e veio até mim. Quando disse que estava surpresa em me ver aqui.

– Tá dizendo que quer voltar pra sala?

– Não. Anda, fala de novo agora.

Georgie revirou os olhos, mas obedeceu:

– Estou surpresa de te ver aqui.

– Não devia – disse Neal. Ele ergueu o queixo e fitou bem nos olhos dela. Pela segunda vez em cinco minutos. Pela segunda vez na vida. – Eu vim porque sabia que você viria. Porque esperava que viesse.

Georgie sentiu como se uma cobra se desenrolasse na nuca dela, abrindo-se até os ombros. Sem saber o que fazer, apenas abriu a boca e soltou um:

– Ah.

Neal desviou o olhar, dando tempo para ela engolir três cilindros de ar. Ele balançava a cabeça, negativamente.

– Eu... desculpa – disse. – Queria te ver. Mas fiquei bravo. Não sabia o que... *você tem me ignorado*.

– Não tenho ignorado você.

– Parou de vir falar comigo.

– Pensei que estava incomodando.

– Não estava me incomodando – ele disse, encarando-a mais uma vez. – Por que diz isso?

– Porque *você* nunca veio falar *comigo*.

– Eu nunca *precisei* ir falar com você. – Neal parecia aturdido. – Era sempre você que vinha falar comigo.

– Eu... – Georgie bebeu logo o drinque para poder deixar o copo de lado.

Neal tomou-o dela. Largou copo e garrafa na mesa atrás de si.

– Pensei que estava incomodando – ela repetiu. – Pensei que você só me aturava.

– Pensei que você tinha enjoado de mim – disse ele.

Georgie levou as mãos à cabeça.

– Acho melhor a gente parar de pensar.

Neal bufou e concordou, passando a mão na nuca. Os dois ficaram calados por doze estranhos segundos; depois Neal acenou para a cama.

– Quer se sentar?

– Ah – disse Georgie, olhando para a cama. Havia outro aviso lá:

GENTE, É SÉRIO. ELE ME MATA.
SAIAM DAQUI, OK?
— *Whit*

– Acho melhor não – disse ela.

– Não tem problema.

Deviam sair. Estavam violando a privacidade de alguém. Mas... Georgie olhou para Neal, com sua camiseta preta e a pele clara. Ele passava a mão na nuca de novo – que bobo, alisando aquele cabelo como se estivesse assim comprido. Cotovelo no ar, tríceps flexionado.

Georgie escorregou pela borda da cama e sentou-se no chão.

Neal olhou para ela e assentiu.

– Tá bom... – murmurou, sentando-se ao lado dela.

Alguns segundos depois, ela o cutucou com o cotovelo.

– E aí, que que eu perdi?

– Como?

– Desde que eu parei de ir te ver – disse ela –, me fazendo de difícil.

Neal sorriu um pouco e baixou o olhar; seus cílios roçaram o topo das bochechas.

– Ah, você sabe. Tinta. Coelhos falantes. Tartarugas cantando. Uma tâmia que queria ser esquilo.

– A tirinha da semana passada foi uma das melhores que já vi.

– Obrigado.

– Guardei na minha caixinha.

– O que é isso?

– É uma caixa mesmo. Eu, humm... odeio essa sensação, sabe, quando você pensa em algo que leu ou ouviu, e achou tão legal na época, mas agora não consegue mais se lembrar. Guardo as coisas das quais não quero me esquecer.

– Deve ser uma caixa enorme.

– Não tão grande assim. Comecei a colocar suas tirinhas lá antes mesmo de saber que você era você.

– Antes de saber que eu era eu?

– Você me entendeu.

– Obrigado.

Neal estava com as pernas dobradas à sua frente, tirando fiozinhos soltos da calça nas coxas.

Parecia incomodado. Georgie teve a mesma sensação de antes, de ser a única que mantinha a conversa viva. Talvez devesse ficar calada para ver se Neal diria alguma coisa. *Não. Chega de jogos.*

– Seria mais fácil conversar comigo se você estivesse com uma caneta na mão?

Neal pareceu mais tranquilo. Tombou um pouco a cabeça.

– Hmm. Acho que sim. Pena que eu não fumo.

– Quê?

– Ah, você sabe. Seria uma coisa para ocupar a mão.

– Ah – disse Georgie. E então, por vontade própria, estendeu a mão e pegou a dele. Pousou a palma da sua em cima das costas da dele, envolvendo-lhe o polegar com os dedos. Neal olhou para as mãos deles, depois girou a sua lentamente, curvando os dedos ao redor dos dela. Georgie apertou mais firme.

A mão mágica de Neal. (Essa era a mão esquerda, então talvez fosse um pouco menos mágica.)

A palma da mão de Neal, quadrada, ampla. Os dedos retos de Neal, curtos – mais macios do que Georgie esperava, mais até do que os dela.

Neal, Neal, Neal.

– Antes de saber que eu era eu… – Ele balançou a cabeça. – Não tem essa de "antes de eu saber que você era você".

Georgie cutucou-o com o ombro, e Neal cutucou de volta, ainda fitando as mãos entrelaçadas.

– Eu te vi na primeira vez em que fui à *Spoon* – disse ele. – Estava sentada no sofá. E Seth estava lá, e você ficava empurrando ele para longe. Você estava usando aquela sua saia, a xadrez verde e azul, sabe? E o cabelo todo bagunçado.

Ela o cutucou com o ombro, e ele sorriu de ladinho, de covinha, um segundo antes de devolver a cutucada.

– Pareciam fios de ouro. Lembro de pensar isso. Que seu cabelo não tinha cor de cabelo de verdade. Você não é loira, sabia? Seu cabelo não é amarelo. Não é amarelo misturado com branco ou marrom ou laranja ou cinza. Ele desafia todo o processamento de quatro cores CMYK. É metálico.

Neal ficava balançando a cabeça.

– Whit me disse o seu nome, e eu não acreditei. *Georgie McCool*. Mas comecei a ler tudo o que você escrevia na *Spoon*, e toda vez que eu descia, lá estava você, no sofá ou na sua mesa, sempre cercada de um monte de caras ou só... ele. Pensei... – Ele balançou a cabeça um pouco mais. – Quando você veio se apresentar... Georgie, você não precisava se apresentar. Eu sempre soube quem você era.

Ela puxou a mão de Neal para seu colo e virou-se para fitá-lo. E então, porque nunca na vida Georgie fora capaz de esperar que alguém a beijasse primeiro, ela lhe deu um beijo na bochecha. Neal apertou os dentes, e ela sentiu a pressão nos lábios.

– Georgie – ele sussurrou. Fechou os olhos e tombou a cabeça contra a dela.

Ela beijou-o na bochecha, do nariz à têmpora, depois roçou os lábios na bochecha dele de novo, querendo que ele sorrisse.

Ele segurava a mão dela com força.

– Georgie... – sussurrou de novo.

– Neal...

Ela beijou o rosto dele, da orelha ao queixo.

Ele começou a virar o corpo para ela, de leve, e ela o pegou pelo ombro para fazer acontecer mais rápido, para trazê-lo para perto. Ele a pegou pelo pulso, mas deixou que ela o puxasse.

Georgie pensou que fossem se beijar finalmente. E tentou encontrar a boca dele.

Mas Neal ficava roçando a bochecha na dela, e estava tão gostoso – todos os pontos duros e macios dos rostos dos dois se encontrando. Osso da maçã do rosto na sobrancelha. Maxilar no queixo. A pele de Neal estava rosada e morna. As mãos seguravam com firmeza. Tinha cheirinho de sabonete, cerveja e tinta de tecido. *Deus do céu...*

Isso era melhor do que beijar.

Isso era...

Georgie arqueou o pescoço e sentiu o queixo de Neal, depois o nariz, depois a testa passando por sua clavícula. Ela encostou o rosto no cabelo curto dele – e fechou os olhos.

Quando Georgie era criança, era isso que imaginava sempre que ouvia a palavra "amasso" – duas pessoas esfregando seus rostos e pescoços, beijando feito girafas. Era apaixonada pelo filho da babá, e era isso que fantasiava fazer com ele, esfregar nele seu pescoço, enterrando seu rosto naquele cabelo dele *à la* Simon Le Bon. (Ela tinha nove anos, ele, quinze, e felizmente essa cena nunca aconteceu.)

Ergueu o queixo de novo, e Neal ergueu o rosto, fazendo um barulhinho no ouvido dela, meio sonolento.

Fosse o que fosse – esse não beijar, esse roçar ferrenho –, era tão bom que da próxima vez que Neal colocou os lábios nela, Georgie passou batido por eles, metendo-lhes a bochecha.

Neal fez o barulhinho de novo.

Georgie sorriu.

A porta do quarto se abriu.

– Vocês estão de brincadeira comigo – disse uma pessoa. – Ninguém sabe ler por aqui?

A música da sala invadiu o quarto com tudo. "You oughta know", da Alanis Morissette. Georgie olhou para a porta – era Whit, da *Spoon*. Whit, que morava ali e deixara os recados suplicantes. Neal soltou o braço de Georgie, mas ela pegou sua mão. Pegou a outra também. Não soltava de jeito nenhum.

– Ah – disse Whit, subitamente estupefato. – Neal... e Georgie. Foi mal, pensei que fosse algum babaca querendo ficar no seu quarto. Hmm, continuem, acho.

Whit fechou a porta... e Georgie caiu no riso.

– O quarto é seu?

Neal baixou a cabeça.

– É.

– Por que não me disse?

Ele deu de ombros.

– Sei lá. "Que tal a gente ir lá pro meu quarto?" soa sórdido.

– É melhor do que “vamos dar um amasso no quarto de um desconhecido”.

Ela esticou os dedos e fincou-os entre os dele, apertando-lhe a mão com força. Então se inclinou-se para o beijo. Ok, o não beijar era gostoso. Mas lá estavam os lábios perfeitos de Neal – um exemplo de simetria e divisão celular –, e beijar com certeza seria ainda melhor.

– Georgie – disse ele, desviando o rosto.

Ela o beijou na bochecha de novo. Na orelha. As orelhas de Neal também eram perfeitas, mesmo sendo meio curvadinhas na ponta, feito cabos de panela. Ela abriu a boca na orelha dele, e Neal apertou as mãos dela, usando-as para repeli-la.

– Georgie – disse ele. – Não posso.

– Pode sim – disse ela. – Tá fazendo.

– Não. – Ele soltou as mãos dela e a pegou pelos ombros, contendo-a. – Eu quero, mas não posso.

– Você quer?

Neal fechou a cara e os olhos, depois bufou.

– Não posso. Georgie... eu tenho namorada.

Georgie deu um pulo para trás. Como se ele estivesse em chamas. (Como se ele estivesse em chamas, e não fosse função dela apagar.) Ele largou os ombros dela.

– Ah – ela disse.

– Não é... – Ele parecia tão irritado. Provavelmente, consigo mesmo. Umedeceu os lábios. – Quer dizer...

– Tudo bem – ela disse, apoiando as mãos no chão para levantar-se. Claro que não estava tudo bem. Nada estava bem. – Eu vou...

Neal levantou-se também, desajeitado.

– Georgie, deixa eu explicar.

– Não. – Era a vez dela de balançar a cabeça negativamente. – Não, tudo bem. Eu vou...

Ela foi abrir a porta.

– Não é o que você tá pensando – ele disse.

Georgie riu.

– Não. Não, não é.

Ela irrompeu porta afora e a fechou. Deus do céu, que barulheira lá fora. Que...

Deus do céu.

Neal.

Claro que ele tinha namorada. Porque ele gostava dela e queria beijá-la, e sempre que conversavam parecia que o cérebro dela iria escapar pelas orelhas, então *era lógico* que ele tinha uma *namorada*.

Como Neal podia ter uma namorada? Onde ele a escondia?

Em algum lugar que não eram as salas da *Spoon*, obviamente. Deus, Deus, Deus – nem era como se ele ficasse dando corda para Georgie. Ele nunca a procurava. Era sempre ela que ficava zanzando pela sala dele, fazendo carinha de menina apaixonada. Neal mal olhava para ela. (*Fios de ouro. Sistema de cores CMYK. Um monte de caras.*)

Seth adoraria isso.

Georgie não contaria pra ele.

Não contaria pra ninguém.

Deus do céu, ela achou que Neal *gostava* dela. Mais do que dos outros, pelo menos. (Ele chegou a dizer que gostava dela. Disse que queria beijá-la...) (Embora não o bastante pra chegar a ponto de beijar.)

Ela não devia ter tentado beijá-lo primeiro.

Não devia nunca beijar ninguém primeiro...

Georgie *sempre* beijava primeiro.

Sempre se apaixonava pelo carinha que parecia o menos interessado nela. O cara que era tóxico de tão arrogante, ou tímido ao extremo. Ou ambos. O cara na festa que parecia querer estar em qualquer outro lugar.

– Você devia tentar sair com caras legais – dizia Ludy, sua amiga do ensino médio. – Eles são *legais*. Acho que você iria gostar.

– Entediante – dizia Georgie. – Sem sentido.

– Sem sentido, não. *Legal*.

Tiveram essa conversa na cantina. Estavam esperando perto da porta para que Georgie pudesse, casualmente, pegar um lugar na fila atrás de Jay Anselmo – dois anos mais velho que as duas, curtia No Doubt e carros com som potente, e que sem dúvida estava prestes a ignorá-la.

– Que graça tem fazer um cara legal gostar de mim? – dissera Georgie. – Os legais gostam de todo mundo.

– Você não devia ter que *fazer* alguém gostar de você, Georgie. Devia querer ficar com alguém que não evita gostar de você.

– Tudo que é bom é difícil.

– Não concordo – dissera Ludy. – Dormir. Ver TV. Pudim instantâneo.

(Ludy era divertida. Georgie tinha saudade dela.)

– Não quero sair com um pote de pudim instantâneo.

– Eu me *casaria* com um pote de pudim instantâneo.

Georgie revirou os olhos.

– Quero sair com o Mikey.

– Pensei que quisesse sair com o Jay Anselmo.

– Jay Anselmo *é* o Mikey – Georgie explicou. – É aquele cara da propaganda de cereal que odeia tudo. Se o Mikey gosta de você, então você é legal. Se o Mikey gosta de você, quer dizer alguma coisa.

Georgie acabou beijando Jay Anselmo certa noite após um jogo de futebol, numa festa no quintal de Ludy. Deixou que ele a beijasse ao longo de todo o segundo colegial. E então ele foi pra faculdade e Georgie arranjou outros rapazes para beijar.

Para ela, beijar primeiro nunca havia sido problema; Georgie tendia a sair com caras que apreciavam essa transparência.

Mas naquela noite, no quarto de Neal, foi um problema.

Ela o compreendera totalmente errado: pensara que ele era um Mikey. Que era o hobbit mais rabugento do Condado. Mas, na verdade, ele só tinha uma namorada.

Georgie nunca mais beijaria primeiro. A próxima pessoa que beijasse teria que se dar a todo o trabalho. Supondo que algum dia encontraria alguém que achasse que ela valia a pena.

Ela só queria ir pra casa.

Queria chorar o trajeto todo, pensando na boca simétrica de Neal e no jeito com que ele desenhava uma linha reta perfeita à mão livre.

Queria encontrar Seth.

CAPÍTULO 16

O celular de Georgie vibrou. Ela o pegou.

– *Terra para Georgie.*

Ela desviou os olhos da mensagem de texto para Seth, sentado do outro lado da mesa.

Ele a fitou, depois voltou sua atenção para o telefone e digitou alguma coisa.

Tremida. Ela olhou para o celular.

– *Nosso tempo está acabando.*

Georgie pensou por um segundo, depois digitou uma resposta:

– *Eu sei. Desculpa.*

Quando Seth tornou a fitá-la, tinha o cenho franzido acima dos olhos castanhos.

Ela sentiu que iria chorar.

Ele inclinou a cabeça, depois torceu o nariz, infeliz. Seth odiava ver Georgie chorando. Tornou a fitar seu celular e digitou, rápido.

– *Fala comigo.*

– *Não posso. Nem sei por onde começar.*

– *Não importa por onde vai começar.*

Georgie enxugou os olhos no ombro.

Seth suspirou.

– *Georgie, seja lá o que for, vamos superar.*

Ela continuou apenas olhando para o celular. Alguns segundos depois, CONTATO DE EMERGÊNCIA apareceu na tela, e o aparelho começou a tocar. O toque era o padrão mesmo – *Marimba.* Georgie nunca teve tempo de escolher ringtones especiais.

Ela agarrou o notebook e se levantou, atendendo a chamada e caminhando até a porta, tomando cuidado para não fechar o computador nem desplugar o celular.

– Alô?

– Miau!

Georgie sentiu uma onda gelada de frustração. Depois sentiu culpa. Ninguém devia sentir uma onda gelada de frustração ao ouvir a voz da filha de quatro anos.

– Miau – disse Georgie, encostando-se na parede do corredor, ao lado da sala dos roteiristas.

– A vovó falou que eu podia ligar pra você – disse Noomi.

– Você pode me ligar sempre. Tudo bem com você, filhinha? Fez uns biscoitinhos pra mamãe?

– Não.

– Ah. Tá bom.

– Acho que a vovó fez. Fiz um pouco pro Papai Noel e um pouco pra mim.

– Que espertinha! Aposto que ficaram uma delícia.

– Miau – disse Noomi. – Sou uma gatinha verde.

– Eu sei. – Georgie tentou focar-se. – Você é a melhor gatinha verde do mundo. Te amo muito, Noomi.

– Você é a melhor mãe do mundo, e eu te amo mais que leite e espinha de peixe e... do que mais que gatinho gosta?

– Brincar com lã – disse Georgie.

– Lã – Noomi riu. – Que maluco.

Georgie respirou fundo para se acalmar.

– Noomi, o papai tá aí?

– Ahãm.

– Posso falar com ele?

– Não.

Georgie bateu a cabeça contra a parede.

– Por que não?

– Ele tá dormindo. Disse que não é nem pra gente ir fazer xixi no banheiro lá de cima.

Georgie devia mandar a filha chamá-lo mesmo assim. Neal era seu *marido*. E ela não falava com ele havia *três* dias. (Ou treze horas.) (Ou quinze anos.)

Ela suspirou.

– Tá bom. Posso falar com a Alice?

– A Alice tá jogando Monopólio com a vovó.

– Tá.

– Tenho que desligar. Meu chocolate quente esfriou.

– Miau – disse Georgie. – Miau-miau, te amo, gatinha verde.

– Miau-miau, mamãe. Te amo mais do que lã.

Noomi desligou.

Tem um telefone mágico no meu quarto de infância. Posso usá-lo para ligar pro meu marido no passado. (Meu marido que ainda não é meu marido. Meu marido que talvez não devesse nunca virar meu marido.)

Tem um telefone mágico no meu quarto de infância. Eu o desliguei hoje de manhã e o escondi no armário.

Vai ver todos os telefones da casa são mágicos.

Ou talvez eu seja a mágica. Mágica temporária. (Ah! Trocadilho sobre viagem no tempo!)

Isso conta como viagem no tempo? Se é só a minha voz que está viajando?

Tem um telefone mágico escondido no meu armário. E acho que está conectado ao passado. E acho que tenho que consertar alguma coisa. Acho que tenho que corrigir alguma coisa.

Quando Georgie voltou à sala dos roteiristas, Seth parecia estar nas últimas. Camisa com um botão a mais desabotoado, cabelo espetando em torno das orelhas e na nuca.

Ela foi até o quadro e assumiu o controle do esboço.

Não era tão difícil – vinham conversando sobre esses personagens fazia anos. Só precisavam colocar as ideias em palavras. Organizá-las em alguns poucos roteiros executáveis. Georgie poderia fazer isso até dormindo. Às vezes ela fazia *mesmo* enquanto dormia. Acordaria no meio da noite e se penduraria na lateral da cama, buscando por um pedaço de papel. (Nunca se lembrava de deixar um caderninho ao lado da cama quando estava acordada.)

Neal se mexeria, ainda dormindo, e a pegaria pelo quadril, puxando-a de volta para a cama.

– *Tá procurando o quê?*

– *Papel* – ela diria, pendurada de novo para fora. – *Tive uma ideia; não quero esquecer.*

Ela sentiria a boca dele na base da espinha.

– *Me conta. Vou lembrar.*

– *Você também tá dormindo.*

Ele a morderia.

– *Me conta.*

– *É um baile* – ela diria. – *Tem um baile. E Chloe, a protagonista, vai acabar usando um dos vestidos de festa antigos da mãe. E vai tentar ajustá-lo pra ficar legal, tipo em* A garota de rosa-shocking, *mas não vai ficar legal; vai ficar horrível. E alguma coisa embaraçosa vai acontecer no baile ao som de "Try a little tenderness".*

– *Entendi.* – Então Neal a puxaria de volta para cama, para si, prendendo-a ali com um abraço. – *Baile. Vestido. "Try a little tenderness". Agora volte a dormir.*

E então ele puxaria a blusa do pijama da esposa, mordendo as costas dela, de modo que nenhum dos dois conseguiria voltar a dormir.

E então, finalmente, ela adormeceria com a mão dele no quadril e a testa apoiada no ombro.

Na manhã seguinte, ao sair do banho, encontraria escrito no vapor do espelho: *Baile. Vestido. "Try a little tenderness".*

Georgie balançou a cabeça e olhou para o quadro, e tentou se lembrar de onde tinha parado.

Na noite em que Neal contou sobre a namorada (mas *é claro* que ele tinha namorada), Seth levou Georgie para casa, depois voltou à festa de Halloween. Ela ficou acordada, escutando discos da Carole

King de sua mãe, e escreveu um monólogo dos mais angustiados para a aula de teatro.

Nessa época, ela ainda pensava em atuar no futuro. Antes de ter concluído que tinha rosto e cérebro mais adequados para a sala dos roteiristas.

– Por que você iria querer atuar, afinal? – era o que Seth dizia sobre o assunto. – Ficar lá falando palavras de outras pessoas, deixar que todos mandem em você... Os atores não passam de fantoches bonitos.

– Se for isso mesmo – dissera Georgie –, você saiu com um monte de fantoches.

Georgie não queria muito atuar – queria mesmo era fazer *stand up*. Mas odiava bares, e isso era um problema. Além do mais, queria se casar e ter uma família.

Seth dizia que não havia coisa melhor no mundo do que escrever para a TV.

– É tipo comédia com plano de saúde – ele dizia. E casas grandes e carros. E luz do sol.

Na manhã após a festa de Halloween, Georgie comprou bagels a caminho da fraternidade de Seth. Cruzou com a garota da noite anterior – a adorável Breanna, de novo – no corredor. Breanna pareceu surpresa ao ver Georgie; esta apenas a cumprimentou, como se fossem colegas de trabalho.

Quando chegou ao quarto de Seth, ele estava de cabelo molhado, trocando os lençóis.

– Que nojo – ela disse.

– Nojo do quê?

– Disso.

– Preferia que eu *não* trocasse os lençóis?

– Preferia que você resolvesse tudo, a menina, os lençóis, o banho, antes de eu chegar, pra eu não ter que imaginar você fazendo sexo.

Seth parou, segurando o lençol em pleno ar com as duas mãos, e sorriu.

– É nisso que tá pensando agora?

Georgie sentou-se na escrivaninha dele, ignorando-o. Ele estava no último ano, por isso não tinha colega de quarto. Ela ligou o computador e o observou arrumar a cama.

O cara era muito gato mesmo. De propósito.

A maioria dos caras andava por aí com nada além de material bruto. Olhos bonitos, cabelo bagunçado, roupas largas. A maioria dos caras nem sabia o que tinha a oferecer. Mas Seth era como uma garota – era mais garota, nesse sentido, do que Georgie. Ele sabia quais eram seus pontos fortes. Deixava os cabelos castanho-cobre crescerem o bastante para terem brilho e cachos. Usava cores claras que faziam sua pele parecer mais bronzeada. *Apresentava-se* para a gente. Para todo mundo. *Aqui estou eu. Olhem pra mim.*

Georgie olhou. Observou. Mas não sentiu nem um friozinho na barriga. Não sentia uma animação especial por estar ali, por ser quem Seth queria ver depois que terminava o serviço com a adorável da vez.

Neal a curara de Seth.

E agora, quem a curaria de Neal?

E por que raios ela só ficava a fim de garotos que já *estavam dormindo com outra pessoa*? Se Georgie fosse um animal selvagem, seria o fim de sua linhagem.

Seth caiu na cama e ligou a TV. *Animaniacs*. Georgie jogou um bagel para ele.

– Então – ele disse, desembrulhando-o –, está se sentindo melhor hoje?

Ela colocou os pés no tampo da mesa, assistindo ao desenho.

– Tô bem.

Quando o episódio terminou, Georgie virou-se para o computador e abriu um arquivo. Além da coluna, do horóscopo dela e das tarefas de editores-chefes, eles também escreviam paródias de críticas de filmes para a *Spoon*, chamado "A crítica da sua mãe...". A coluna saía com uma foto da mãe de Seth. Nessa semana, falariam de *Trainspotting*.

Seth ainda estava assistindo aos desenhos.

– Ele tem namorada – disse Georgie.

Seth virou para ela com tudo; cara de estupefato.

– Esse tempo todo?

– Pelo visto...

Ele desligou a televisão e pulou da cama, puxou uma cadeira para perto de Georgie e sentou de barriga para o encosto.

– Ele que se foda – disse, cutucando-a. – Quer saber? Não era pra ser.

– Desde quando você acredita em "era pra ser"?

– Desde sempre, Georgie, presta atenção. Sou um romântico.

– Pergunte isso ao desfile das meninas das manhãs de sábado.

– Desfiles são românticos. Quem é que não gosta de um desfile?

Ficaram trabalhando na crítica do filme até que chegou a hora de Seth ir trabalhar (em seu outro emprego, na loja da J.Crew). Ele se empenhou em fazer Georgie rir; e todas as vezes que ele encostou a cabeça no ombro dela enquanto ela digitava, ela acabou deixando.

Na hora em que saiu da fraternidade, já estava se sentindo melhor em relação a Neal e sua inevitável namorada...

Não, mentira.

Ainda se sentia péssima quanto a isso – mas melhor quanto à vida. Pelo menos Georgie se tornaria uma daquelas solteiras *descoladas*, com um emprego interessante, um melhor amigo gato e um cabelo bonito. Quem sabe ela podia arranjar umas ficadas razoáveis caso se abrisse um pouco mais.

A sensação horrível voltou assim que ela viu Neal sentado no ponto de ônibus, do outro lado da rua. Parou um ônibus. Quando partiu, Neal ainda estava sentado lá, olhando para ela.

Ele ergueu a mão e acenou para que ela se aproximasse.

Georgie cruzou os braços e fez careta.

Neal se levantou.

Era só ignorá-lo. Ir direto para o carro. Deixá-lo lá, sozinho. Que diabos ele estava fazendo ali, afinal?

Neal a chamou de novo.

Georgie franziu o cenho, olhou para os lados, depois cruzou a rua, meio correndo.

Diminuiu o ritmo quando chegou perto dele.

– Que surpresa te encontrar aqui – ela disse, meio abobalhada.

– Não muito – ele disse. – Estava te esperando.

– Ah, é?

– É.

Georgie fitou-o, intrigada. Neal parecia cansado. E decidido. E surpreendentemente rosado à luz do sol.

– Tô tentando descobrir se isso é meio esquisito – ela disse.

– Não ligo se for esquisito. – Ele deu um passo na direção dela. – Eu sabia que você estaria aqui, e precisava te falar uma coisa.

– Podia ter ligado.

– Podia.

Neal arrancou a primeira página do caderno e entregou a ela. Havia um rascunho do cipreste em frente à fraternidade de Seth. E um gambá dirigindo um AMC Gremlin. E então, o nome dele – *Neal G.* – e um número de telefone.

Georgie pegou a folha de papel com as duas mãos.

– Só precisava te dizer... – Ele engoliu em seco e afastou os cabelos do rosto, ainda que fossem curtos demais para cair sobre os olhos. – Que não tenho mais namorada.

Georgie engoliu em seco também.

– Não?

Ele fez que não.

– Que rápido! – ela disse.

Neal bufou e meio que balançou a cabeça.

– Não foi nada, *nada* rápido.

– Certo...

– Então. – Neal parecia determinado. – Queria que você soubesse. Disso. E também, acho que, quem sabe... a gente podia tentar de novo. Só *tentar*. Sabe? Sair, ou algo assim. Qualquer dia. Agora que... eu não tenho mais namorada.

Um sorriso desprendeu-se da boca de Georgie. Ela tentou capturá-lo. *Neal não tinha mais namorada.*

Isso podia ter sido causado por ela mesma. E ainda que não se considerasse uma destruidora de lares – ainda que não tivesse um desejo especial de namorar um cara que beijava outras meninas, depois corria para casa romper com a namorada –, Georgie queria *muito* sair com Neal. Ou talvez quisesse só esfregar o rosto no dele de novo.

– Eu adoraria – ela respondeu.

Neal pendeu a cabeça para frente – *aliviado*, pensou ela. Ele mordeu o lábio inferior e soltou o ar.

– Que bom.

– Que bom – Georgie repetiu.

Ela deu um passo à frente. Passando por ele, na verdade. Seu carro estava logo ali, nem meio quarteirão à frente.

– Tá bom – ela disse, abanando a folha de papel para ele, meio desajeitada.

Ele acenou de volta, depois meteu as mãos nos bolsos da calça.

Georgie deu mais alguns passos, depois deu meia-volta.

– Tá bom, que tal agora?

– Quê?

– Que tal a gente tentar de novo agora?

– Agora.

Ela pôs-se a caminhar até ele.

– É, assim... eu podia fingir que preciso pensar um pouco e que não quero apressar as coisas. Mas não sou *nada* boa nisso tudo. Sou boa em apressar. E você não abandonou uma esposa nem nada disso.

– A gente tava noivo – disse Neal. Como se fosse obrigação dizer.

Georgie parou.

– Ai, meu Deus, estavam?

– Faz um tempo – ele disse, pesaroso. – Fomos noivos. Depois só namoramos. Depois estávamos dando um tempo.

– E ontem à noite, estavam o quê?

– Dando um tempo.

– Então, ontem à noite, você não tinha *mesmo* uma namorada.

Neal retraiu-se.

– Pode-se dizer que sim.

– Quando terminaram?

– Agora de manhã.

– Você acordou e foi direto terminar com sua namorada?

– Eu liguei.

– Não. – Georgie cobriu um dos olhos. – Não me diga que terminou com ela por telefone.

Ela realmente não queria sair com um cara que fosse capaz de algum dia terminar com ela por telefone.

Neal tirou o cabelo do rosto.

– Não teve jeito. Ela mora em Nebraska.

– Nebraska?

Ele fez que sim, mais uma vez mordendo o lábio.

– Estão juntos faz quanto tempo?

– Estávamos juntos – disse Neal. – Desde o colegial.

– Meu Deus – disse Georgie. – Você terminou com sua namoradinha-de-colégio-barra-noiva por minha causa?

– Não era minha noiva – ele disse. – Não mais. E não foi só por você.

Georgie franziu o cenho. Agora que ela não era o motivo, queria ser.

– A gente acabaria terminando de qualquer jeito.

Ela franziu o cenho ainda mais.

– Quer dizer – Neal continuou –, a gente andava falando de tentar de novo. Mas aí eu conheci você. E me ocorreu que se eu sinto o que sinto por você, talvez isso seja prova sólida de que eu devia terminar com ela.

– Acho que nunca ouvi você falar tantas coisas de uma só vez – disse Georgie.

– Estou um pouco atordoado.

Ela sorriu. Um pouco.

– Eu te deixo atordoado?

– Nossa – ele murmurou. – Este sou eu passando a noite em claro pra depois terminar com a minha namorada de infância por você.

Ela chegou um pouco mais perto dele.

– Não *só* por mim.

Georgie era mesmo péssima em bancar a difícil. Ou só bancar a meio difícil. Não sabia bancar nada.

– Você é cem por cento do motivo pelo qual eu fiz isso agora de manhã – disse Neal.

Isso não devia ter deixado Georgie feliz. Que terrível seria estar na pele daquela pobre garota em Nebraska – saber que seu namorado terminou com você assim que acordou só pra poder ir correndo ficar com outra pessoa. Georgie imaginou uma loirinha com as bochechas cobertas de lágrimas, parada no centro de uma campina solitária.

– Você está triste? – ela perguntou. Sinceramente. – Precisa ir pra casa escutar as fitas de vocês e pensar nesse capítulo da sua vida que está terminando?

– Talvez – ele respondeu. – Acho que só preciso dormir um pouco.

– Tá bom. Só...

Como ela poderia não beijar Neal quando a boca dele estava logo ali, na mesma altura da dela, o tempo todo? Sequer precisava ficar nas pontas dos pés. Georgie pegou-o pela blusa e aproximou-se.

E beijou-o no rosto.

– Obrigada – disse, antes de se afastar. – Por me contar.

– Me liga – Neal sussurrou.

– Vou ligar.

– Me liga antes mesmo de achar que deve ligar.

– Ligo hoje à noite.

Georgie sorriu o caminho todo até o carro.

Neal não tinha mais namorada.

Pelo menos, não pelas três horas seguintes.

Ela ligou para ele naquela noite. Depois levou-o ao Versailles, na Avenida Vince, para comer frango ao alho e banana-da-terra frita. Neal não conhecia nada de descolado em Los Angeles – passava o tempo todo em seu apartamento ou no *campus*, ou na água, que ele odiava.

Que ele odiava na prática.

Neal adorava o *conceito* do oceano. Ele ficava quase animado quando disparava a falar da vida marinha e dos corais.

Ninguém poderia jamais descrever Neal como *totalmente* animado. Ou expressivo. Seus pensamentos não lhe percorriam o rosto feito a luz sobre a água. O que significava que Georgie catalogava cada nuance, cada olhar, e tentava descobrir o que significavam. Parecia um ótimo jeito de passar o resto da vida.

Neal não sabia ao certo como queria passar o resto da vida.

Ele brincava sobre ser um fiasco para tomar grandes decisões. Decidira estudar Oceanografia porque nada mais o interessava, e acabou ficando preso na Califórnia por quatro anos. Quando ele e a namorada de infância – o nome dela era Dawn (Prairie Dawn!) – se separaram no primeiro ano, a solução de Neal foi pedi-la em casamento.

– Não sou bom em saber o que quero – dissera ele no fim da noite, comecinho da manhã. Estavam sentados na praia, e Neal segurava a mão de Georgie. – Não costumo ser bom em *querer* coisas.

A areia estava úmida, e soprava uma brisa fresca. Georgie usava o frio como desculpa para sentar-se bem juntinho dele. Estava com a saia xadrez azul e verde e as botas vermelhas da Doc Martens, e encostava o joelho na coxa dele porque a realidade de Neal – Neal sem namorada, Neal que dissera que gostava dela – era demais para relevar.

– Então a gente vai se dar muito bem – ela disse –, porque sou *excelente* em querer coisas. Quero as coisas até ficar meio enjoada delas. Quero o bastante para duas pessoas normais, pelo menos.

– É mesmo?

Era isso que ele dizia sempre que não tinha nada a dizer e só queria que ela continuasse falando. Havia um sorriso que acompanhava, uma espécie de sorriso zombeteiro que pareceria maldoso não fossem os olhos brilhantes dele.

– Mesmo – ela respondeu.

– O que você quer? – ele perguntou.

Teria sido tão fácil – e cafona – dizer "você", mesmo que fosse a primeira coisa a vir na cabeça naquela hora.

– Quero escrever – disse Georgie. – Quero fazer as pessoas rirem. Quero criar um programa. E depois outro. E depois outro. Quero ser como James L. Brooks.

– Não faço ideia de quem é.

– Filisteu.

– Ele é filisteu?

– E quero escrever um livro de ensaios. E quero me juntar ao The Kids in the Hall.

– Você teria que fingir ser homem – disse Neal.

– E canadense – ela concordou.

– E teria que fazer vários esquetes vestida como um homem vestido de mulher. Seria bem confuso.

– Eu encaro!

Neal riu. (Quase. Ele sorriu, e os ombros e o peito chacoalharam.)

– E quero um Crayola Caddy – disse Georgie.

– O que é Crayola Caddy?

– É um treco que eu tinha quando criança, tipo uma travessa giratória com giz, canetinhas e tintas.

– Acho que eu tive um desses.

Georgie puxou-o pela mão.

– Você teve um Crayola Caddy?

– Acho que sim. Era amarelo, né? E vinha com tinta de têmpera? Acho que ainda tá no nosso porão.

– Eu quero um Crayola Caddy desde 1981 – disse Georgie. – Foi tudo o que eu pedi ao Papai Noel por três anos seguidos.

– Por que seus pais não compraram pra você?

Ela revirou os olhos.

– Minha mãe achava que era bobagem. Comprou giz e tinta no lugar.

– Bom – ele baixou as sobrancelhas, pensativo –, você podia ficar com o meu.

Georgie deu um tapinha no peito dele com as mãos unidas de ambos.

– Fala... sério! – Sabia que era bobeira, mas estava genuinamente feliz com isso. – Neal Grafton, você acaba de tornar meu mais antigo sonho realidade.

Neal manteve a mão dela junto ao peito. O rosto estava neutro, mas os olhos *dançavam*. Ele sussurrou:

– O que mais você quer, Georgie?

– Dois filhos – ela disse. – Um menino e uma menina. Mas só depois que meu império televisivo estiver a caminho.

Ele escancarou os olhos.

– Nossa.

– E também uma casa com uma varanda enorme na frente. E um marido que goste de viajar de carro nas férias. E um carro, claro, com banco de trás espaçoso.

– Você é mesmo espetacular nisso.

– E quero um passe livre anual pra Disney. E uma chance de trabalhar com a Bernadette Peters. E quero ser feliz. Tipo de setenta a oitenta por cento do tempo. Quero ser ativamente, conscientemente feliz.

Neal roçava as mãos deles na blusa azul. Nela estava escrito LUTA ROMANA DA NORTH HIGH. ACABEM COM ELES, VIKES! O rosto estava sério, e os olhos azuis, quase negros.

– E quero voar por cima do oceano – ela disse.

Ele levou a mão livre para o rosto dela, para tocá-la. Estava fria, e deixou cair um pouco de areia no pescoço de Georgie.

– Acho que eu só quero você – disse ele.

Georgie apertou a mão que ele estava segurando no peito, usando-a como âncora para puxar-se mais para perto.

– Você *acha*...

Neal lambeu o lábio inferior e fez que sim.

– Eu acho... – Quanto mais ela chegava perto, mais ele desviava o olhar. – Acho que só quero você.

– Tá bom – Georgie concordou.

Neal pareceu surpreso – quase riu.

– Tá bom?

Ela fez que sim, perto o bastante para bater o nariz no dele.

– Tá bom. Pode ficar comigo.

Ele encostou a testa na dela, afastando o queixo e a boca.

– Fácil assim?

– Sim.

– É mesmo?

– Mesmo – ela prometeu.

Ela levou a boca na direção da dele, e ele moveu a cabeça para cima, para fitá-la. Estava respirando pesadamente pelo nariz. Ainda com a mão no rosto dela.

Georgie tentou manter sua expressão o mais natural possível.

Mesmo. Pode ficar comigo. Porque sou boa em querer coisas e boa em conseguir o que quero, e não consigo pensar em nada que queira mais do que você. Mesmo, mesmo, mesmo.

Neal assentiu. Como se tivesse recebido uma ordem. Depois soltou a mão dela e a empurrou (prendeu) gentilmente (firmemente) na areia.

Inclinou-se sobre ela, as mãos ao lado dos ombros dela, e balançou a cabeça.

– Georgie – disse. E então a beijou.

Foi assim. De verdade.

Foi ali que ela acrescentou Neal à lista de coisas que queria e precisava e estava fadada a ter algum dia. Foi quando ela resolveu que Neal seria a pessoa que dirigiria naquelas viagens de carro. E Neal seria a pessoa sentada ao lado dela na entrega dos prêmios Emmy.

Ele a beijou como se estivesse desenhando uma linha reta perfeita.

Beijou-a com tinta nanquim.

Foi ali que Georgie concluiu, em meio àquele beijo convencido, que Neal era o que ela precisava para ser feliz.

Estavam todos cansados.

Seth havia desmanchado todos os cachinhos dos cabelos com os dedos. Estava menos JFK Jr. e mais Joe Piscopo.

– Não vamos incluir um personagem indiano gay – disse. – E ponto.

Scotty curvou-se sobre a mesa.

– Mas Georgie disse que queria um pouco de diversidade.

– Ela não disse que queria colocar *você*.

– Romir não é eu. Ele é alto, e nem usa óculos.

– Ele é pior que você – disse Seth. – É você na fantasia.

– Bom, todos esses caras brancos são você na fantasia.

Seth violentou o cabelo um pouco mais.

– Eu-na-fantasia nunca apareceria nesse programa. Eu-na-fantasia já estaria em *Gossip Girl*.

– *Georgie* – os dois disseram juntos.

– Romir pode ficar – disse Georgie. – Mas essa é uma comédia desajustada; ele tem que ser baixinho e usar óculos.

– Pra que fazer isso com o Romir? – Scotty perguntou, cruzando os braços. – Assim ele nunca vai achar alguém pra amar.

Seth revirou os olhos.

– Nossa, Scotty, você vai achar alguém para amar.

– Primeiro: tô falando do Romir. Segundo: você diz isso da boca pra fora.

Georgie colocou a mão no ombro de Scotty.

– Ele vai achar alguém para amar, Scotty. Vou escrever pra ele um namorado dos sonhos.

– Faz isso por mim, Georgie?

– Farei pelo Romir.

– Acho bom esse episódio ser hilário – disse Seth.

Scotty levantou-se e enfiou o notebook na mochila.

– Romir fica – ele disse a Seth. – Acabo de fazer algum garoto indiano virar estrela.

– Parabéns, *Quem quer ser um milionário*.

Scotty saiu, cabeça erguida.

Seth ainda estava de careta.

– Isso significa que a gente tem que voltar e colocar o Romir no piloto?

– Ele pode começar no terceiro episódio – disse Georgie. – Você acabou de dizer que a gente precisava de uns personagens gays. Disse que estávamos datados.

– Eu sei.

Georgie fechou seu notebook.

– Sei que a gente disse que levaria uns roteiros pra casa, mas não sei o quanto vou conseguir produzir hoje à noite…

– Fica – disse Seth. – A gente pode pedir comida e trabalhar junto.

– Não posso. Tenho que ligar pro Neal.

Já eram oito da noite em Omaha. Georgie queria ligar no máximo às dez.

Seth estudou-a por um momento. Como se o que ela não estava contando para ele fosse a única coisa que ele não sabia dela.

O que aconteceria se ela ligasse para *Seth* nessa noite pelo telefone amarelo? A ligação cairia na fraternidade em 1998? Ou alguma das garotas de sábado de manhã atenderia?

Seth não andava mais falando das garotas de sábado de manhã, mas Georgie supunha que o desfile seguia a todo vapor.

– Obrigado – ele disse. – Por aguentar hoje. Sei que tem alguma coisa muito errada com você.

Georgie desplugou o telefone.

– E tá me matando você não falar sobre isso – ele continuou.

– Desculpa.

– Não quero que me peça desculpas, Georgie. Quero que me faça rir.

CAPÍTULO 17

Quando Georgie entrou na garagem da casa da mãe, estava cem por cento certa de que se ligasse para Neal naquela noite usando o telefone amarelo, ele atenderia no passado.

Ou que apenas pareceria isso – que a grande ilusão continuaria.

E tinha mais certeza ainda de que iria ligar para ele. Ainda que fosse perigoso. (Se fosse real.) (Georgie tinha que escolher um lado – real ou não – e se manter firme.)

Tinha que ligar. Não dá pra simplesmente ignorar um telefone que faz ligações para o passado. Não tem como *saber* que ele está logo ali ao lado e *não* usá-lo.

Georgie não resistiria.

Fosse o que fosse, era esse o papel que ela recebera. Não era Neal quem tinha um telefone mágico que podia ligar para o futuro.

(Deus, talvez ela devesse testar essa teoria, podia pedir para ele ligar para ela… *Não*. De jeito nenhum. E se a mãe dela atendesse e começasse a falar sobre Alice e Noomi e divórcio? E se a própria Georgie atendesse ao telefone em 1998 e dissesse algo horrível e imaturo, e arruinasse tudo? Não dava para confiar na Georgie de 1998, obviamente.)

Heather abriu a porta da casa antes mesmo de Georgie bater.

– Tá esperando uma pizza? – Georgie perguntou.

– Não.

Georgie ficou parada na entrada.

– Macarrão assado – disse Heather, revirando os olhos. – Entra aí.

Georgie entrou. A mãe e Kendrick estavam jantando na cozinha.

– Chegou cedo – disse a mãe. – Fiz salada Caesar, caso esteja com fome, e tem biscoitinhos de chocolate de sobremesa.

Os pugs começaram a latir embaixo da mesa.

– *Pra você, não, mamãezinha* – disse a mãe de Georgie, curvando-se para fazer contato visual com a cachorrinha grávida. – *Esse docinho é pra gente grande. Mamãezinha pequena não pode comer chocolate.* Eu juro, Kenny, eles entendem tudo que a gente fala.

Heather estava em pé, ao lado da porta da frente, abrindo a cortina para poder espiar lá fora.

Estavam todos completamente acostumados com a presença de Georgie ali. Até mesmo os cachorros haviam parado de acompanhar cada movimento dela com seus olhinhos escuros.

Georgie poderia, pelo visto, até se mudar de volta para a casa sem ter que discutir o assunto com a mãe. Esta apenas começaria a descongelar mais carne para o jantar, reclamando pela filha ter largado a bolsa na mesa – vai ver a mãe já achava que ela tinha se mudado de volta pra lá.

– Obrigada – disse Georgie, indo para o quarto. – Não estou com muita fome.

– Vai voltar aqui mais tarde? – a mãe perguntou lá de longe.

– Não – Georgie gritou de volta –, vou ligar pro Neal.

– Diga que dissemos "oi"! E que ainda o amamos! Diga que ele sempre vai fazer parte da família!

– Não vou falar nada disso.

– Por que não?

Georgie estava a meio caminho do quarto.

– Porque ele vai achar que fiquei maluca!

Abriu a porta do quarto, depois entrou e fechou-a rapidamente – chegou até a pensar em empurrar uma cômoda contra ela. Em vez disso, correu para o armário e pôs-se a jogar tudo para fora. Havia enfiado o telefone lá no fundo, sob um antigo saco de dormir, uns rolos de papel de presente, os patins da época da escola...

Lá estava. *Logo ali.*

Georgie voltou para trás e fitou o aparelho, sem saber se devia tocá-lo, sem saber se devia esfregá-lo três vezes e fazer um pedido.

Ela pegou o telefone e levou-o ao ouvido. Não dava linha.

Bom, é claro que não tem linha – não está plugado. Não está plugado no portal do tempo/espaço na parede, atrás da cama. (Pausa para risada maníaca.)

Ela engatinhou até a cama e se espremeu embaixo para plugar o telefone, meio que esperando que o cabo zumbisse ou soltasse faísca. Depois se afastou, soltou os cabelos das molas da cama e apoiou as costas na cama, com o aparelho no colo.

Beleza. Vamos lá. Hora de ligar pro Neal.

Neal...

Georgie prendeu a respiração enquanto discava o número. Quase engasgou quando ele atendeu logo no primeiro toque.

– Alô?

– Neal?

– Oi – disse ele. Dava para ouvir o meio sorriso na voz dele. Aquele que mal espremia a bochecha dele. – Pensei que fosse você.

– Isso – ela disse. – Sou eu.

– Tudo bem?

– Humm... – Georgie fechou os olhos e reparou que não havia soltado o ar de todo. Foi o que ela fez então, aproximando os joelhos, pousando o telefone no chão, ao seu lado. Era o Neal, ele ainda estava lá. Ainda atendia às ligações dela. – Melhor agora – ela disse, esfregando os olhos com as costas da mão.

– Eu também – disse ele. Nossa, como era bom ouvir isso. Como era bom ouvir o *Neal*.

Georgie e Neal nunca haviam passado tanto tempo assim separados desde que se casaram. Ela estava enlouquecendo por não conversar com ele todo dia, não saber como ele estava. No presente. Na vida real.

Era isso que estava acontecendo ali? Georgie estava fantasiando todas essas ligações porque sentia falta do marido? Porque precisava dele?

Precisava dele.

Neal era seu lar. Sua base.

Neal era o local onde Georgie se plugava, e sincronizava, e recomeçava no dia seguinte. Era o único que sabia tudo dela, como ela era de verdade.

Ela devia contar sobre essa maluquice com o telefone mágico. Agora mesmo. Dava para contar, sempre dava para contar qualquer coisa a Neal. Georgie e Neal eram ruins em muita coisa, mas eram bons em ficar do lado um do outro. Neal era particularmente bom em ficar do lado de Georgie, em estar presente quando ela precisava dele.

Georgie pensou em todas as vezes em que ele ficou acordado até tarde para ajudá-la com algum roteiro. Como ele fora seu braço direito depois que Alice nasceu (quando ela ficou deprimida, com dor, um fracasso na amamentação.) Como ele nunca a fizera se achar uma louca, mesmo quando ela estava agindo feito louca, e nunca a fizera se achar uma fracassada, mesmo quando ela fracassava.

Se havia alguém com quem podia conversar sobre isso, era Neal.

– Georgie? Você tá aí?

– Sim – ela disse. *Nossa. Não dava* para contar pro Neal. – Tô aqui.

– Como foi seu dia?

Bom, primeiro eu despluguei meu telefone mágico, depois entrei no meu carro elétrico...

– Trabalhei com Seth em *Enrolando* – disse Georgie, por ser a única verdade que ela se sentiu segura de contar.

Mas imediatamente desejou não ter dito isso. Mencionar Seth era como apertar um botão que desligava Neal; isso funcionava tanto antes quanto agora. (Ok, talvez não desse pra conversar com Neal sobre *tudo*.)

– Ah – ele disse, num tom claramente mais frio.

– E o seu, como foi? – ela perguntou.

– Eu... – Neal pigarreou. Dava para ouvi-lo deliberadamente afastando a irritação. Neal ainda fazia isso também. A irritação congelava no rosto dele, que juntava tudo e engolia. – Ajudei minha mãe a fazer mais biscoitos – disse. – Ela separou uns pra você.

– Obrigada.

– Mas eu comi todos.

– Safado.

Neal riu.

– E depois... fui encontrar aquele cara que meu pai queria que eu conhecesse, o cara da polícia ferroviária.

Levou um segundo para processar a informação. *Amigo do pai do Neal, polícia ferroviária. Ah, é.* Era um emprego que Neal tinha pensado em aceitar – só pensado – em Omaha.

– Ainda acho que você está inventando essa história – ela disse.

– Não estou inventando nada.

– *Detetive de ferrovia*. Parece um drama da CBS.

– *Parece* ser muito interessante – disse Neal. – A melhor parte do trabalho da polícia, de pensar e resolver as coisas, sem precisar fazer patrulha ou atender chamadas de emergência.

– *Esta semana, em* Detetives de Ferrovia – Georgie provocou –, *a equipe descobre o esconderijo de um bando de mendigos...*

– Algo assim.

– A ferrovia está precisando de oceanógrafo?

– Não. Graças a Deus. Mike, o amigo do meu pai, disse que não importa qual é a minha formação, que qualquer conhecimento de ciências ajudaria.

– Ah – disse Georgie. – Que ótimo. – Ela tentou falar muito sério.

– Foi legal. Depois voltei pra casa, acabei topando com a Dawn e fui tomar sorvete com ela.

Deus do céu, o dia de Neal havia sido todo um ensaio de minha-vida-sem-Georgie.

– Dawn – disse ela. – Que... ótimo. Aposto que Dawn acha que você devia virar detetive de ferrovia.

– E você não?

– Não falei isso.

– E o que quis dizer? – Neal perguntou, de novo com o tom frio.

– *Nada*. Desculpa. É que... Dawn.

– Tá com ciúme da Dawn?

– Já conversamos sobre isso – disse Georgie.

– Não, não conversamos – Neal discordou.

Ele tinha razão; em 1998, não tinham conversado.

– Você não tá com ciúme da Dawn a sério – disse ele.

– Claro que sim. Ela foi sua noiva.

– Mais ou menos. E eu terminei com ela *por você*.

– Não tem como *mais ou menos* ter uma noiva, Neal.

– Você sabe que eu nunca quis mesmo pedi-la em casamento...

– Pior ainda.

– Georgie. Você não pode ter ciúme da Dawn. É como se o sol tivesse ciúme de uma lâmpada.

Ela sorriu. Mas continuou discutindo.

– Posso ter ciúme de qualquer pessoa que teve você primeiro. Se eu fosse num restaurante tomar milk-shake com meu ex-namorado/noivo-mais-ou-menos, você ficaria com ciúme.

– Certo – Neal bufou. – Mas não é pra eu ter ciúme quando você passa o dia todo com Seth.

– Seth não é meu ex-namorado.

– Deus do céu, não, é pior do que fosse.

Regras, Georgie quis gritar. *Regras, regras, regras!* Já não tinham estipulado todas as regras em 1998?

– Você não pode comparar o Seth com a Dawn – disse ela. – Eu *nunca dormi* com o Seth.

Ouviu-se um ruído alto, alguém pegando a extensão. Georgie entrou em pânico, como se estivesse na época do colegial, quando tinha um horário a partir do qual era proibido falar ao telefone. Ela quase desligou.

– Georgie? – disse a mãe, meio em dúvida. Vai saber quanto tempo fazia que ela não pegava num telefone fixo.

– Oi, mãe. Precisa usar o telefone?

– Não... Só queria saber se você quer o biscoito de chocolate.

– Ainda não. Obrigada.

– É o Neal?

– Isso – disse ele. – Oi, Liz.

Georgie congelou. A mãe insistia que Neal a chamasse de Liz. Mas depois que eles noivaram, ela passou a insistir que a chamasse de mãe. O que, no começo, o deixava *muito* incomodado.

– *Tenho a sensação de que estou traindo a* minha *mãe* – dissera ele na ocasião.

– *Tente não chamá-la de nada* – Georgie recomendara. – *Eu fiquei brava com ela uma vez, quando tinha catorze, e não a chamei de mãe até o fim do ano.*

– Ah, querido – disse a mãe de Georgie ao telefone, carinhosamente. – É *mãe*, ainda. Somos família ainda. Era pra Georgie te falar isso. Nada disso afeta o que a gente sente por você.

Georgie quase podia ver a expressão de Neal, sem palavras.

– Tá bom, mãe – disse ela –, obrigada. Falo com você depois.

– Obrigado, Liz – disse Neal.

A mãe dela suspirou.

– Ah, Neal, mande um "oi" pra sua mãe...

Meu Deus, meu Deus, meu Deus. Em 1998, a mãe de Georgie e Margaret ainda não tinham se conhecido.

– *Mãe* – Georgie cortou. – Eu e o Neal estamos falando de uma coisa muito importante. Preciso que você desligue.

– Ah, claro. Neal, querido...

– Agora, mãe. Estou *implorando*.

Se continuasse desse jeito, Georgie acabaria regredindo à primeira infância.

A mãe suspirou.

– Tá bom, já entendi. Tchau, Neal. Foi muito bom ouvir a sua voz.

Se ela mencionasse as meninas, Georgie começaria a gritar. Mesmo. E daria um jeito de explicar depois.

– *Tchau*, mãe.

A mãe suspirou de novo, desligando o aparelho.

Georgie não soube ao certo como retomar a conversa.

– Então – disse Neal –, acho que sua mãe tá achando que a gente terminou.

Ela parou por um instante, aproveitando para sentir o alívio trazido por essa linha de raciocínio. Em seguida, disse:

– Eu também estava achando, até alguns dias atrás.

– E agora não?

– Não – disse Georgie –, agora não.

– Não importa o que aconteça – disse ele –, nunca vou chamar sua mãe de "mãe". É esquisito demais.

– Eu sei – disse ela. – Eu te livro disso.

Neal começou uma frase, depois parou. Depois começou de novo.

– Georgie, eu... bom, eu nunca dormi com a Dawn.

– Mas... – Georgie parou. – Dormiu, sim. Vocês eram noivos.

– Nunca dormi com ela. – Neal baixou o tom de voz. – Ela queria esperar pelo casamento. O primeiro namorado dela foi um monstro, então ela recobrou a virgindade.

– Ela *recobrou a virgindade*?

– Deixa pra lá, Georgie. Ela pode fazer o que quiser com a virgindade dela.

– Tá – disse Georgie. – Ah... não parece tão má ideia, na verdade. Quem sabe eu também não recobre a minha antes de você voltar. Em nome da Rainha Elizabeth.

Neal fez um barulhinho parecido com risada.

– Porque ela foi a Rainha Virgem – disse Georgie.

– Entendi.

Georgie ficou calada. *Neal nunca dormira com Dawn.* Ela sempre supôs que ele tivesse transado lindamente com Dawn várias vezes. Sexo juvenil na terra do amor. Igualzinho naquela canção do John Mellencamp.

Isso significava que ele nunca tinha feito sexo com ninguém mais além de Georgie?

Ela pensou na primeira vez deles. No apartamento de Neal, no meio da noite. Rindo e se atrapalhando com a camisinha – e Georgie querendo passar por essa primeira vez, para que pudessem apenas *ficar juntos*, fosse isso o que fosse.

Foi a primeira vez do Neal, então?

Esse era exatamente o tipo de coisa que ele não contava para ela. Neal não gostava de falar sobre sexo. E não gostava de falar sobre *antes*. Antes de estarem juntos, antes de Georgie. (Não gostava de falar sobre *ontem*.)

Ela pensou em Neal. Praticamente um adolescente, pálido feito papel. Todo concentração e zero concentração, rindo entredentes, tocando-a como se ela fosse de vidro.

Neal.

– Você não pode ter ciúme do Seth – Georgie soltou baixinho.

– Fala sério – ele bufou.

– É sério. É como o sol ter ciúme...

– De um sol do mesmo tamanho?

– Eu ia dizer da lua.

– Eu acho *mesmo* que o sol tem ciúme da lua – disse Neal. – Ela fica muito mais perto.

– Seth e eu somos só amigos – disse ela. Era verdade, desde sempre. *Melhores* amigos; mas apenas amigos.

– Não tem nada de *só* entre você e o Seth.

– Neal...

– Ele é a sua alma gêmea – disse Neal. E do jeito que o disse, foi como se já tivesse pensado muito no assunto, como se tivesse pensado exaustivamente, como se tivesse escolhido a expressão deliberadamente.

Georgie ficou boquiaberta para o telefone.

– Seth. *Não é.* Minha alma gêmea.

– Ah, não? Você não planeja a sua vida em torno dele?

– *Não.* – Georgie inclinou-se para a frente. Mesmo em 1998 isso não era verdade. – Não. Credo. Eu planejo a minha vida em torno de *mim*.

– E tem diferença?

– *Neal...*

– Não, Georgie, vamos botar as cartas na mesa. Eu sou opcional pra você. Sei disso. Sei que você me ama, sei que quer ficar comigo. Mas você consegue imaginar a sua vida sem mim. Se eu for embora agora, se eu não voltar, você não vai ter que ajustar seu grande plano. Mas o Seth *é* o seu grande plano. É óbvio. Acho que você não consegue se imaginar passando 24 horas sem ele.

– Está pedindo que eu imagine?

– *Não.* – Neal parecia abatido. – Não. Eu sei... o que rola entre vocês. Nunca pediria pra você escolher.

E nunca pediu.

Neal nunca gostou de Seth – isso não mudara ao longo dos anos. Mas nunca reclamava dele. Nunca reclamava de todo o tempo que Georgie passava junto com Seth. Das longas horas ou mensagens no meio da noite – ou dos dias em que Neal e Georgie levavam as meninas para a

Disney, e ela acabava sentada no meio-fio, no Critter Country, ajudando Seth com alguma emergência no roteiro pelo telefone.

E Georgie era *tão grata* por isso. Pela aceitação de Neal. (Ainda que fosse apenas resignação.)

Às vezes ela se sentia caminhando por uma linha fina e precária entre os dois. Como se ela não existisse em quantia suficiente para ser quem precisava ser para os dois.

Se Neal a puxasse, ou empurrasse – ou se o outro fizesse o mesmo –, tudo iria ao chão.

Georgie iria parar no chão.

Mas Neal nunca fez isso. Nunca demonstrou ciúme. Raiva, ressentimento, cansaço, amargura. Perda, sim. Mas nunca ciúme. Sempre confiara nela com relação a Seth.

O que Georgie faria se Neal pedisse *mesmo* que ela escolhesse um dos dois?

O que ela teria feito se ele tivesse pedido isso em 1998?

Teria ficado brava. Teria, quem sabe, escolhido Seth apenas por não ser ele quem estava fazendo tal pedido. E porque Seth veio primeiro – cronologicamente. Seth estava ali havia muitas gerações.

Georgie não sabia, na época, quanto passaria a precisar de Neal, como ele passaria a ser como o ar para ela.

Isso era codependência? Ou era só um casamento?

– Mas poderia – disse ela.

– Quê?

– Poderia me pedir pra escolher.

– O quê? – Ele parecia surpreso. – Não quero.

– Também não quero – disse ela. – Mas você *poderia*.

– Georgie, já vi vocês juntos. Você não consegue nem terminar uma piada sem ele do lado.

– São só piadas.

– Você está mesmo a fim de usar a palavra "só", né?

– Você poderia me *pedir* pra escolher – ela insistiu.

– Eu não *quero* – disse ele, praticamente rosnando.

– Eu não teria nem que pensar, Neal. Escolheria você. Escolheria de novo e de novo e de novo. Seth é o meu melhor amigo. Acho que sempre vai ser meu melhor amigo. Mas você é meu futuro. – Tudo bem que isso ainda não era verdade em 1998. Mas *seria* verdade. Inevitavelmente. – Você é toda a minha vida.

Neal bufou. Dava para imaginá-lo balançando a cabeça, piscando. Mexendo o maxilar.

– Por favor, não tenha ciúme do Seth – ela sussurrou.

Ele ficou calado.

Georgie esperou.

– Se me prometer que eu não preciso ter ciúme – Neal disse, finalmente –, que *nunca* vou ter que ter ciúme, então não vou ter.

– Nunca vai precisar ter, prometo.

– Tá bom – disse ele. Depois, com mais firmeza: – Tá bom. Vou confiar em você.

– Obrigada.

– Agora, confie no que eu vou dizer, Georgie, pelo amor de Deus. Não estou apaixonado pela Dawn. Nunca estive. Mesmo se você terminar comigo e partir meu coração, nunca mais vou voltar com ela. Agora que eu vi além, não vou voltar mais.

– Então você tá dizendo que, se a gente terminar, você vai esperar vir uma pessoa melhor que a Dawn. E acha que isso vai me fazer sentir melhor?

– Você me arruinou para a Dawn. *Isso* devia te fazer se sentir melhor.

– Neal, quero arruinar você para *todo mundo*.

– Por Deus. – A voz dele soou mais próxima, como se estivesse apertando o telefone no queixo. – Você *já fez* isso. Não precisa ter ciúme de ninguém. Mas, principalmente, não da Dawn, tá?

– Tá bom – ela disse.

Ele suspirou.

– Vamos tentar não fazer isso mais?

– Fazer o quê?

– Ser ciumento e chato um com o outro.

– Mais fácil pra mim do que pra você – ela disse.

– Por quê?

– Porque você tem razão. O Seth é pior do que um ex-namorado. Ele não vai embora nunca.

– Por acaso existe algum motivo pra eu ter ciúme do Seth?
– Não.
– Então não vou ter. Fim de papo.

Georgie perguntou mais coisas a Neal sobre os detetives ferroviários. Dava para ver que ele queria falar sobre isso.

Pelo visto, ele andava pensando no trabalho mais seriamente do que ela supunha.

Ela tentou não chamar atenção para o problema óbvio desse novo plano de carreira dele – que implicaria numa mudança para Omaha. E Georgie *jamais* se mudaria para Omaha.

Ela ia trabalhar na TV, Neal sabia disso. E a TV estava em Los Angeles.

Parte dela só queria dizer:

Isso não vai *acontecer. A gente fica na Califórnia. Você odeia. Mas planta abacates. O que já é alguma coisa.*

Você gosta da nossa casa. Foi você que escolheu. Disse que te fazia lembrar da sua casa – algo a ver com os morros e o pé direito alto e só ter um banheiro.

E estamos perto do mar – bem perto – e você não o odeia, não como antigamente. Às vezes, chega até a pensar que gosta. Você adora me ver na praia. E as meninas. Diz que deixa a gente mais doce. Com bochechas rosadas e caracóis nos cabelos.

E Neal, se você não voltar pra mim, nunca vai conhecer o ótimo pai que é.

E não será a mesma coisa se você tiver filhos com outra pessoa, uma menina melhor, porque não serão Alice e Noomi, e ainda que eu não seja perfeita pra você, elas são.

Deus, vocês três. Vocês três.

Quando acordo nas manhãs de domingo – tarde, você sempre me deixa dormir até tarde –, vou te procurar, e te encontro no quintal com terra nos joelhos e duas garotinhas girando ao seu redor, em órbita perfeita. E você arruma o cabelo delas em chuquinhas, e as deixa usar quaisquer roupas malucas que queiram, e Alice plantou uma árvore de coquetel de frutas, e Noomi comeu uma borboleta, e elas se parecem comigo porque são cheinhas e douradas, mas elas brilham por você.

E você construiu uma mesa de piquenique.

E aprendeu a fazer pão.

E pintou um mural em cada parede que dá para o oeste.

E não é tudo ruim, eu juro. Juro que não.

Talvez você não seja feliz na prática, ciente disso, setenta a oitenta por cento do tempo, mas vai ver nunca seria mesmo. E mesmo quando fica triste, Neal – mesmo quando está adormecendo no outro lado da cama – acho que você é feliz. Por algumas coisas. Umas poucas coisas.

Juro que não é tudo ruim.

– Georgie? Tá aí ainda?

– Sim.

– Pensei que tinha pegado no sono.

– Tô acordada. São só dez da noite aqui.

– Eu dizia que eu teria que andar armado... isso te incomoda?

– Não sei – ela disse. – Nunca pensei nisso. É difícil imaginar você com uma arma. – Neal não era capaz de matar nem uma aranha. Ele as cutucava para subir num pedacinho de papel, depois as pousava gentilmente na varanda. – Incomoda você?

– Não sei – disse ele. – Talvez. Sempre odiei armas.

– Te amo.

– Por que eu odeio armas?

– Por tudo.

– Por tudo.

Dava para ouvir Neal quase sorrindo. Ela podia jurar que o via também.

Não...

Georgie estava imaginando o *seu* Neal. O Neal de quase quarenta anos. Mais magro. Arrojado. Com cabelo mais comprido e pés de galinha e a barba um pouquinho grisalha que ele deixava crescer todo inverno.

– *Esse projeto de inverno* – dizia ele. – *Minhas filhas nunca vão saber como é entrar, vindo do frio, e sentir o calor ir voltando lentamente aos dedos.*

– *Do jeito que você fala, parece que quis dizer que elas nunca vão ter necrose nos dedos.*

– *Não dá pra falar disso com uma pessoa que nunca fez um boneco de neve.*

– Nossas filhas já viram a neve.

– Na Disney, Georgie. Eram só bolhinhas de sabão.

– Elas não sabem a diferença.

– E se tivesse sido Perséfone quem tivesse raptado Hades...

– Tá falando difícil de novo.

O Neal *dela* tinha se livrado das gordurinhas, da barriguinha e do discreto queixo duplo de hobbit.

Quando Alice nasceu, Neal começou a andar de bicicleta. Ia para todo canto de bicicleta, conduzindo um carrinho amarelo brilhante. Levando duas garotinhas, sacos de compras, bichos de pelúcia, pilhas de livros...

Ser mãe e trabalhar fora deixara Georgie sem forma, toda mole, com uma perpétua aparência de cansaço. Nunca conseguia dormir o suficiente. E nunca recobrara a cinturinha – nem se dedicara a comprar roupas para essa nova (não tão nova mais, na verdade) realidade. Georgie sequer chegou a ajustar a aliança de casamento depois que ela ficou apertada demais para usar, durante a última gravidez. O anel ficava num pires de louça no criado-mudo.

Ao passo que Neal havia conseguido focar-se ao longo dos anos – boa aparência, cabeça boa –, Georgie perdera seu reflexo no espelho.

Às vezes, quando ela tinha um dia de folga, eles iam ao parque, os quatro, e Georgie via como as babás e mães donas de casa olhavam para o Neal. Aquele pai bonito de olhos azuis e covinhas, com os dois satélites sorridentes, as carinhas de boneca.

– Georgie? Sumiu de novo?

– Não. – Ela apertou o telefone no ouvido. – Tô aqui.

– A ligação está ruim, será?

Essa pessoa do outro lado da linha era Neal do jeito *dele*. Antes de ser mais dela. Quando ainda analisava a possibilidade de estar com Georgie. Esse Neal era mais duro. Mais pálido. Pavio mais curto. Mas não havia desistido dela ainda. Ainda olhava para ela como se ela fosse algo novo e sobrenatural. Ainda ficava surpreso com ela, encantado com ela.

Mesmo agora, frustrado como estava.

Mesmo agora, dez estados distante e quase terminando com ela, esse Neal ainda achava que ela era mais do que ele merecia. Mais do que esperava que a vida fosse lhe dar.

– Te amo – ela disse.

– Georgie, você tá bem?

– Tô. Tudo bem. – Falhou a voz. – Te amo.

– Luz do sol… – Neal falou baixinho, preocupado. – Também te amo.

– Mas não o bastante – ela disse –, é isso que você tá pensando?

– Quê? Não. Não é isso que estou pensando.

– É o que você anda pensando – ela disse. – Foi o que você pensou da Califórnia ao Colorado.

– Isso não é justo…

– E se você estava certo, Neal?

– Georgie, por favor, não chora.

– Foi o que você disse, e falou a sério. E nada mudou, né? Por que a gente não conversa sobre isso? Por que fingimos que está tudo bem? Não tá tudo bem. Você está em Nebraska, e eu aqui, e é Natal, e devíamos estar juntos. Você me ama. Mas talvez não seja o bastante. É isso que você anda pensando.

– Não. – Neal limpou a garganta e repetiu: – *Não*. Talvez eu tenha pensado nisso. Da Califórnia ao Colorado. Mas aí… me cansei. Literalmente, me cansei. Foi *perigoso*. E teve a história dos ETs. E o nascer do sol. E os arcos-íris. Eu falei dos arcos-íris, né?

– Falou. Mas não entendi o significado.

– Não tem significado. Só fiquei *cansado*. Cansado de estar bravo. Cansado de pensar em coisas que não têm solução, e tudo que é ou não o bastante.

– Então não terminar comigo pareceu uma ideia melhor depois de você ter passado 24 horas acordado?

– Não faz isso.

– E se você estivesse certo? E se não for o bastante?

Ele suspirou.

– Ultimamente, ando achando que é impossível saber.

– Saber o quê? – ela insistiu.

– Se é o bastante. Como é que alguém pode saber se o amor é suficiente? É uma pergunta idiota. Tipo, se você se apaixona, se tem essa sorte, quem é você pra questionar se isso basta pra te fazer feliz?

– Mas acontece o tempo todo – ela disse. – O amor nem sempre basta.

– Quando? – Neal perguntou. – Quando acontece isso?

A única coisa que veio à mente de Georgie foi o final de *Casablanca*, e Madonna com Sean Penn.

– Só porque você ama uma pessoa – disse ela –, isso não significa que as suas vidas vão combinar.

– A vida de ninguém combina – disse Neal. – Combinar é algo em que se trabalha. É algo que você faz acontecer. Porque ama o outro.

– Mas...

Georgie se conteve. Não queria convencer Neal do contrário, ainda que ele estivesse errado. Ainda que ela fosse a única a saber o quanto ele estava errado.

Parecia exasperado.

– Não estou dizendo que tudo vai magicamente se resolver se as pessoas se amarem o bastante...

Se *nós* nos amarmos o bastante, Georgie escutou.

– Só estou dizendo – ele prosseguiu – que talvez não exista esse bastante.

Georgie ficou calada. Enxugou os olhos com a camiseta dele.

– Georgie? Você acha que eu estou errado?

– Não. Eu acho... meu Deus, *eu sei*... que te amo. Te amo tanto. Demais. É como se fosse me tirar do eixo.

Neal ficou quieto por um instante.

– Que bom – disse.

– É?

– Deus do céu. Sim!

– Quer desligar?

Ele bufou uma risada no telefone.

– *Não*.

Mas talvez quisesse. Neal era bom em falar com ela ao telefone, mas não era nenhuma menina de quinze anos.

– Nem um pouquinho – disse ele. – Você quer?

– Não.

– Eu não me importaria de me arrumar pra ir dormir. Posso te ligar depois?

– Não – ela disse, rápido demais. Depois mentiu: – Não quero acordar minha mãe.

– Tá bom. Então você me liga. Me dá vinte minutos. Quero tomar um banho rápido.

– Tá bom.

– Vou tentar atender no primeiro toque.

– Tá bom.

– Tá bom.

Ele fez um barulhinho de beijo no telefone, e Georgie riu, porque Neal parecia ser o último cara do mundo de quem se esperaria que beijasse um telefone. Mas não era.

– Tchau – ela disse, esperando escutar o clique.

CAPÍTULO 18

Georgie resolveu ir também tomar uma ducha – e descobriu que usava o mesmo xampu que Kendrick. (Sentiu-se como a Cachinhos Dourados. *Exatamenteigual*.) A mãe disse que ela podia pegar um pijama seu emprestado. Todos os pijamas da mãe formavam conjuntinhos – camisetas combinando com shorts, ou penhoares com robes flutuantes e inúteis.

– Só me dê uma camiseta! – Georgie estava no banheiro da mãe, de toalha, gritando pela porta.

– Não tenho nenhuma camiseta de dormir. Quer uma do Kendrick?

– Eca. Não.

– Então vai ter que escolher um pijama.

A mãe dela abriu a porta e jogou algo lá dentro. Georgie desdobrou um shorts de pijama verde-água de poliéster, com lacinhos nude e um top decotado, com renda, combinando. E resmungou.

– Você anda falando com o Neal esse tempo todo? – perguntou a mãe.

– Sim – disse Georgie, desejando ter calcinhas limpas. Não estava a fim de pegar uma emprestada.

– Como ele está?

– Bem. – Ela notou que sorria. – Muito bem.

– E como estão as meninas?

– Bem.

– Estão resolvendo as coisas?

– Não tem nada pra resolver – disse Georgie. *Sim*, pensou ela. *Acho que sim*. Ela espiou para fora do banheiro. – Cadê o Kendrick?

– Na sala, vendo TV.

Georgie saiu.

– Olha só pra você – disse a mãe. – Ficou tão bonita. Devia me levar pra comprar roupas com você qualquer dia desses.

– Preciso ligar de novo pro Neal – disse Georgie. – Obrigada, hmm, pelo pijama. E por tudo.

Ela se inclinou e deu um beijo na mãe, na bochecha. Georgie tentava fazer mais coisas desse tipo agora que tinha suas próprias filhas. Alice e Noomi não se cansavam dela; praticamente a escalavam quando ela estava em casa. Georgie sentia uma dor quase física só de imaginar as filhas se afastando dela – ou evitando-a quando ela tentasse beijá-las. E se passassem um ano inteiro sem chamá-la de mãe?

Então Georgie tentava ser mais afetuosa com a sua mãe. Quando podia.

Assim que a beijou no rosto, a mãe virou o rosto para acertar os lábios. Georgie fez uma careta e voltou para trás.

– Por que você sempre faz isso?

– Porque eu amo você.

– Também te amo. Vou ligar pro Neal. – Georgie deu uma puxadinha no shorts de cetim; não tinha como puxá-lo até um comprimento razoável. – Obrigada.

Olhou para os dois lados antes de entrar no corredor. Parou no quarto de Heather, que estava deitada na cama. Mexia no notebook, usando fones de ouvido.

Tirou-os quando viu Georgie.

– Olá, Vitória, veio me contar um segredo?

– Me faz um favor?

– O quê?

– Tô morrendo de fome, mas não quero passar na sala assim.

– Acho que se o papai vir você com a lingerie da mamãe, vai ficar traumatizado.

Heather chamava Kendrick de pai. O que fazia sentido, porque ele a criara. E porque não era só três anos mais velho que ela.

– Pode *me* traumatizar – disse Georgie. – Por que todos os pijamas dela são lingerie?

– Ela é uma mulher muito sensual. Sei disso porque ela gosta de me dizer. – Heather saiu da cama. – O que quer comer? Comi todo o macarrão. E o biscoitinho de chocolate; já não tinha muito. Ei, quer que eu peça uma pizza?

– Não – disse Georgie. – Pode ser qualquer coisa que tenha na cozinha.

– Você podia ter pego emprestado um pijama meu, né?

– Ah, que bonitinha você – disse Georgie. – Por que não me dá todos que não for usar e eu tento costurar algo confortável e parecido com uma barraca com eles?

– Tenho certeza de que tenho *pelo menos um* que caiba em você.

– Ai, meu Deus, para. Pega algo pra eu comer. Vou lá me esconder no quarto.

– Tem falado com o Neal?

Georgie sorriu, afetada.

– Tenho.

– Isso é bom, né?

Georgie fez que sim.

– Vai lá. Tô com fome.

Heather trouxe uma maçã, três fatias de queijo e uma garrafa gigante de refrigerante. Teria sido melhor ter pedido a Alice.

– Liga pro Neal – disse Heather. – Quero dar um "oi" pras meninas.

– Já passa da uma da manhã lá – disse Georgie. – Estão dormindo.

– Ah, é mesmo. Fuso horário.

Georgie pegou uma das fatias de queijo e começou a comer.

– Obrigada. Vai lá.

– A ideia é envolver a maçã com o queijo; é tipo maçã caramelada.

– Desde quando isso seria uma maçã caramelada?

– Liga pra ele – disse Heather. – Quero dar "oi".

– Não.

A mãe de Georgie, miraculosamente, não fizera nenhuma besteira falando com Neal; de jeito nenhum deixaria que Heather chegasse perto do telefone.

– Por que não? – perguntou Heather.

– Você sabe por que não.

– Não sei, não.

– Porque não. Temos assuntos particulares... pra discutir.

– Tipo coisas do divórcio?

– Não.

– Tipo sexo virtual?

Georgie fez uma careta.

– *Não*.

– Porque não seria legal você fazer sexo pelo telefone na lingerie da mamãe.

– Só quero conversar em paz com meu marido, tá? Em particular.

– Claro. Depois que eu der "oi".

Georgie tentava abrir a garrafa de refrigerante.

– Tem um abridor de garrafa aí?

– Tenho, Georgie, eu guardo um aqui no pijama. Dá aqui.

Heather pegou a garrafa e começou a girar a tampa no canto da boca.

– *Para* – disse Georgie, pedindo a garrafa. – Vai estragar seus dentes.

Heather suspirou, dramática, e devolveu a garrafa. Georgie colocou a tampa delicadamente na própria boca e mordeu do jeito mais delicado possível.

O telefone tocou.

Antes que Georgie pudesse pensar em pegá-lo, Heather agarrou o telefone e gritou:

– Oi, Neal!

Georgie largou a garrafa e lançou-se pra cima da irmã, metendo a mão no aparelho.

– É a Heather... Isso, Heather.

– Heather – Georgie sussurrou. – Vou te matar. Solta.

Heather estava enrolada numa bola defensiva na cama, enquanto empurrava Georgie (bem na cara) com uma das mãos, apertando o telefone junto à cabeça com a outra. Sua expressão passou de malcriada e vitoriosa para confusa. Ela soltou o telefone abruptamente, e Georgie a empurrou para fora da cama.

Georgie agarrou o telefone.

– Neal?

– Oi? – Ele parecia confuso.

– Só um minuto.

Heather estava parada no meio do quarto, aturdida, braços cruzados.

– Não é o Neal – ela sussurrou. Pelo menos, estava sussurrando.

– É sim – Georgie argumentou.

– Então por que não sabia quem eu era?

– Vai ver ele só não entendeu por que você gritou com ele.

– Não *parecia* o Neal.

– Heather, eu juro...

– Você tá tendo um caso. Nossa Senhora, você tá tendo um caso! Foi por isso que o Neal te largou?

Georgie correu para a irmã e tapou-lhe a boca com a mão. Os olhos desta estavam escancarados. Cheios de lágrimas. *Meu Deus.*

– Heather, eu juro que não estou tendo um caso. Juro.

Heather afastou o rosto.

– Jure pela sua vida.

– Pela minha vida.

– Pela vida da Alice e da Noomi.

– Não diga isso, que horror!

– Um horror só se você estiver mentindo.

– Tá bom. Sim. Eu juro.

Heather fez um biquinho.

– Esse aí não é o Neal, Georgie. Sei que tem algo de errado. Intuição feminina.

– Você ainda é uma garota.

– Que bobagem, já posso ser chamada pro exército.

– Por favor, por favor, vá pro seu quarto – Georgie implorou. – Preciso falar com o Neal. A gente conversa sobre isso amanhã de manhã.

– *Tá bom...*

Georgie empurrou Heather porta afora e a fechou. O coração martelava. (Ela definitivamente precisava voltar a praticar ioga. Ou algo que as pessoas andassem fazendo. Georgie não pisava na academia desde que Alice nascera.) Desejou ter fechadura na porta do quarto. Não tinha nem tranca – a mãe dizia que os cachorros gostavam de entrar lá pra dormir na cama.

Georgie voltou para o telefone e levou-o à orelha com cuidado.
– Neal?
– Georgie?
– Isso.
– Quem era aquela?
– Era... a Heather. Minha prima Heather.
– Sua mãe batizou a Heather de Heather mesmo você tendo uma prima chamada Heather?
– É. Foi. Em homenagem à prima.
– Ela tá passando o Natal com vocês?
– Isso.
– Tem mais gente da família aí?
– Não. Só a Heather.
– Não sabia que você tinha primos.
– Todo mundo tem primos.
– Mas você não tem nenhum tio nem tia.
Georgie sentou-se no chão.
– Tá praticando para *Detetives Ferroviários*?
– Você não parece gostar muito dessa prima.
– Só não quero desperdiçar o precioso tempo em que posso conversar com você falando sobre ela.
– Precioso tempo – ele disse baixinho.
– Isso.
– Tô com saudade, Georgie.
– Também estou.
– Desculpa. Cansei de esperar você ligar.
– Tudo bem.
– Tá deitada?
– Não, tô sentada no chão, comendo queijo fatiado.
– É mesmo? – ele disse. Uma risada escapou. – E o que tá vestindo?
Georgie deu uma mordida no queijo. Que ridículo. Tudo aquilo – muito ridículo.
– Você não iria querer saber.
– Tá nevando aqui.
Georgie sentiu o estômago se contorcer. Ainda não tinha visto a neve.

Nunca nevava quando ela ia para Omaha, nem mesmo em dezembro – Margaret dizia que Georgie trazia o sol consigo.

Mas estava nevando para Alice e Noomi.

E estava nevando em 1998 para o Neal.

– Jura? – ela perguntou.

– Sim. – Neal parecia estar quentinho e macio. Todo encapotado. – Começou agorinha.

Georgie subiu na cama e bateu palmas bem fraquinhas para apagar a luz.

– Me conta mais.

– Não tem como – ele disse. – Você não tem referência nenhuma.

– Já vi nevar na TV.

– Geralmente, é neve de mentira.

– E qual é a diferença da neve de verdade?

– Parece menos com talco. É grudenta. Não se espalha quando você anda por cima, geralmente. Como é na sua cabeça?

– Não sei. Nunca pensei nisso. É neve, sei lá.

– Pense um pouco.

– Bom... parece cristal, os flocos, pelo menos, mas sei que é macia. Acho que imagino que a sensação deve ser igual à da cerâmica. Mas em vez de despedaçar, dá pra esmigalhar com as mãos.

– Humm...

– Tá certo? – ela perguntou.

– Quase nada.

– Me fala.

– Bom, é gelo.

– Sei que é gelo.

– Você acertou num ponto: é macia. Já viu gelo raspado? Já tomou raspadinha que vendem naqueles carrinhos?

– Claro que não, minha mãe nunca comprava nada gostoso pra mim.

– Mas já viu um desses na vida?

– Já.

– Então você sabe como é macio. Sólido, mas macio. Comprime quando você empurra com a língua pro céu da boca.

– Hmm...

– Bom, é tipo isso. Parece gelo. Mas macio. E leve. Como se estivesse cheio de ar. E às vezes, como agora, é grossa. Faz uns grumos, tipo algodão doce e pena molhada.

Georgie riu.

– Queria que você estivesse aqui – disse ele. – Pra ver. Se estivesse aqui, dormiria no porão. Tem um sofá-cama.

Ela sabia desse sofá-cama.

– Não curto muito porões.

– Desse você iria gostar. Tem um monte de janelas. E uma mesa de pebolim.

Georgie foi para debaixo das cobertas.

– Ah, bom, *pebolim*.

– E um armário cheio de jogos de tabuleiro.

– Adoro jogos de tabuleiro.

– Eu sei... Tá na cama agora, né?

– Uhum.

– Percebi. Sua voz tá quase desistindo.

– Desistindo do quê?

– Sei lá. De parecer animada. E certeira. Esperta. Tudo que você tem que ser ao longo do dia.

– Tá dizendo que não estou mais sendo esperta?

– Estou dizendo – ele explicou – que gosto quando você deixa o dia todo pra trás.

– Gosto de você ao telefone – disse Georgie. – Sempre gostei de você ao telefone.

– Sempre?

– Hmmm.

– Se você estivesse aqui – disse Neal –, iria dormir no porão. Eu notaria que tá nevando, e não iria querer que você perdesse. Daí eu desceria...

– Não. Você vai traumatizar a Margaret se ela te pegar descendo pro meu quarto.

– Pfff. Sou sorrateiro. Eu desceria e te acordaria. E deixaria você pegar emprestado um par de botas e meu casaco velho.

– Pode ser aquele da escola.

– Não é quente o bastante – ele argumentou.

– Essa é a *minha* neve hipotética, Neal. Eu quero o casaco da escola.

– Não entendo. Você acha nojento lutar, mas gosta do meu casaco do time da escola.

– Você não luta *vestindo* o casaco.

– Podia se realizar, sabe. Essa cena. No próximo Natal.

– Hmmm.

– Então eu te levaria lá fora com as botas emprestadas e meu casaco da escola, até o quintal. Já contei que não tem iluminação na rua, né? Dá pra ver as estrelas...

Georgie já estivera nesse quintal com Neal, o quintal que parecia a beirada de uma floresta, diversas vezes ao longo dos anos. Nunca nevara, mas havia as estrelas.

– E eu assistiria você conhecendo a neve – disse ele.

– Conhecendo?

– Sentindo. Provando. Eu veria caindo no seu cabelo e nos cílios.

Ela esfregou a bochecha no travesseiro.

– Como em *A noviça rebelde*.

– E quando você ficasse com muito frio, eu te abraçaria bem apertado. E em todo lugar que eu encostasse, a neve derreteria entre nós.

– A gente devia conversar mais pelo telefone em casa.

Ele riu.

– É mesmo?

– É. Ligar um pro outro, do outro quarto.

– Podemos comprar celulares – disse ele.

– Ótima ideia – ela concordou. – Mas você tem que prometer que vai atender o seu.

– Por que eu não atenderia?

– Sei lá.

– E daí – ele continuou –, quando você ficasse com ainda mais frio e eu não conseguisse te aquecer, o que não demoraria, porque você foi mimada pelo sol, eu te levaria pra dentro. A gente limparia a neve das roupas e deixaria as botas molhadas na antessala.

– Por que se chama antessala?

– Porque é uma sala que vem antes, onde você deixa as roupas sujas de lama.

– Adoro que sua casa tenha sido planejada para as pessoas ficarem sujas de lama. Como se fosse parte da arquitetura.

– E então eu desceria com você... E você ainda estaria sentindo frio. Com a calça do pijama molhada. O rosto corado, as bochechas dormentes.

– Parece perigoso – disse ela.

– Não é perigoso. É normal. É gostoso.

– Humm.

– E eu não conseguiria parar de te tocar – disse Neal –, porque nunca te toquei assim geladinha.

– Você está obcecado com o frio.

Ele baixou a voz e murmurou:

– Estou obcecado por você.

– Não fala assim – Georgie sussurrou.

– Assim como?

– Com essa voz.

– Que voz? – ele murmurou.

– Você sabe que voz. Essa voz de *Você quer que eu te seduza?*

– Eu tenho uma voz Sra. Robinson?

– Tem. Sua sirigaita.

– Por que não posso te seduzir, Georgie? Você é minha namorada.

Ela hesitou.

– É, mas estou dormindo no meu quarto de infância.

– Georgie. Eu fiz tudo que eu quis com você nesse quarto de criança. Semana passada, na verdade.

– É, mas você também está no seu quarto de infância.

E você é, na verdade, seu eu criança. Georgie não podia falar sacanagem com esse Neal. Seria como trair o Neal *dela* – não seria?

– Você se esqueceu de todo o verão passado? – ele perguntou.

Ela sorriu e desviou o olhar, ainda que ele não pudesse vê-la.

– O Verão do Sexo Incrível por Telefone – disse ela. Claro que se lembrava do Verão do Sexo Incrível por Telefone.

– Exato – disse ele. – O Verão das Chamadas Conjugais a Longa Distância.

Georgie esquecera-se do apelido. Caiu na risada.

– Não. Não esqueci.

– Tem algo errado?

– Não dá pra fazer sexo incrível por telefone com você. – *Não faço sexo por telefone há quinze anos*. – Estou usando lingerie da minha mãe.

Neal riu. Genuinamente. Alto, algo que quase nunca acontecia.

– Se estiver tentando me excitar, tenho que dizer, docinho, não tá funcionando.

– Estou *realmente* usando a lingerie da minha mãe – disse Georgie. – Longa história. Não tinha mais nada pra vestir.

Dava para ouvi-lo sorrindo, mesmo antes de ele começar a falar.

– Bom, nossa, Georgie. Tira tudo.

Neal.

Neal, *Neal*, *Neal*.

– Eu ligo amanhã.

– Não – disse ela. – Fica.

– Tô caindo de sono.

Neal riu. O riso saiu abafado. Ela imaginou o rosto dele contra o travesseiro, o telefone descansando na orelha – mas imaginou um celular. *Errado*.

– Tudo bem – disse ela.

– Vai ver já tô dormindo – ele murmurou.

– Não ligo. Tá bom assim. Vou pegar no sono também. Só fica com o telefone perto, assim posso te ouvir acordando.

– E aí vou explicar pro meu pai que fiz um interurbano de dez horas porque dormir ao telefone pareceu romântico na ocasião.

Deus do céu. Interurbano. Georgie se esquecera desse detalhe – será que ainda existia isso?

– Mas seria romântico – disse ele. – Como acordar na cabeça um do outro.

– Ligo quando acordar.

– Não me ligue – disse ela. – Eu ligo pra você.

Ele meio que bufou.

– Não foi isso que eu quis dizer – disse ela. – Mas, falando sério: não me ligue; eu ligo pra você.

– Tá bom, você me liga, luz do sol. Liga assim que acordar.

– Te amo – disse Georgie. – Te amo assim.

– Com sono?

– Leve e solto – ela disse. E depois: – Neal?

– Me liga antes de se vestir – disse ele.

Ela riu.

– Te amo.

– Também te amo. – A voz dele quase não saiu.

– Tô com saudade – ela disse.

Ele não respondeu.

Georgie sentiu seus olhos fechando. O telefone deslizou por cima da bochecha – ela o pegou e trouxe de volta.

– Neal?

– Humm.

– Tô com saudade.

– Só mais alguns dias – ele murmurou.

– Boa noite, Neal.

– Boa noite, amor.

Georgie esperou que ele desligasse, depois repousou o telefone no gancho e deslizou para fora do colchão para devolver o aparelho ao criado-mudo.

SEGUNDA-FEIRA
23 DE DEZEMBRO DE 2013

CAPÍTULO 19

A primeira vez que Georgie acordou foi logo após o amanhecer, e foi porque não estava de calça comprida. O que achou alarmante, inicialmente. Depois, engraçado. Ela puxou as cobertas por cima da cabeça e tentou voltar a dormir. Porque parecia que estava sonhando, sonhando com alguma coisa boa, e era como se ela pudesse voltar para o sonho se não abrisse completamente os olhos.

Adormeceu pensando que não conseguia se lembrar de quando se sentira assim tão aquecida – e que talvez "aquecida" fosse o mesmo que "apaixonada" – e ela estava obviamente apaixonada por Neal, mas quando foi que passara seis horas conversando com ele, só conversando? Só ele, só ela. *Talvez essa* tivesse *sido a última vez*, ela pensou. E depois voltou a dormir.

A segunda vez que Georgie acordou, foi porque ouviu alguém gritando. Duas pessoas gritavam. E bateram à porta do quarto dela.

– Georgie! Tô entrando!

Era o Seth?

– Georgie, ele *não vai* entrar!

E a Heather…

Georgie abriu os olhos. A porta se abriu e foi imediatamente fechada.

– Droga, Heather – Seth reclamou. – Quase pegou meu dedo.

Georgie sentou-se. Estava usando a regata apertada da mãe. Roupas, precisava de roupas. Avistou a camiseta de Neal no chão e agarrou-a desesperadamente, metendo-a sobre a cabeça.

– Não posso deixar você entrar assim de qualquer jeito no quarto da minha irmã! – Heather gritou.

– Você tá protegendo a honra dela? Porque ela já perdeu isso faz tempo.

– Perdeu nada. Ele só foi visitar a mãe dele.

– Quê? – Seth parecia estar sem fôlego. A porta abriu-se, e ele avistou Georgie antes que se fechasse de novo. – Georgie!

A porta se abriu de novo, com tudo; Seth e Heather caíram para dentro, praticamente um por cima do outro.

– Ah, meu Deus – disse Georgie. – Sai de cima da minha irmã.

Heather estava agarrada na gola da blusa de Seth.

– Manda *ela* sair de cima de *mim* – disse ele.

– Sai! – Georgie gritou. – Isso tá igual a um pesadelo que eu nem tive ainda.

Heather soltou o homem e se levantou, cruzando os braços. Parecia tão desconfiada de Georgie quanto de Seth.

– Fui atender à porta, e ele passou direto por mim.

Seth ajeitou as mangas da camisa, furioso, fitando Georgie.

– *Sabia* que você estava aqui.

– Brilhante dedução – ironizou Georgie. – Meu carro está parado lá fora. O que você está fazendo aqui?

– O que *eu* tô fazendo aqui? – Ele desistiu das mangas. – Tá de brincadeira? Não, sério, tá de *brincadeira comigo*? O que *você* tá fazendo aqui? O que você tá fazendo, Georgie?

Georgie esfregou o rosto com a camiseta de Neal e olhou para o telefone – que repousava ao lado do antigo rádio relógio, que mostrava meio-dia.

– Meu Deus – ela gemeu. – Já é quase meio-dia?

– Já – disse Seth. – Meio-dia. E você não foi trabalhar, e não atende o celular, e ainda tá metida nessas roupas ridículas.

– Fiquei sem bateria.

– Quê?

Ela apertou o edredom em torno da cintura.

– Não atendi ao celular porque fiquei sem bateria.

– Ah, que ótimo – disse ele –, isso explica por que você tá na casa da sua mãe, dormindo até tarde.

A campainha tocou. Heather olhou para Georgie.

– Vai ficar bem?

Seth jogou as mãos para o alto.

– Fala sério! Heather! Acho que você pode confiar em mim pra ficar sozinho com a sua irmã, que é minha melhor amiga desde *quando você nem era nascida*.

Heather apontou para ele, ameaçadora.

– Ela tá frágil neste momento!

A campainha tocou novamente.

– Estou bem – disse Georgie. – Vá lá atender.

Heather irrompeu corredor afora.

Seth passou a mão pelo cabelo e balançou a cabeça.

– Certo. Nada de pânico; ainda temos tempo. E eu trouxe café. Ainda temos doze horas trabalháveis no dia, certo? E a mesma quantia amanhã. E talvez cinco ou seis no Natal.

– Seth...

– O que ela quis dizer com "frágil"?

– Olha, Seth, desculpa. Deixa eu me vestir.

– Você tá com essa sua camiseta especial do Metallica – disse ele. – Já tá pronta, pelo visto.

– Deixa eu me trocar. E escovar os dentes e acordar. *Desculpa*. Sei que precisamos trabalhar nos roteiros.

– Meu Deus, Georgie. – Ele se sentou com tudo na cama, de frente para ela. – Acha que eu ligo pros roteiros?

Ela dobrou as pernas por baixo do edredom.

– Acho.

Seth largou a cabeça nas mãos.

– Tem razão. Eu ligo. Bastante. – Ele olhou para ela, desanimado. – Mas finalmente fazer nosso programa dos sonhos não vai ser tão recompensador se você voltar a morar com a sua mãe e começar a dormir dezoito horas por dia.

– Desculpa – disse ela.

Ele passou as duas mãos no cabelo.

– Para de dizer isso. Só me conta o que tá acontecendo com você.

Ela olhou para o telefone amarelo.

– Não posso.

– Eu já sei.

– Sabe?

Não, não tinha como.

– Sei que é o Neal. Não sou cego.

– Nunca pensei que você fosse cego – disse Georgie. – Só egocêntrico.

– Pode falar comigo sobre ele.

– Não posso, mesmo.

– O universo não vai se desfazer, Georgie.

– Talvez outra coisa se desfaça.

Seth suspirou.

– Só... ele te largou?

– *Não.*

– Mas vocês não têm se falado.

Não, pensou ela, *não desde quarta.* E – *sim, a noite toda.*

– Por que diz isso? – ela perguntou.

Seth olhou para ela, quase que envergonhado por ela.

– Tenho visto você levando o notebook pro banheiro, pro caso do celular tocar.

– Tenho que deixá-lo plugado.

– Compre um celular novo.

– Vou comprar. Ando ocupada.

Seth uniu suas lindas sobrancelhas avermelhadas. Parecia um jovem senador muito preocupado. Ou o ator escolhido para interpretar o jovem senador. A estrela de um programa sobre processos na USA Network.

– Não dá pra dizer pra ele que tudo isso é culpa minha? Coloca o meu na reta.

– Isso não vai funcionar – disse Georgie, metendo os punhos no edredom amontoado em seu colo. – Fazer de você um babaca só faz de mim uma pessoa leal a babacas.

Seth revirou os olhos.

– Ele me acha um babaca, não importa como você me pinta.

Ela suspirou e olhou para o teto.

– Meu Deus. Seth. É por isso que não posso falar dele com você.

– Quê? Não tô dizendo que ele é um babaca. Tô dizendo que sei que ele me acha um babaca.

– Neal não é um babaca.

– Eu sei.

– E eu odeio essa palavra.

– Eu sei.

Ela queria esfregar os olhos, mas não queria largar o edredom.

– Quer dizer, ele é *um pouco* babaca... – disse Seth.

– *Seth*.

– Que foi? Essa é a marca dele, não é? Você sabe que essa é a marca dele. É tipo um personagem do Samuel L. Jackson.

– Eu odeio o Samuel L. Jackson.

– Eu sei, mas você gosta dessa pegada "Vai querer se meter comigo, babaca? Vai encarar?". Você adora.

– Cala a boca, você nem conhece o Neal.

– Conheço, sim, Georgie. Sentei perto dele a vida toda. Conheço ele como um fumante passivo. É como se a gente tivesse você em guarda compartilhada.

– Não – Georgie pressionou os dedos contra a testa –, é por isso que a gente não pode falar sobre ele. Você não tem guarda nenhuma.

– Tenho um pouco. Durante a semana.

– *Não*. Neal é meu marido. Ele tem a guarda total.

– Então por que ele não tá aqui tentando entender o que tem de errado com você?

– Porque sim! – Georgie gritou.

– "Porque sim" o quê?

– Porque eu estraguei tudo!

Seth estava irritado.

– Porque você não foi pra Omaha?

– Porque não fui pra Omaha recentemente. Porque eu *nunca* vou pra Omaha.

– Você vai todo ano! E traz pra mim aquele molho de salada que eu gosto.

– Eu quis dizer metaforicamente. Sempre escolho o programa. Sempre escolho trabalhar. Eu nunca vou pra Omaha.

– Talvez você devesse se perguntar o porquê, Georgie.

– Talvez eu deva! – ela praticamente gritou.

Seth baixou o olhar.

Georgie fez o mesmo. Eles não eram assim – Seth e Georgie nunca brigavam. Ou melhor, eles *sempre* brigavam; discutiam e se insultavam e zombavam. Mas nunca brigavam por algo que importasse.

Ela sabia que Seth sabia que as coisas não iam bem entre ela e Neal.

Claro que Seth sabia. Sentava ali, ao lado dela, fazia vinte anos. Vira de perto as coisas piorando – pelo menos, devia ser assim, da perspectiva dele –, mas nunca comentara.

Porque havia *regras*.

E porque algumas coisas eram sagradas. Não a vida de Georgie, mas o *trabalho* – o trabalho era sagrado. Seth e Georgie deixavam suas vidas lá fora e trabalhavam. E havia algo de muito bonito nisso. Algo libertador.

Não importava o quanto bagunçavam suas vidas, os dois sempre podiam contar com o programa, fosse qual fosse o programa da vez, e sempre contavam um com o outro – e protegiam isso.

Protegiam o trabalho para sempre tê-lo ali, como um oásis no qual matavam o tempo.

Meu Deus. *Meu Deus.* Foi assim que Georgie arruinou tudo.

Mandando bem demais numa coisa. Mandando bem demais *com* alguém. Recolhendo-se para a parte de sua vida que era a mais fácil.

Ela começou a chorar.

– Ei – disse Seth, aproximando-se.

– Para – Georgie protestou.

Ele esperou que ela se contivesse um pouco.

– Conseguiu trabalhar no roteiro ontem à noite?

– Não.

– Vai trabalhar hoje?

– Eu... – ela balançou a cabeça – não sei.

– A gente podia trabalhar aqui, se você quiser. Mudar de cenário talvez seja uma boa.

– E o Scotty?

Seth deu de ombros.

– Ele já tem trabalhado de casa mesmo. Até terminou um episódio. Tá... Ok. Não parece com a gente, mas não é ruim. Já é alguma coisa.

Trabalhar. Georgie devia ir trabalhar. Não estava celebrando o Natal para poder trabalhar no programa. Se não trabalhasse no programa, a semana toda teria sido desperdiçada; Georgie teria destruído seu casamento à toa. Ela estava prestes a dizer a Seth que *tá bom, tá bom, vou trabalhar*, quando o telefone tocou.

O fixo.

Ela e Seth olharam para o aparelho. Que não voltou a tocar.

– Anda – disse Seth. – Eu trouxe café. Não sei onde foi parar; entreguei pra sua irmã pra tirá-la do caminho. Meu Deus, como ela é protetora! Você foi ameaçada de morte, por acaso?

Alguém veio pelo corredor a duras passadas, e a porta se abriu. Heather meteu cabeça e ombros para dentro.

– É pra você – disse, fazendo careta para Georgie. – É o *Neal*.

O coração de Georgie parou. (Que maravilha. Estava tendo palpitações.) (Espera. Neal conseguia ligar pro telefone da cozinha também? A situação estava fora de controle.)

– Obrigada. Desliga quando eu atender?

– Quer que eu desligue na cara dele?

– Não – disse Georgie –, vou atender aqui.

– Tem como fazer isso?

– Tá me zoando?

Heather fechou ainda mais a cara.

– Desculpa eu não manjar da sua tecnologia do século XX.

– Vá pra cozinha, espere eu atender e desligue.

– Atende agora – disse Heather.

Georgie olhou para o telefone, um pouco distante, e para Seth – mas não para o shorts do pijama da mãe, largado no chão.

– Só. Um. Minuto – disse.

– Tá. – Heather fitava Georgie com muita atenção, como se estivesse tentando desvendar o jogo dela. – Vou conversar com o Neal enquanto espero.

– Não fale com ele, Heather.

A garota estreitou os olhos ainda mais.

– Só vou dar um "oi" pra ele, perguntar das meninas...

Georgie chutou Seth.

– Pega o telefone.

– Quê? Quer que *eu* fale com o Neal?

– Ninguém vai falar com o Neal. Pega o telefone – ela o chutou de novo – e passa pra mim. E você – ela apontou para Heather – é uma péssima irmã. E uma pessoa pior ainda.

Georgie chutou Seth mais uma vez. Ele se levantou e pegou o telefone – que segurou no ar por alguns segundos, nas pontas dos dedos, como se fosse uma bomba – e jogou-o para Georgie.

Heather esperava no corredor. *Desligue*, Georgie disse, sem som, *agora*.

Ela levou o telefone à orelha e esperou pelo clique. Dava para ouvir vozes na casa de Neal – os pais. Ouviu Neal respirando.

Heather pousou o telefone no gancho, lá na cozinha.

– Alô? – disse Georgie.

– Oi – Neal respondeu.

Georgie sentiu seu rosto suavizar; baixou o olhar para que Seth não reparasse.

– Oi, posso te ligar depois?

Estava torcendo para que fosse o Neal certo. (Quer dizer, não o Neal *certo*, o Neal *jovem*.)

– Sei que não era pra eu ligar – disse ele –, mas estava ficando tarde, e eu achei... sei lá o que achei, que queria falar com você, acho.

Era o Neal certo.

– Tudo bem – disse ela –, mas posso te ligar depois?

– Pode – disse ele. – Desculpa.

– Não tem problema. Eu já te ligo.

– Bom dia, Georgie.

Georgie olhou para o relógio.

– São quase duas da tarde aí, né?

– É – disse Neal. – Mas... aí não, né? Liguei agora porque não queria deixar de te dar "bom dia".

– Ah. – Georgie sentiu seu rosto derreter. – Bom dia!

– A-há! – disse Seth.

Georgie olhou para ele, arrasada.

Ele se encostou no armário, todo contente.

– Você tá sem calça.

– É o Seth? – Neal perguntou.

Georgie fechou os olhos.

– É.

Dava para ouvir as defesas de Neal vindo para cima – e caindo feito a armadura do Homem de Ferro acoplando-se em Tony Stark. Dava para ouvir do outro lado do país, a quinze anos de distância.

A voz de Neal era um gelo só:

– Ele acabou de dizer que você tá sem calça?

– Ele tá enchendo o saco.

– Ah. Bom. Você me liga depois, né? Quando terminar com o Seth? Vai ser assim?

– É – disse Georgie. – Vai ser assim.

– Beleza. – Ele bufou forte no telefone. – Depois a gente se fala.

E desligou.

Georgie jogou o aparelho em Seth, *com força*. Mas não forte o bastante – o fio o segurou e ele voltou para trás e caiu no chão. Por um segundo, ela receou que o tivesse quebrado. (Será que adiantava plugar outro aparelho? Pelo visto, o marronzinho da cozinha também era mágico, então era possível ligar para o Neal por ele.)

– Já não basta você arruinar meu casamento *agora*, né? – ela fervilhou. – Tem que arruinar em todo lugar de uma só vez.

Seth ergueu as sobrancelhas – como se ela o tivesse de fato acertado com o telefone. Ele parecia querer gritar "*Regras*, *regras*, *regras*!".

– Arruinar seu casamento... – disse ele.

Georgie soltou o ar lentamente e balançou a cabeça.

– Não devia ter dito isso. – Continuou balançando a cabeça. – Desculpa. É que... Por que você foi abrir a boca?

– Acha que eu estou arruinando seu casamento?

– Não. Seth. Não acho. Acho que *eu* estou arruinando meu casamento. Você é só um acessório.

– Não sou acessório; sou seu melhor amigo.

– Eu sei.

– *Sempre* serei seu melhor amigo.

– Eu *sei*.

– Mesmo que isso...

– *Chega* – ela disse.

Ele se encostou no armário, chutando-o de leve, depois descansou o pé contra ele como se fosse modelo de calças de alfaiataria laranja. (Que ele estava usando, por sinal.) Depois cruzou os braços.

– O que isso significa, afinal – Seth perguntou. – "Em todo lugar"?

– Não significa nada. Só tô cansada.

– E com medo – ele disse baixinho.

Ela olhou para o edredom.

– E com medo.

– E falar comigo sobre isso é obviamente uma ideia *catastrófica*...

Ela fez uma expressão cansada e concordou.

– Então não vamos falar disso, Georgie. Vamos só escrever.

Georgie olhou para ele. Seth estava sendo tão sincero quanto sabia ser – o rosto tão honesto que ela praticamente não o reconheceu.

– É a única coisa que posso consertar pra você – disse ele.

Ela fitou o telefone.

– Preciso ligar pro Neal.

– Tá bom. Ligue pro Neal. Depois se vista. Vou pegar nosso café e pensar num lugar pra gente se sentar... E você vem quando estiver pronta. Não conto pra ninguém que você dorme sem calça, mas de agora em diante eu sei, Georgie, eu *sei*. E vamos escrever um roteiro. Vamos dar uma de Amy Sherman-Palladino.

– Adoro Amy Sherman-Palladino.

– Eu sei – disse ele, com uma expressão carinhosa. – Sou seu *melhor amigo*.

– Eu sei.

– Vou pra cozinha agora.

– Seth...

– E você vem daqui a pouco.

– Seth, agora eu não posso. Tenho que ligar pro Neal.

Ele encostou a cabeça no armário.

– Posso esperar.

– Não quero que espere.

– *Georgie*.

– *Seth*. Tenho que consertar o que posso consertar.

– E o que eu faço enquanto isso?

– Trabalhe. Escreva.

– E você vem pro escritório mais tarde?

– Provavelmente.

– Mas vem amanhã, com certeza.

– Sim.

Ele quicou a cabeça, de leve, no armário.

– Tá. Mas... tá. – Deu um chutinho na porta. – *Quatro dias* – resmungou. – Temos quatro dias pra terminar tudo.

– Eu sei.

– Tá bom... mas se não rolar de você realmente juntar os pedaços do seu casamento hoje, podia vir escrever comigo.

– Para de falar do meu casamento. Pra sempre.

Seth parou na porta e sorriu para Georgie.

– Bom, vamos lá... você me leva até a porta, né?

Georgie cruzou os braços sob o edredom.

– Deixe que a Heather te ponha pra fora. Vai fazer bem pra ela.

– Eu achava que ela gostasse de mim – ele murmurou, deixando a porta fechar-se quando saiu.

Georgie nem esperou que Seth saísse da casa, não esperou a cabeça ou os olhos clarearem – não parou para processar o fato de que *Neal* ligara para *ela*, duas vezes já, o que significava que o telefone mágico funcionava nas duas mãos, o que podia significar... *Vai saber o que isso podia significar! É um telefone mágico. Não precisa de regras*.

Ela discou o número de Neal tão rápido que errou um dos dígitos e teve que fazer tudo de novo.

O pai dele atendeu. Só pra Georgie ficar ainda mais maluca.

– Oi, Paul, Sr. Grafton. É a Georgie. Hã... o Neal está?

– Pode me chamar de Paul – disse ele.

– Paul – disse Georgie, e teve vontade de chorar de novo.

– Você nos pegou bem a tempo. O Neal tá aqui.

Ouviu-se um barulhinho, depois...:

– Alô?

– Oi – disse Georgie.

– Oi – disse Neal. Frio. Mas talvez não com raiva. Era sempre difícil de identificar. – Seth te deu um tempo?

– Foi embora.

– Ah.

– Você tava saindo? Seu pai disse que...

– É. Vamos ver a irmã da minha avó. Está numa casa de repouso.

– Legal de sua parte.

– Na verdade, não. Ela tá numa casa de repouso e vai passar o Natal sozinha. Isso é o mínimo que podemos fazer.

– Ah – disse Georgie.

– Desculpa. É que... odeio casas de repouso. Essa tia-avó não tem filhos, então nós...

– Desculpa.

– Desculpa? – Neal bufou. – Pensei que estivesse *dormindo*.

– Quando?

– Quando eu liguei?

– Eu *estava* dormindo – ela rebateu.

– Você estava com o Seth.

– Ele tinha acabado de me acordar.

– Era pra você ligar pra *mim* quando acordasse.

– Eu *ia* te ligar.

– Sabe-se lá quando.

– Neal. Você prometeu que nunca teria ciúme do Seth.

– Não tô com ciúme do Seth. Tô bravo com você.

– Ah.

– Tenho que ir – disse ele. – Te ligo quando voltar.

Não ligue, Georgie quase respondeu.

– Tá bom. Vou estar aqui.

– Tá bom.

Ela ia dizer que o amava só para ver se ele diria o mesmo.

– Vou estar aqui – repetiu.

– Tá bom – ele disse, e desligou.

CAPÍTULO 20

Neal desligou.

Porque pra ele era fácil assim.

Por um segundo, Georgie quis que ele soubesse – quem ela era realmente, em que *época* ela estava, tudo. Neal não desligaria desse jeito se soubesse que estava falando com o futuro. Não se desliga um telefone mágico assim.

Georgie foi para a cozinha; sentia fome.

Heather estava parada em frente à porta de entrada da casa conversando com alguém. Georgie avistou o carro do entregador de pizza pela janela e imaginou se seria rude interromper e tomar a pizza deles, ou se, sem a pizza, a paquera desabaria feito um prédio implodido.

Ela ligou a cafeteira e fuçou na geladeira, mas não achou nada.

Após alguns minutos, Heather entrou na cozinha, toda sorridente.

– Cadê a pizza? – Georgie perguntou. – Tô morrendo de fome!

– Ah, não pedi pizza.

– Mas o rapaz da pizza tava aí.

Heather passou por Georgie e curvou-se dentro da geladeira.

– Era uma pizza errada.

– Não existe pizza errada – disse Georgie. – Todas as pizzas estão corretas desde a concepção.

– O endereço estava errado – disse Heather. – Devem ter se confundido porque a gente sempre pede com eles.

– Heather, tô falando sério. Não existe pizza errada. O menino queria falar com você.

Heather balançou a cabeça e abriu a gaveta de vegetais.

– Há quanto tempo isso tá rolando? – Georgie perguntou.

– Não tá rolando nada.

– Quanto tempo faz que você está pedindo pizza só por pedir, e não para comer?

– Quanto tempo faz que o Seth tem vindo te acordar?

Georgie fechou a porta da geladeira com tudo – Heather teve que dar um pulo para trás.

– Não fale assim – disse Georgie.

Heather parecia querer dizer mais alguma coisa, algo pior, mas travou os lábios e cruzou os braços.

Georgie resolveu sair dali. Mas parou na porta da cozinha.

– Vou tomar banho. Me chame se o Neal ligar.

Heather ignorou a irmã.

– *Por favor*? – pediu Georgie.

– Tá – Heather assentiu, nem se dando ao trabalho de olhar.

Georgie checou o telefone amarelo antes de entrar no banho, só para ter certeza de que estava dando linha e de que a campainha estava alta. (Como se alguém tivesse fuçado nele e bagunçado tudo.)

Uma vez, na escola, ela ficara tão preocupada em perder uma ligação de um menino, que levava o telefone consigo para dentro do banheiro toda vez que precisava ir. (O menino não ligou.) (O que não desencorajou Georgie nem um pouco.)

Ficou embaixo do chuveiro até a água esfriar, depois roubou outra calça bailarina da mãe e uma blusa com estampa de um pug e saiu da lavanderia.

Quando Georgie era mais nova, a máquina de lavar roupa e a secadora ficavam em frente à garagem com uma cobertura de plástico por cima. Mas Kendrick construíra para a mãe uma lavanderia nos fundos da casa, com piso frio e mesinha. Georgie conseguiria ouvir o telefone de lá, caso tocasse.

Abriu a máquina e largou a calça jeans, a camiseta e o sutiã...

Um sutiã muito deprimente.

Havia sido rosa, um dia, em algum momento entre Alice e Noomi, mas passara para um bege acinzentado, e um dos arames ficava escapando por um rasgo entre os seios de Georgie. Às vezes ele saía quase todo para fora e brotava feito um gancho na gola da camiseta; às vezes se dobrava para o outro lado e a espetava. Era de se esperar que isso incentivasse Georgie a comprar uns sutiãs novos; mas, em vez disso, ela enfiava o arame para dentro assim que não houvesse ninguém por perto, depois esquecia do problema até o arame se rebelar novamente.

Georgie era péssima em compras, mas comprar sutiã era o pior. Não dava para comprar pela internet, tampouco pedir que outra pessoa o fizesse por você.

Comprar sutiãs sempre foi a pior atividade – mesmo na época em que os seios dela eram jovens e adoráveis. (Se ao menos Georgie soubesse como fazer para falar consigo no passado, diria quão jovem e adorável ela era. *Aqui fala o fantasma das compras futuras de sutiã: todo mundo fica meio caído, leve numa boa.*)

Ela fechou a tampa da máquina de lavar, escolheu a opção para roupas leves, depois largou-se no chão, em frente à secadora, e recostou-se nela. Estava quentinha, zumbindo, e Georgie sentiu-se como um daqueles macacos-rhesus que preferem a mãe de pano.

Não era para ser assim.

Tudo parecia estar indo tão bem quando Georgie caiu no sono na noite anterior. Mais do que bem. Talvez melhor *do que nunca*...

O que era muito estranho. Quando conversava com o Neal do passado, eles se davam melhor do que quando estavam ambos no passado *ou* no presente. Talvez fossem essas as versões deles destinadas a ficar juntas – Georgie madura e Neal quase-inocente. Uma pena que não pudesse ser assim.

Até *quando* isso iria durar?

Era dia 23 de dezembro.

Georgie sabia o que acontecia em 1998: Neal acabava indo parar na porta dela no dia de Natal. Isso significava que Neal – o do telefone mágico – teria que sair de Omaha na manhã seguinte, no passado, para pedi-la em casamento.

Será que iria acontecer mesmo? Ele a pediria em casamento? Ou Georgie tinha estragado tudo uma hora atrás, com o lance de Seth?

Talvez ela já tivesse estragado tudo desde a primeira vez em que falara com Neal do passado.

No dia anterior, Georgie pensou se deveria convencer Neal a deixar de amá-la – se esse era o objetivo da mágica: livrá-lo dela. Mas e se ela tivesse conseguido fazer isso só de abrir a boca?

Estava imersa em pensamentos repetitivos quando Heather desceu as escadas que levavam à lavanderia. Trazia na mão uma daquelas sopas Campbell's, que você esquenta no micro-ondas e toma direto da lata. Sabor "Frango & Estrelas".

– Você se alimenta sozinha, por acaso? – ela perguntou. – Ou o Neal tem que te fazer um prato todo dia de manhã?

– Às vezes eu peço comida – Georgie respondeu.

– O que dá pras meninas?

– Neal cuida das meninas.

– E se o Neal não estiver em casa?

– Iogurte.

Heather entregou a sopa à irmã, como que para fazer as pazes, depois se sentou ao lado dela, encostando-se na máquina de lavar.

– Obrigada – disse Georgie.

A garota ainda parecia desconfiada de Georgie. Respirou fundo e soltou o ar por entre os dentes.

– Sei que alguma coisa está rolando, então você podia me contar de uma vez. Tá dormindo com o Seth?

Georgie deu um gole na sopa e queimou a língua.

– *Não.*

– Tá namorando um cara que tem a voz parecida com a do seu marido, que não é seu marido, mas por acaso também se chama Neal?

– Não.

– Tem alguma coisa muito estranha acontecendo?

Georgie virou-se para a irmã e encostou a cabeça na secadora.

– Tem...

Heather fez o mesmo, recostando a cabeça na máquina.

– Não consigo nem me lembrar de você sem o Neal – disse.

Georgie fez que sim, devagar, depois deu outro gole, mais cauteloso, na sopa.

– Você foi ao nosso casamento, sabia? Lembra?

– Acho que sim – disse Heather –, mas talvez eu me lembre só do que vi nas fotos.

Era para Heather levar as flores, mas nenhum dos amigos de Georgie conseguiu pagar pela viagem até Nebraska, então Heather foi sua única madrinha de casamento – além de Seth, que aceitou só para não deixar a amiga na mão.

Georgie nem sabia ao certo se deveria convidá-lo (pelo casamento ser em Omaha, e por causa do *Neal*), mas Seth começara a dizer que seria padrinho dela, e ela não sabia como discordar...

Ele usou terno marrom e gravata verde-clara no casamento. Heather foi de vestido de shantung lavanda e cardigã verde. Foi Seth quem levou Georgie ao altar.

E insistiu que Heather participasse da despedida de solteira de Georgie – um jantar só para as amigas da noiva num restaurante italiano que devia existir desde eras primitivas, perto da casa de Neal. Comeram espaguete ao sugo, e Seth falou sem parar sobre o programa no qual estava trabalhando, o que acabara de convencer a contratar Georgie. Ela bebeu Paisano demais e Heather adormeceu na mesa.

– Que bom que eu sou o motorista da rodada – disse Seth.

Havia uma foto do dia seguinte, na cerimônia, de Seth assinando o certificado de casamento como testemunha de Georgie. Heather estava nas pontas dos pés, espiando. Seth, de colete marrom. Georgie de vestido branco. Neal radiante.

Georgie deu outro gole na sopa.

– Você estava linda – disse à irmã. – Acho que pensava que o casamento era *seu*. Neal dançou com você... você ficou vermelha o tempo todo.

– Lembro disso. Quer dizer, vi as fotos. Eu era a cara da Noomi.

Georgie e Neal não fizeram um casamento tradicional, na igreja – nem mesmo uma recepção. Casaram-se no quintal dele. Os lírios haviam florescido, e Georgie carregou um punhado deles, reunidos por Margaret num buquê.

Foi tudo bem baratinho. Ela e Neal haviam acabado de sair da faculdade, e Georgie só começou a trabalhar no programa depois que voltaram da lua de mel. (Cinco dias no interior de Nebraska, numa cabana de alguém, num rio lamacento.) (Os melhores cinco dias.)

Tentaram pagar pelo casamento inteiro sozinhos; a mãe dela e Kendrick já tinham se apertado para comprar as passagens de avião, e Georgie não queria pedir a ajuda dos pais do noivo.

Foi ela mesma quem sugeriu que eles se casassem em Omaha. Sabia que Neal gostaria disso. O término – o quase-término – ainda estava fresco na memória, e Georgie queria que Neal se lembrasse do dia do casamento e ficasse feliz – com tudo. Queria que ficasse muito feliz no dia, totalmente dentro de seu ambiente.

A família dele acabou ajudando, de qualquer modo. Os pais compraram o bolo, e as tias fizeram bem-casados e sanduíches. O pastor que batizara Neal foi quem celebrou a união. E após a cerimônia, o pai dele levou o som para o pátio e bancou o DJ.

A única canção que Georgie insistiu em ouvir foi "Leather and Lace".

Isso começara na brincadeira.

"Leather and Lace" estava tocando no restaurante, num dos primeiros encontros do casal, e Georgie rachara de rir dizendo a Neal que aquela era "a nossa música". Então os dois tentaram – mas fracassaram – pensar numa "nossa música" ainda mais ridícula. (Neal sugeriu "Gypsies, tramps & thieves"; Georgie pensou no tema de *Taxi*.)

Depois disso, "Leather and Lace" sempre tocava no rádio em momentos significativos do relacionamento deles...

Uma vez, quando Neal a beijava no carro, em frente à casa da mãe dela.

Outra, numa viagem a São Francisco.

Outra, quando Georgie achou que estava grávida, e estavam na fila da farmácia, esperando para comprar um teste de gravidez. Neal com a mão nas costas dela. Georgie segurando o teste de gravidez como se fosse chiclete. Stevie Nicks cantando sobre sua vida, sobre ser o mais forte possível. Em certo ponto, "Leather and Lace" acabou virando a música deles. Mesmo.

Quando começou a tocar no casamento, no pátio dos pais de Neal, Georgie ficou toda emocionada.

Será que foi esse o momento em que caiu a ficha de que ela estava se casando?

Ou será que foi o momento em que ela entendeu que tinha conquistado um cara que dançaria com ela, totalmente sincero, testa contra testa, ao som de "Leather and lace"? (*Stay with me, stay-ay.*)

Depois dessa, Neal dançou com a mãe ao som de "Moon River". (A versão do Andy Williams.) Depois Georgie dançou com ele, e ele dançou com Heather ao som de "Both Sides Now". (A versão da Judy Collins.)

Algumas horas depois, quando todo mundo já tinha ido embora ou entrado – Seth foi para o aeroporto assim que cortaram o bolo –, Neal e Georgie ficaram no quintal, dançando lentamente com qualquer coisa que tocava na estação das antigas.

Nunca tinham dançado desse jeito antes desse dia. Nem depois. E, para falar a verdade, não fora exatamente uma dança nem nesse dia... Neal segurava Georgie com uma mão na lombar dela e a outra na nuca, e Georgie recostava-se com as duas mãos no peito dele, e apenas deslizavam para lá e para cá.

Não era bem uma dança. Era só um jeito de fazer a cerimônia durar mais. Um jeito de curtir o momento, prolongando-o até o infinito na cabeça deles. *Estamos casados. Casados.*

Não dá para saber quando se tem vinte e três anos.

Não dá para saber como é de fato entrar na vida de alguém e ficar lá. Não há como antever todas as maneiras com as quais você vai se entrelaçar, como vai conectar pele com pele. Como a ideia de ficar longe vai soar dali a cinco anos, dez... quinze. Quando Georgie pensava em divórcio agora, imaginava-se deitada ao lado de Neal em duas mesas de cirurgia enquanto uma equipe de médicos tentava desenlaçar seus sistemas vasculares.

Ela não sabia aos 23 anos.

Aquele dia, no quintal, pareceu ser o dia mais importante da vida dela até então, não o mais importante dali em diante. Não o dia que mudaria tudo. Mas que mudaria *a ela*, em um nível celular. Como um vírus que reescreve o seu DNA.

Naquele dia, naquela noite, no quintal...

Georgie fingiu dançar. Agarrou-se à camisa de Neal. Eles roçaram o nariz um do outro.

– Você é minha esposa – disse Neal, depois riu, e ela tentou mordiscar as covinhas dele. (Como se, caso conseguisse, pudesse ficar com elas para si.)

– Sua – disse ela.

Quem sabe Georgie tivesse vislumbrado um *lampejo* nesse dia do modo como o infinito se desenrolaria a partir de onde se encontravam. O modo como tudo que ela seria a partir dali estava irrevogavelmente atrelado a esse dia, a essa decisão.

Neal usava terno azul-marinho, e esperou para cortar o cabelo no dia anterior ao casamento, de modo que estava um tantinho curto demais.

– Sua – ela disse.

Neal apertou a nuca de Georgie.

– Minha.

A secadora parou.

– Nunca me apaixonei – disse Heather. – Acho que não sou suscetível.

Georgie pousou a lata de sopa e ergueu os óculos para esfregar os olhos.

– Como é que você pode saber disso?

Heather deu de ombros.

– Bom, até agora não aconteceu, né?

– Quem sabe você não pediu pizza o suficiente.

– Tô falando sério, Georgie.

– Tudo bem. Falando sério. Heather, você só tem dezoito anos. Tem tempo suficiente pra se apaixonar.

– A mamãe disse que já tinha se apaixonado três vezes na minha idade.

– Bom – Georgie franziu o cenho –, ela é suscetível *até demais*. O sistema imunológico dela é comprometido quando se trata de amor.

Heather brincava com o cadarço do moletom.

– Nem saí com ninguém, ainda.

– Já tentou? – perguntou Georgie.

A menina torceu o nariz.

– Não quero tentar.

– Vai acontecer na faculdade.

– *Você* namorou no colegial – Heather insistiu. – Ficou apaixonada por alguém antes do Neal?

– Por que está me perguntando isso?

– Porque preciso conversar com alguém – disse Heather –, e a mamãe é uma aberração.

– Não dá pra conversar com as amigas?

– Minhas amigas estão tão perdidas quanto eu. Você ficou apaixonada por alguém antes do Neal?

Georgie pensou um pouco. Teve um cara que chegara a ser um pouco mais do que um alvo ambulante – por algumas semanas, depois passou. E depois teve todos os anos em que ela ficava junto com o Seth.

– Talvez – disse Georgie. – Talvez eu tenha chegado bem perto de me apaixonar, cumulativamente, em dois ou três relacionamentos.

– Mas não como o Neal.

– Não como o Neal.

– Como soube que ele era o cara?

– Não soube. Acho que nenhum de nós sabia.

Heather revirou os olhos.

– *Neal* sabia. Ele te pediu em casamento.

– Não é bem assim. Você vai ver. É mais, bem, você conhece uma pessoa, se apaixona, e *torce* pra que essa pessoa seja a certa. E aí, em determinado momento, você tem que apostar suas fichas. Tem que fazer esse compromisso e torcer pra dar certo.

– Ninguém descreve o amor desse jeito – Heather fez uma careta. – Talvez você esteja fazendo errado.

– Estou *obviamente* fazendo errado – disse Georgie. – Mas continuo achando, mesmo assim, que a maioria das pessoas pensa no amor desse jeito.

– Então você acha que a maioria das pessoas aposta tudo, a vida toda, na esperança. Só *torcendo* pra que o que sentem seja real.

– Se é real, não importa – disse Georgie, virando-se totalmente para fitar a irmã. – É como... vocês estão jogando uma bola um pro outro, e você torce pra que ela não caia nunca. E não tem nada a ver com vocês se amarem ou não. Se não se amassem, não estariam nesse jogo imbecil com a bola. Vocês se amam... e *torcem* pra que consigam não deixar a bola cair.

– Não entendi o porquê da metáfora da bola.

– Sei lá – disse Georgie. – A bola é a relação. O casamento.

– Você é muito deprimente – disse Heather.

– Acho que você não devia estar conversando sobre casamento com alguém que acaba de ser largada pelo marido.

– Ele não te largou – disse Heather. – Só foi visitar a mãe.

Georgie fitou a lata de sopa vazia, no colo.

– Fico esperando que você diga que tudo vale a pena... – disse Heather.

Georgie hesitou.

– Isso é algo vazio de se dizer.

Ficaram sentadas em silêncio por um minuto, até que um dos pugs – a que estava prenha – desceu as escadas e entrou na lavanderia. Ver um pug descendo escadas é quase como ver um pug cair escada abaixo. Georgie fez uma careta e desviou os olhos. O bichinho correu para ela e congelou, latindo agressivamente.

– Também não gosto de você – disse ela, olhando para a cadela.

– É a blusa – disse Heather. – Ela odeia essa blusa.

Georgie fitou o cachorro bordado na blusa emprestada.

– São muito territoriais – disse Heather. – Aqui, vem. Deixa ela entrar na secadora.

– Eu posso não gostar dela – disse Georgie –, mas não quero cozinhá-la.

– Ela gosta – disse Heather, empurrando a irmã e abrindo a secadora. – É quentinho.

Ela colocou a cachorra dentro da secadora, por cima das roupas.

– E se ficar quente demais lá dentro?

– Aí ela pula fora.

– Isso é tão perigoso – disse Georgie. – E se você não souber que ela tá lá dentro e ligar a secadora?

– A gente sempre checa primeiro.

– Eu não teria checado.

– Bom, agora você já sabe. Olha. Ela gosta.

Georgie viu a cachorrinha ajeitar-se sobre uma pilha de roupas escuras, contente por as suas ainda estarem na máquina de lavar. Ela franziu o cenho para o bicho, depois para a irmã.

– Lembre-me de nunca te pedir pra ficar de babá.

O sutiã de Georgie foi totalmente arruinado pela máquina de lavar. Era uma daquelas Speed Queen com agitador antigo, e o arame solto enrolou-se no meio e ficou preso em alguma coisa lá dentro. Georgie puxou o arame, liberando-o.

Não fazia nem noventa minutos desde que Neal desligara o telefone. Talvez ainda nem tivesse chegado à casa de repouso da tia-avó em Iowa. Georgie não podia ficar simplesmente sentada ali, esperando o dia todo. Tinha que ir trabalhar... Deus, não, não tinha como lidar com Seth naquele momento.

Ela ergueu o sutiã, verificando se dava para usar só com um arame, depois meteu-o na secadora com o restante das roupas (deslocando a cadelinha primeiro) e correu de volta para dentro de casa.

Heather estava sentada no sofá, fuçando no celular.

– Quer ir ao shopping? – Georgie perguntou.

– Na véspera da véspera de Natal? Claro, acho ótima a ideia.

– Tá. Então vamos.

Heather já estava com o cenho franzido; passou para uma careta completa.

– Você não vai pôr sutiã?

– Vou pro shopping comprar um.

– Por que não vai pra casa pegar umas roupas suas?

Georgie pensou em sua casa. Escura e muito distante, quase tudo como Neal deixara.

– Preciso voltar pra cá antes que o Neal ligue.

– Então leve o celular com você.

– Ele vai ligar *pra cá*. Você vem?

– Não – disse Heather. – Vou ficar. Assim vai ter alguém pra atender o telefone quando o "Neal" ligar – ela completou, fazendo aspas com os dedos ao dizer o nome dele.

Uma olhou feio para a outra.

– Vem comigo – disse Georgie. – Te compro alguma coisa.

– Quê?

– Talvez eu tenha que ir numa loja da Apple.

Heather saltou do sofá, depois congelou.

– Não posso ser subornada; não vou esconder seus segredos sujos.

– Não tenho nenhum segredo sujo.

O celular de Georgie ainda estava plugado no acendedor de cigarro do carro e acordou assim que ela girou a chave. Havia sete ligações perdidas e quatro mensagens de voz do Seth, além de duas ligações perdidas e uma mensagem de voz de Neal. Georgie parou – com o carro metade na calçada, metade na rua – para ouvir a mensagem. Prendeu a respiração, esperando pela voz de Neal. A voz do Neal do *presente*.

– Mãe? – era Alice. – A vovó quer saber se a gente pode assistir *Star Wars: Episódio cinco*. Eu disse que sim, mas ela disse que tem muita violência. E o papai foi ver o vovô no cemitério, e não levou o celular, então a gente não conseguiu pedir pra ele. Eu disse pra vovó que não tem problema, que a gente fecha os olhos quando o Luke corta a cabeça do Darth Vader, mas ela não acreditou. Então, liga pra gente, tá? Te amo – e mandou um beijo –, tchau.

Georgie pousou o celular no painel e deu a ré até a rua.

– Tá tudo bem? – Heather perguntou.

– Tudo – disse Georgie, metendo os óculos na testa para limpar um dos olhos com as costas da mão.

– Porque a gente acabou de sair de casa e você já tá dirigindo feito uma louca.

– Estou bem – disse Georgie.

CAPÍTULO 21

Não havia como estacionar no shopping – circularam e circularam até encontrar uma vaga. Georgie abriu o porta-luvas e tirou de lá a carteira de motorista e o cartão de crédito.

– Você não tem bolsa? – Heather perguntou.

– Não costumo precisar.

– Eu achava que toda mãe tinha que andar com uma bolsa grande com kits de primeiros-socorros e um pacote de salgadinho.

Georgie zombou dela.

– Você é praticamente uma sem-teto – disse Heather –, né? Se o Neal não voltar, você vai ter que procurar comida e água feito um bicho na floresta.

Georgie meteu celular e cartões no bolso.

– Não vamos perder tempo aqui – disse. – Nada de ficar à toa no Orange Julius paquerando gatinhos.

– Não tenho doze anos, Georgie.

– É coisa rápida. Compramos meu sutiã, uma bateria nova pro meu celular e depois vamos embora.

– Você vai comprar um celular novo pra mim? Porque acho que prefiro um iPad.

– Quem disse que eu ia comprar um celular pra você?

– Ficou implícito. Além disso, mamãe disse que você gosta de dar presentes.

– Anda logo. Não quero perder a ligação do Neal.

Dentro do shopping estava tocando "Jingle Bell Rock", e dentro da loja, e dentro do provador da loja de lingerie.

Já havia uma bagunça de sutiãs no chão, e Georgie estava provando outro, fitando-se no espelho. Estava tão distraída que esquecia de prestar atenção em quais serviam.

Apenas escolha um, Georgie. Ou compre todos. Você está só matando tempo.

Deus, que hora mais estranha pra matar o tempo. Com o futuro por um fio, não havia mais nada a fazer a não ser dar um jeito de matar o tempo. Pelo menos até que Neal ligasse de novo.

Ele ia ligar de novo, né?

E se não ligasse? E se estivesse bravo demais? E se continuasse bravo na manhã seguinte?

Georgie tinha que falar com Neal, acertar as coisas de novo. Tinha que garantir que ele entrasse no carro na manhã seguinte, no dia seguinte dele, e aparecesse na porta dela no dia de Natal.

Mas e se ele não fosse?

Georgie acreditava mesmo que os últimos quinze anos simplesmente se desfariam? Havia se comprometido tão completamente com esse cenário bizarro a ponto de achar que seu casamento ia começar a desvanecer, como Marty McFly cantando "Earth Angel"?

O que mais podia pensar? Tinha que continuar com o jogo – o risco era alto demais.

Se Neal não aparecesse para pedi-la em casamento em 1998...

A Georgie de 22 anos jamais saberia o que estava perdendo. Essa garota achava que já estava tudo perdido, que já o havia perdido.

Georgie desabou nessa semana, depois que Neal foi para Omaha.

Passou esse tempo todo no limbo. Largada na cama, deliberadamente não ligando para ele. Por que ligaria? O que podia fazer, pedir desculpas? Georgie não achava que estava errada. Não achava errado saber o que queria da vida. Não achava errado estar fazendo acontecer.

Até porque Neal não estava lhe oferecendo um plano alternativo dos mais atraentes: "*Georgie, quero ser fazendeiro e criar ovelhas. Está no meu sangue, e não dá pra fazer isso se não for em Montana*". (Era lá que ficavam as fazendas de ovelhas?) "*Preciso de você. Venha comigo.*"

Não, Neal apenas dizia: "*Odeio aqui, odeio isso aqui. Odeio você querer ficar aqui*".

Tudo o que oferecia a Georgie eram negativas.

E depois até mesmo estas ele tirou da mesa. Partiu sem ela – terminou a relação a caminho da estrada.

Georgie acreditara mesmo que haviam terminado de vez.

Nos primeiros dias após a partida de Neal, sentiu como se houvesse uma fenda entre as costelas, um rasgo embaixo dos pulmões. Georgie acordava em pânico, certa de ter ficado sem ar – ou de ter perdido a habilidade de mantê-lo dentro de si.

Então o ar a atingia feito uma bola de beisebol no peito.

O ar estava logo ali; ela só precisava pensar nele. *Dentro, fora. Dentro, fora.* Talvez tivesse que passar o resto da vida se lembrando de respirar. Talvez este fosse seu monólogo interior desse ponto em diante: *dentro, fora. Dentro, fora.*

Neal também não ligou para Georgie a fim de pedir desculpas naquela semana.

Por que ligaria?, pensou ela, na época. Para se desculpar pelo quê? Por não querer exatamente o que ela queria? Por compreender quais eram os seus limites?

Que bom para ele se conhecer tão bem.

Que bom para ele ter sacado.

Neal a amava, Georgie sabia disso. Não se cansava dela jamais – não se cansava de desenhar nela; estava sempre rabiscando em sua barriga, na coxa, no ombro. Tinha um conjuntinho de marcadores ao lado da cama, e quando Georgie tomava banho, a água corria feito um arco-íris.

Sabia que Neal a amava.

Que bom para ele compreender que isso não bastava para fazê-lo feliz. Era muito maduro da parte dele. Com certeza estava poupando ambos de muito sofrimento.

Meu Deus, meu Deus, meu Deus.

Dentro, fora, dentro, fora, dentro, fora.

Stay with me, stay-ay.

Naquela manhã de Natal, Georgie não havia feito qualquer progresso emocional desde o rompimento. Não estava se sentindo melhor, nem mais forte.

Tinha muita certeza de que todo Natal dali em diante seria marcado pela partida de Neal. Como se ela nunca mais pudesse escutar "Jingle Bells" sem sentir Neal indo embora, deixando-a com um nó no estômago.

Seth continuava ligando para saber dela, mas Georgie não queria papo. Não queria ouvi-lo dizendo como ela estava bem melhor sem o Neal.

Georgie não estava melhor. Ainda que Neal tivesse razão – ainda que nunca fossem dar certo juntos, que fossem fundamentalmente *errados* um para o outro –, mesmo assim ela não estava melhor sem ele. (Ainda que seu coração esteja partido e te ferindo, mesmo assim você não fica *melhor* sem ele.)

A mãe fizera Georgie ir até a sala na manhã de Natal para ver Heather abrindo os presentes. A menina estava com três anos, idade suficiente para entender que tudo que estava embaixo da árvore era para ela. Georgie sentou-se no sofá com seu pijama de flanela e uma camiseta velha, e comeu panquecas com os dedos.

Kendrick estava lá. Ainda era novidade na época. Comprara para Georgie um cartão-presente de cinema com um lacinho em cima. Heather ganhou um Teletubby falante, que naquele momento estava namorando.

Ele – Kendrick, não o Teletubby – ficou tentando conversar com Georgie, e tentou tanto que ela não teve coragem de ignorá-lo. (Mas não tinha ânimo para nada, então foi uma conversa difícil.) Quando a campainha tocou, Kendrick pulou para atender, provavelmente só para escapar de Georgie.

– É seu amigo, o Neal – disse ele quando voltou à sala de estar.

– Você quis dizer Seth – ela disse.

Kendrick coçou o cavanhaque – usava um cavanhaque ridículo.

– Neal é o baixinho, né?

Georgie largou o prato e levantou-se do sofá.

– Por que não o convidou pra entrar? – a mãe perguntou a Kendrick.

– Ele disse que preferia esperar lá fora.

Georgie não acreditava que era Neal. *Não podia* acreditar que era Neal. Primeiro, porque Neal estava em Omaha – ele não teria deixado de participar do Natal lá. Segundo, porque haviam terminado. E terceiro, porque… e se Georgie acreditasse que era Neal e, chegando lá, não fosse? Podia ser esse o caso. Isso poderia acabar com ela de vez.

A porta da frente ainda estava aberta quando ela chegou lá.

Neal estava do outro lado da tela, mordendo o lábio e espiando o quarteirão, como se esperasse que ela fosse aparecer vinda do outro lado.

Neal.

Neal, *Neal*, *Neal*.

A mão de Georgie tremia a abrir a tela.

Neal virou-se para ela e arregalou os olhos. Quase como se não se permitisse crer que fosse ela quem apareceria ali.

Deu um passo para trás, então Georgie saiu na varanda. Queria agarrá-lo. (Não deveria ter problema agarrá-lo – Neal não apareceria na casa dela na manhã de Natal pra terminar com ela ainda mais, certo? Não teria voltado para dizer que ia embora?)

Os olhos dele estavam quase fechados, o rosto também. Como se ela ainda o estivesse magoando.

– Georgie – disse ele.

Ela começou a chorar na hora. De zero a cem.

– Neal.

Ele balançou a cabeça; ela avançou para abraçá-lo. Mesmo que ele tivesse mesmo vindo para garantir que estava tudo acabado entre eles, Georgie arrancaria mais um abraço desesperado dessa situação.

Ele envolveu os ombros dela com os braços e abraçou-lhe com força, balançando para frente e para trás.

– Georgie – disse Neal, e começou a se soltar.

Ela não deixou.

– Georgie – ele disse –, espera.

– Não.

– Sim. Espera. Preciso fazer uma coisa.

Ela continuou sem soltar; Neal teve que tirar os braços dela e dar um passo para trás.

Assim que se libertou, ajoelhou-se. Georgie achou que talvez ele fosse se desculpar, como se fosse implorar aos pés dela.

– Não – disse ela –, não precisa disso.

– Shiiiu. Deixa eu fazer isso.

– Neal...

– Georgie, por favor.

Ela cruzou os braços, muito infeliz. Não queria que ele pedisse desculpas. Isso os levaria direto ao cerne da triste situação em que estavam.

– Georgie – disse ele. – Eu te amo. Te amo mais do que odeio todo o resto. Faremos nosso próprio suficiente. Quer se casar comigo?

Georgie parou, bem na hora em que fechava o sutiã nas costas, e se virou para ver seu reflexo no espelho do provador.

Oh...

CAPÍTULO 22

Natal.

De joelhos.

Olhando diretamente para ela.

"Faremos nosso próprio suficiente", dissera.

Na noite anterior, ao telefone, Georgie perguntara a Neal se o amor era o suficiente.

E quinze anos antes, ele respondera.

Será que... podia ser apenas coincidência?

Ou significava que...

Que isso realmente tinha acontecido.

Que *isso* – tudo isso, as ligações, as brigas, as conversas de quatro horas – haviam *realmente acontecido*. Para o Neal. Quinze anos antes.

E se Georgie não estivesse perturbando a linha do tempo com essas ligações – e se essa *era* a linha do tempo? E se tivesse sido a mesma linha do tempo desde sempre?

"Vamos fazer de nós dois o suficiente", Neal dissera, naquele dia, na porta da casa dela.

Georgie lembrava-se de ele ter dito isso, lembrava-se de que soara legal – mas ela só conseguia focar, na época, no anel na mão dele.

Será que Neal estava se referindo à conversa da qual achava que ela tinha participado?

"E se não for suficiente?", Georgie perguntara na noite anterior.

"Vamos fazer de nós dois o suficiente", ele prometera para ela em 1998. "Quer se casar comigo?"

CAPÍTULO 23

– *Oh.*

Georgie ficou boquiaberta, fitando-se no espelho.

– Oh, meu Deus – soltou.

– Não pode ter ficado assim tão ruim – disse Heather, perto do provador. – Você nem tem quarenta ainda.

– Não, eu... – Georgie saiu do cubículo roxo, enfiando a blusa de cachorrinho da mãe por cima da cabeça. – Preciso ir pra casa agora.

– Achei que Neal fosse te ligar na nossa casa.

– Isso, preciso ir pra lá. Agora.

A vendedora encontrou-as logo na saída do pequeno recinto.

– Algum desses ficou bom?

– Esse aqui ficou – disse Georgie. Ela meteu a mão por baixo da camiseta e arrancou a etiqueta do sutiã, que entregou à vendedora. – Vou levar. – E seguiu para o caixa.

Neal jamais contara a Georgie por que havia mudado de ideia – por que a perdoara, por que voltara à Califórnia para pedi-la em casamento. E Georgie também nunca perguntou. Não quis lhe dar a oportunidade de reconsiderar...

Mas talvez fosse por causa *disso*. Talvez fosse por causa *dela*. No presente.

– Desculpe – disse a vendedora. – Não podemos deixar você sair vestindo a peça. Regra da loja.

Georgie encarou a moça. Era magra, branquinha, um pouco mais nova que ela, batom marrom. Ficara tentando entrar no provador para ver se os sutiãs tinham ficado bons.

– Mas vou comprar – Georgie argumentou.

– Desculpe, senhora. Regra da loja.

– Tá bem – disse Georgie. – Tenho que ir. Vou só tirar e comprar outro dia.

– Mas você já tirou a etiqueta. Vai ter que comprar.

– Ok – Georgie fez que sim. – Beleza.

Enfiou a mão por trás de si para soltar o sutiã. Após alguns segundos de manobras, puxou uma das mangas e largou-o no balcão.

– Pode passar duas vezes – disse Heather. – Ela vai levar dois.

A vendedora foi pegar outro sutiã.

– Você é tão durona – disse Heather, sorrindo para a irmã. – Já disse que quero ser igual a você quando crescer?

– Não tenho tempo pra isso. Precisamos ir. Agora.

– Mas a gente vai passar na loja da Apple. Georgie, *por favor*. Quero um iPad, já até coloquei um nome nele.

– Você pode comprar pela internet. Temos que ir.

– Sério? Você vai me dar um iPad mesmo? Posso comprar um pônei também?

Quando Neal deixara a Califórnia naquele Natal, ele e Georgie estavam totalmente rompidos, e quando ele voltou, queria se casar com ela. E entre uma coisa e outra, entre uma coisa e outra...

Talvez fosse *isso*. Talvez fosse *ela*.

Talvez essa semana, essas ligações – *tudo* – já tivessem acontecido. De algum modo, em algum momento...

E Georgie tinha que garantir que fosse acontecer de novo.

– Georgie? Ei.

Heather enfiou a sacola de sutiãs no peito da irmã. Georgie a segurou.

– Desculpa interromper seu aneurisma – disse Heather –, mas você disse que o tempo agora é essencial.

– Isso – disse Georgie –, certo. – Ela seguiu Heather até o carro e entregou-lhe as chaves. – Você dirige.

– Por quê?

– Preciso pensar.

Georgie sentou-se no banco do passageiro e encostou o celular apagado no queixo. Nem se preocupou em plugá-lo.

CAPÍTULO 24

Georgie colocou o antigo telefone amarelo à sua frente na cama e ficou olhando. Resistiu à vontade de checar pra ver se dava linha, só para o caso de Neal ligar exatamente no mesmo instante.

Isso mudava tudo.

Não mudava?

Se Neal já a pedira em casamento no passado, então Georgie já devia tê-lo convencido no futuro. Não importava mais o que iria acontecer agora. O que ela diria. Se ele ligaria de volta ou não.

Qualquer coisa que Georgie fizesse em seguida já havia acontecido. Estava refazendo os próprios passos – não havia como estragar nada.

Ela inclinou-se perto do telefone e levou o aparelho ao ouvido, batendo-o com pressa assim que ouviu que tinha linha.

Será que toda essa semana se resumiria a isso: preservar o *status quo*? Talvez ela devesse se sentir grata por essa oportunidade…

Mas Georgie tinha pensado – esperado – que essa ranhura do tempo estivesse lhe oferecendo uma chance de melhorar alguma coisa.

Deus, de que me vale um telefone mágico, afinal? Não é uma máquina do tempo.

Georgie não podia mudar o passado – só conversar com ele. Se tivesse uma máquina do tempo de verdade, talvez pudesse de fato *conser-*

tar seu casamento. Poderia voltar ao momento em que tudo começou a dar errado e mudar o destino.

A não ser...

Na verdade, não existiu um momento desses.

As coisas não *ficaram* ruins entre Georgie e Neal. As coisas eram *sempre* ruins – e sempre boas. O casamento era como um conjunto de balanças constantemente se equilibrando. E então, em algum ponto, quando nenhum dos dois estava prestando atenção, eles deixaram o lado ruim sobressair tanto que acabaram ficando lá. E agora só uma quantidade imensa de bom os levaria de volta. Uma quantidade impossível de bom.

O bom que restara entre eles não tinha muito peso...

Os beijos que continuavam sendo beijos. Os bilhetes que Neal pregava na geladeira quando Georgie chegava tarde em casa. (Uma tartaruguinha sonolenta com um balãozinho dizendo que havia tortilhas na geladeira, na gaveta de baixo.) Olhares trocados quando uma das meninas falava alguma bobagem. O jeito que Neal ainda colocava o braço por cima dos ombros quando iam todos ao cinema. (Devia ser mais confortável para ele assim.)

Muito do que ainda era bom entre eles era devido a Alice e Noomi – mas Alice e Noomi ficavam tão solidamente *entre* eles.

Georgie tinha quase certeza de que ter filhos era a pior coisa que se podia fazer a um casamento. Claro, dava para *sobreviver*. É possível sobreviver quando cai uma pedra gigante na sua cabeça – nem por isso quer dizer que é bom pra você.

Os filhos demandam uma quantia infindável de tempo e energia... E têm prioridade. Têm o direito de primeira recusa de tudo o que você tem a oferecer.

No fim do dia – após o trabalho, após tentar passar um pouco de tempo significativo com Alice e Noomi –, Georgie estava quase sempre cansada demais para fazer as coisas darem certo com Neal antes de pegarem no sono. Então as coisas continuavam erradas. E as meninas continuavam gerando assunto para eles, algo em que se focar...

Algo mais para amar.

Quando Georgie e Neal sorriam um para o outro, era quase sempre por causa de Alice e Noomi.

E Georgie não sabia se queria correr o risco de mudar isso... mesmo se pudesse.

Ter filhos se assemelha a um tornado passando pelo seu casamento, mas ainda assim você fica feliz com a devastação. Ainda que *pudesse* reconstruir tudo do jeito que era antes, nunca iria querer.

Se Georgie pudesse conversar consigo mesma no passado, antes de tombadas as balanças, o que diria? O que poderia dizer?

Ame-o.

Ame-o mais.

Faria alguma diferença?

Quando Georgie estava grávida de oito meses de Alice, ela e Neal ainda não haviam escolhido uma creche.

Georgie achava que talvez fosse melhor contratar uma babá. Quase dava para pagar. Ela e Seth haviam acabado de começar a trabalhar em seu terceiro programa, uma comédia da CBS sobre quatro colegas de quarto incompatíveis que passavam o tempo juntos numa cafeteria. Neal chamava a série de *Friends Genérico*.

Neal estava trabalhando com pesquisa farmacêutica na época. Pensara em voltar à faculdade por um tempo, mas não sabia o que queria estudar, então arranjou trabalho no laboratório. Depois arranjou outro emprego em outro laboratório. Odiava, mas pelo menos seu expediente era mais curto e organizado do que o de Georgie. Neal saía do trabalho todo dia às cinco – e estava em casa, fazendo o jantar, às seis.

Havia uma creche legal na qual andavam de olho; ficava bem perto do estúdio. Foram visitar, e Georgie colocou o nome deles na lista de espera.

Vai dar tudo certo, dizia Neal. *Vai dar tudo certo*.

Tudo estava acontecendo tão rápido.

Sempre acharam que teriam filhos algum dia, mas não haviam de fato conversado sobre os detalhes. O mais perto que chegaram disso foi no primeiro encontro, quando Georgie disse que queria ter filhos e Neal não protestara.

Depois de sete anos de casados, parecia chegado o momento certo de pôr as mãos na massa – e tentar, não só falar. Georgie já estava com trinta anos, e muitas das amigas tinham problemas de fertilidade...

Ficou grávida no primeiro mês depois que pararam de usar preservativos.

E então *aconteceu*. Mas ainda não tinham falado do assunto. Não havia tempo pra isso. Georgie chegava em casa tão cansada do programa, que pegava no sono, quase toda noite, no sofá mesmo, assistindo TV. Neal a acordava e acompanhava pela estreita escada, as mãos empurrando-a pelos quadris, a cabeça descansando entre os ombros dela.

Vai dar tudo certo, ele dizia.

Georgie estava com 37 semanas quando saíram para comemorar o oitavo aniversário de casamento. Caminharam até um restaurante indiano perto de casa – a antiga casa, em Silver Lake –, e Neal a convenceu a tomar uma taça de vinho. (*"Uma taça de vinho tinto não vai fazer mal a essa altura."*) Conversaram mais um pouco sobre a creche; aplicava o método Montessori, dissera Georgie – pela terceira vez na noite, provavelmente – e as crianças tinham sua própria horta de legumes.

Havia uma família indiana sentada na mesa ao lado. Georgie era terrível em adivinhar idade de crianças antes de ter as dela, mas a família tinha uma garotinha que devia ter mais ou menos um ano e meio. Brincava, indo de cadeira em cadeira, e conseguiu agarrar-se ao descanso da cadeira de Georgie, sorrindo perante seu triunfo. A menina usava um vestido de seda rosa e leggings do mesmo tecido. Tinha cabelo muito preto e brinquinhos dourados nas orelhas.

– Ah, desculpe – dissera a mãe da menina, inclinando-se e pescando a filha para seu colo.

Georgie pousou sua taça na mesa com muita força, e o vinho espirrou na toalha de mesa amarela.

– Tudo bem? – Neal perguntou, olhando direto para a barriga dela. Andava olhando para Georgie de um jeito diferente desde que a gravidez começara a ficar evidente, como se ela fosse quebrar a qualquer momento, sem aviso.

– Tudo bem – ela respondeu, mas seu queixo tremia.

– Georgie – Neal pegou a mão dela –, o que foi?

– Não sei o que estamos fazendo – sussurrou. – Não sei por que estamos fazendo isso.

– Fazendo o quê?

– Tendo um filho – disse ela, fitando, às lágrimas, a menina vestida de rosa. – A gente... só consegue conversar sobre o que fazer quando não estivermos por perto. Quem vai *criar* o bebê?

– Nós vamos.

– Das seis às oito da noite?

Neal recostou-se na cadeira.

– Pensei que você quisesse ter filhos.

– Vai ver eu estava errada. Vai ver eu não devia ter o que eu quero. *Vai ver eu não mereço.*

Dessa vez, Neal não disse que daria tudo certo. Pareceu chocado demais para falar. Ou talvez bravo demais. Só ficou vendo Georgie chorar – olhos sérios, cara fechada – e recusou-se a terminar seu chana masala.

Na manhã seguinte, disse que largaria o emprego.

– Você não pode pedir demissão – disse Georgie. Ainda estava deitada. Neal trouxera uma caneca de chá preto quente e um prato de ovos mexidos.

– Por que não? – disse ele. – Eu odeio aquilo.

E odiava mesmo. Estava há três anos lá, o salário era péssimo e o chefe era um egocêntrico impenitente que gostava de se gabar de "curar câncer".

– É – disse ela –, mas... você quer *mesmo* ficar em casa?

Neal deu de ombros.

– Você vai sofrer se colocarmos essa criança na creche.

– Vou superar – disse Georgie, sabendo que superaria, sentindo-se culpada por isso também.

– Não quer que eu fique em casa?

– Nunca pensei nisso. Você já?

– Não tem no que pensar – ele disse. – Eu posso fazer isso. Você, não. Não precisamos do meu salário.

– Mas...

Georgie achava que devia discordar, mas não sabia nem por onde começar. E, na verdade, ela gostava muito, *muito*, dessa ideia. Já começava a se sentir melhor com relação ao bebê, sabendo que ficaria com Neal, que não o deixariam (eles não sabiam o sexo ainda, mas já tinham escolhido os nomes: Alice ou Eli) com um estranho por nove horas todos os dias.

– Tem certeza? – ela perguntou, saindo da cama.

Estava imensa – Georgie ficou imensa nas duas gestações – e tinha espasmos na lombar sempre que ficava sentada. Neal curvou-se na frente dela, para que ela pudesse envolvê-lo com os braços, depois puxou-a para cima, com as mãos nos quadris dela.

– É um baita sacrifício – ela completou.

– Cuidar do meu próprio filho não é um sacrifício. É o que os pais fazem.

– É, mas você tem *certeza*? Não quer pensar mais sobre isso?

Neal olhava Georgie, nos olhos, sem sorrir – só a fitava nos olhos sem vacilar, para que ela soubesse que era sério.

– Tenho certeza.

– Tá bom – ela disse, e o beijou, já se sentindo aliviada. E sentindo uma espécie de satisfação evolutiva. Como se tivesse tomado a decisão certa ao escolher esse homem; ele ia achar todos os melhores gravetos para o ninho e afugentar todos os predadores.

Ficaram juntinhos, enrolados em torno da massa de bebê entre eles, e Georgie teve a sensação de que tudo daria certo.

E foi assim que Neal se tornou um pai dono de casa.

Foi assim que Neal abriu mão da própria carreira antes mesmo de resolver o que queria fazer da vida.

O que aconteceria agora? Se ficassem juntos? (Deus do céu, ela estava mesmo se perguntando isso?)

Noomi entraria na escola no ano seguinte. Neal voltaria a trabalhar, então? O que iria querer fazer – o que iria querer ser?

Detetive ferroviário?

CAPÍTULO 25

Neal não ligou de volta.

Georgie ficou deitada na cama, de olho no telefone. Tentava descobrir se conseguia ver a mágica caso olhasse com bastante afinco. Se o telefone brilhava ou cintilava ou fazia algum tipo de barulho esquisito, estilo *Sexta-feira muito louca*, quando estava em ação.

Um dos pugs, o macho, entrou no quarto. Parou ao lado da cama e latiu até que Georgie o trouxe para junto dela.

– Não gosto de você – disse. – Nem sei seu nome. Na minha cabeça, chamo você de "O Suadinho" e a outra de "A Que Parece Ter Mordido Um Tijolo".

Sabia o nome deles, sim. Eram Porky e Petunia.

Porky enfiou o rosto chato na barriga de Georgie e choramingou. Ela passou os nós dos dedos na pele da nuca do bichinho.

A porta se abriu, e Heather espiou lá dentro.

– Ainda estou bem – disse Georgie. Heather andava checando a irmã desde que voltaram do shopping e Georgie foi correndo para o quarto checar o telefone.

– Trouxe umas Pringles – disse Heather.

– Não quero Pringles.

Heather aproximou-se e sentou-se na cama.

– Ah, eu sei que você tá mentindo. – Ela espalhou um punhado de batatinhas por cima do edredom, e Georgie e Porky começaram a comer. Quando a lata ficou vazia, Heather limpou os dedos nas calças de moletom aveludado emprestadas de Georgie e deitou-se na cama, ao lado do cãozinho. – Tudo bem com você?

Georgie não respondeu. Só começou a chorar.

Porky pulou para o colo dela.

– Ele odeia quando as pessoas choram – explicou Heather.

– Bom, eu odeio ele, então ele só vai piorar tudo.

– Você não odeia ele, não.

– Odeio, sim – disse Georgie. – A carinha tá sempre úmida, e o melhor cheiro que já senti nele foi de salgadinho de bacon.

– Por que não liga pro Neal?

– Ele não deve estar em casa. Além disso, não quero falar com ele se ele não quiser falar comigo.

– Quem sabe você faz ele mudar de ideia.

Georgie tentou desamassar os vincos reunidos por cima dos olhinhos de Porky.

– Se você e o Neal se separarem – Heather perguntou –, você vai voltar a morar aqui?

– Por quê? Tô te incomodando?

– Não. É legal ter você por perto. É como ter uma irmã. – Heather cutucou Georgie. – Ei. Agora é a hora em que você fala: "A gente não se separou. Neal só foi visitar a mãe".

Georgie deu de ombros.

Após um minuto, mais ou menos, Heather a cutucou de novo.

– Tô com fome.

– Cadê a mamãe?

– Na festa de Natal do trabalho.

– A gente podia fazer mais daquelas maçãs com queijo – disse Georgie.

– Comi todas as fatias de queijo. – Heather virou-se de lado e descansou a cabeça na mão. – A gente podia pedir uma pizza...

Georgie forçou um sorriso que não aconteceria naturalmente.

– Acho ótimo.

– Posso pedir no Angelo's – disse Heather.

– Perfeito, mas diga que a gente não quer nenhuma daquelas pizzas erradas. Se chegar uma pizza errada, vamos mandar de volta.

Heather sorriu de volta.

– Você gosta de miolo de alcachofra?

– Adoro miolo de alcachofra. Adoro tudo que é miolo.

Heather saltou e apertou o botão de rediscagem automática no celular. Pediu a pizza, toda alvoroçada, mordendo o lábio.

– Vou esperar na sala – disse assim que encerrou a ligação.

– Boa ideia – Georgie concordou.

Ela e Porky retomaram suas respectivas carinhas melancólicas. Georgie, olhando para o telefone. Porky, olhando para Georgie.

– Desculpa – disse ela, coçando-o embaixo da coleira. – Mas eu não gosto mesmo de você. – Pensou em Noomi. Noomi gostava de pugs; dizia que pareciam gatinhos muito feios. "Miau", diria ela, chegando o mais perto do rosto de Porky, até onde ele permitisse. (E, para dar algum crédito ao bichinho, Porky era bem permissivo.)

– Miau – disse Georgie.

Porky espirrou.

Os dois cãezinhos adoravam Neal. Georgie sabia que ele dava comida para eles por baixo da mesa. (Porque era um coração mole. E porque odiava a comida da sogra.) Era só Neal se sentar no sofá e os dois começavam a cutucá-lo na calça até que ele colocasse ambos no colo. Era assim que Neal acabava em todo dia de Ação de Graças e um ou outro Natal – com duas meninas e dois cachorrinhos amontoados no colo dele. Neal, cansado e entediado, mas sorrindo para Georgie, do outro lado da sala, as covinhas brincando de esconde-esconde com ela.

Ela sentiu as lágrimas brotando de novo.

Porky resmungou.

– Ah, meu Deus – disse Georgie, sentando-se. – Tenho que fazer alguma coisa.

Ela deu mais uma olhada para o telefone. Que continuava mudo.

– Vem.

Ela pousou o cachorro no chão e saiu do quarto.

– O que tá fazendo? – Heather perguntou. Tinha soltado os cabelos e feito cachos de algum jeito, e estava esperando ao lado da porta. Literalmente. Encostada no batente.

– Ficando maluca – Georgie respondeu.

– Não dá pra fazer isso no seu quarto?

– Pensei que estivesse preocupada comigo.

– Eu estava. Vou estar. Mas agora – Heather apontou enfaticamente para a porta – tem uma pizza a caminho.

– É o que acontece quando você pede uma.

– *Claro* – disse Heather, arregalando os olhos para Georgie. – A *pizza* vai chegar a qualquer momento.

– Ah, OK. Vou só...

Tocou a campainha. Heather deu um pulinho.

– Vou lá tirar as roupas da secadora.

Heather concordou.

– Talvez demore um pouco... – Georgie continuou. – Só... grita quando chegar a pizza.

Heather concordou de novo. A campainha tornou a tocar. Georgie teve vontade de dizer que nada daquilo importava, que todo esse drama do menino da pizza não era nada em comparação ao telefone mágico do destino, destruidor de vidas, mas em vez disso apenas partiu deliberadamente para a lavanderia.

Assim que passou pela porta, ouviu um choramingo. Porky estava em frente à secadora aberta, latindo para ela.

– Droga, Heather.

A garota devia ter deixado Petunia na secadora de novo – pra tirar uma soneca bem em cima das roupas quentinhas e limpas de Georgie.

Ela irrompeu pelos degraus, irritada com todo ser vivo da residência. Porky fitou-a e latiu.

– Qual é o seu problema? – Georgie perguntou. – Quer babar em cima das minhas roupas todas também?

Ela se inclinou para a porta da secadora à procura do outro cãozinho, a que tinha mordido um tijolo. Foi quando viu o sangue.

– Ah, meu Deus...

Porky começou a latir de novo. Georgie agachou-se diante da secadora, tentando não bloquear a luminosidade. Tudo o que pôde ver foi uma pilha de roupas manchadas de sangue. A camiseta do Metallica do Neal estava no topo, se mexendo; ela a tirou dali. Petunia estava enrodilhada logo embaixo, mordendo alguma coisa, alguma coisa escura, que se contorcia.

– Meu Deus, meu Deus... Heather! – Georgie gritou. Levantou-se num pulo e correu para dentro de casa. – *Heather*!

Quando chegou à cozinha, Heather estava em frente à porta, encarando Georgie como se planejasse o melhor modo de matá-la mais tarde. O menino da pizza estava ali tamb...

Ah. O menino da pizza era uma menina.

Mais baixa que Heather; usava calça jeans escura, camiseta de manga curta sob suspensórios estreitos de couro e um boné que dizia ANGELO'S. Lembrava um pouco Wesley Crusher, mas mais bonita, com braços mais bem-feitos. Boa aparência.

Hum, pensou Georgie. Depois disse em voz alta:

– *Heather*. É a Petunia.

– Que tem ela?

– Petunia está tendo filhotes.

– *Quê?*

– Petunia! – disse Georgie, mais urgente. – Está tendo filhotinhos na secadora!

– Não pode ser. Ela vai fazer cesariana daqui a duas semanas.

– Legal! – Georgie gritou. – Vou lá contar pra ela.

– Meu Deus! – Heather gritou de volta. Passou correndo por Georgie e foi para a lavanderia. Georgie veio logo atrás e ficou na porta.

Heather agachou em frente à secadora e gritou. Porky corria de um lado para o outro no piso frio – fazia o barulhinho de uma pessoa tamborilando as unhas sobre uma mesa de metal. Já estava rouco de tanto latir.

– Meu Deus, meu Deus, meu Deus – Heather entoou.

– Uau – disse alguém.

A menina da pizza passou por Georgie e desceu as escadas.

– Uau – ela repetiu, agachando-se atrás de Heather.

– Ela vai morrer – disse Heather.

A menina tocou Heather no ombro.

– Não vai, não.

– Vai, *sim*. As cabeças são muito grandes, ela precisa de cesariana. Meu Deus. – Heather inspirou fundo algumas vezes, meio descontrolada. – Ai, meu Deus.

– Ela vai ficar bem – disse Georgie. – Foi feita pra isso.

– Não foi, não – disse Heather, chorando. – Os pugs foram criados pra ser inúteis. A gente tem que levá-la ao veterinário.

– Acho que é tarde demais pra isso – disse a menina da pizza, fitando dentro da secadora. – Tem filhotinhos ali dentro. – Porky correu pela secadora de novo, e a menina o pescou, passando a mão sobre sua cabeça e sussurrando: – *Quietinho*.

– Tá – disse Georgie.

Heather continuava chorando, respirando como se fizesse o máximo que podia para desmaiar.

– Tá – disse Georgie. – Heather, sai daí.

– Pra quê?

– Vou ajudar a Petunia.

– Você nem gosta dela.

– *Sai daí*.

A menina da pizza puxou Heather pelo cotovelo, e a menina se afastou.

– Meu obstetra também não gostava de mim – Georgie murmurou. – Pega seu celular aí, Heather. Pesquise "pugs dando à luz".

– Eu pesquisaria se tivesse um smartphone! – Heather ralhou.

– Deixa comigo – disse a menina da pizza, cada vez mais impressionante. – Aqui – ela entregou Porky a Heather –, vocês podiam arranjar umas toalhas limpas.

– Você já fez isso antes? – Heather perguntou, esperançosa, aceitando o cãozinho e esfregando o rosto nele.

– Não – disse a menina –, mas sempre assisto o Animal Planet.

– Google – disse Georgie, pondo as mãos dentro da secadora. Petunia havia se enterrado embaixo da camiseta de novo, e estava tremendo, mexendo em alguma coisa com a boca. Georgie tentou afastar mais roupas, para poder ver.

– Tá, tá – disse a menina da pizza. – Tá carregando. Pronto, vamos lá: "dar à luz pode ser bastante complicado para os pugs e seus donos".

– Até agora, indo bem... – disse Georgie. – Tá escuro demais, não enxergo nada.

– Ah. – A menina ergueu seu chaveiro por cima do ombro de Georgie. – Tem uma lanterna aí.

– Muito prático.

Georgie pegou o pesado chaveiro e encontrou a pequena lanterna de aço inox.

– Ajuda quando vou entregar pizza à noite, pra ver os números nos cartões de crédito... ah, tá, diz aqui que os pugs têm uma gestação complicada e que você precisa estar preparado financeiramente pra fazer uma cesariana...

– Pula essa parte – disse Georgie. Petunia estava molhada, encharcada de sangue. A coisa dentro da boca dela se movia. *Ai, meu Deus, ela tá comendo o filhote.*

– Ela tá comendo os filhotes! – Heather grunhiu. Estava inclinada atrás de Georgie, com uma pilha de toalhas nas mãos e três garrafas de água.

– Não tá comendo – disse a menina da pizza, colocando a mão no braço de Heather. Ela ergueu o celular para que ambas pudessem ver. – Tá dentro do saco. Eles nascem dentro de um saco, e a mãe morde pra eles saírem. É um bom sinal, ela tá mordendo pra libertá-los. Diz aqui que as pugs são péssimas mães. Se ela não estivesse fazendo isso, nós é que teríamos que fazer.

– Teríamos que morder os saquinhos? – perguntou Georgie.

A menina a fitou como se ela fosse doida – mas conseguiu manter a paciência.

– A ideia seria usar um pano – explicou.

– Eu trouxe panos! – disse Heather.

A menina sorriu para ela.

– Bom trabalho.

– Que mais diz aí? – Georgie perguntou.

Ainda-competente-porém-um-tanto-distraída, a menina da pizza voltou a atenção para o celular.

– Hm... tá, *filhotes*. Pode nascer de um a sete.

– *Sete* – Georgie repetiu.

– Sacos... – disse a menina – *mastigar*... Ah, ela tem que mastigar o cordão umbilical também.

– Ótimo.

– E placentas... tem uma placenta pra cada filhote. Isso é importante. Você tem que achar as placentas.

– Como é que são as placentas?

– Quer que eu pesquise?

– Não – disse Georgie. – Continue lendo.

Petunia continuava trabalhando na coisinha inquieta que tinha entre os dentes.

– Boa garota – disse Georgie. – Eu acho.

Ela tateou às cegas, procurando por Petunia, mas retraiu-se quando sentiu uma coisa macia e morna.

– Que foi? – Heather perguntou, ainda um pouco em pânico.

– Não sei – disse Georgie, trazendo as mãos. Encontrou de novo, quente e *úmida*. Era um filhote? Georgie ergueu o que parecia ser um saco de sangue, depois largou. – Placenta.

– Achou uma – disse a garota, entusiasmada.

– A gente não devia continuar lendo? – Georgie voltou lá pra dentro.

– Não tem mais nada. *Deixe a cachorra confortável. Certifique-se de que ela ajude os filhotes a se libertarem. Conte as placentas. Certifique-se de que mamem...*

Georgie sentiu outra coisa úmida embaixo de Petunia e a pegou, por instinto.

– Meu Deus – disse. – Outro bebê. – Ainda dentro do saco. Parecia uma linguiça crua. Georgie pegou uma das toalhas de Heather e começou a esfregar a membrana. – Assim?

A menina da pizza tirou os olhos do celular.

– Mais forte, acho.

Georgie esfregou o saquinho até que a pele ao redor se rasgou e deu para ver o filhotinho rosa-acinzentado lá dentro.

– Tá vivo? – Heather perguntou.

– Não sei – Georgie respondeu. O filhote estava quente, mas não como se estivesse vivo. Georgie continuou esfregando, as lágrimas caindo na mão. Petunia choramingou, e Heather pôs a mão lá dentro para acarinhá-la.

Ela se sentou ao lado de Georgie.

– Tá *vivo*? – Estava chorando também.

– Não sei.

O filhote se mexeu, e Georgie esfregou mais rápido, massageando-o com as mãos.

– Acho que tá respirando – disse Heather.

– Tá frio. – Georgie trouxe o filhote para perto do peito e colocou-o dentro da camiseta, e o esfregou. O filhote estremeceu e guinchou. – Acho que...

Heather abraçou Georgie.

– Meu Deus.

– Cuidado – disse Georgie.

A menina da pizza sentou-se, aninhando outro filhote contra sua camiseta branca.

– Ai, meu Deus – disse Heather, e a abraçou também.

Havia três filhotes.

E três placentas.

Em certo ponto, Georgie lembrou de ligar para a mãe.

Depois ligou para o veterinário, que as ensinou a cortar o último cordão umbilical e dar mais conforto a Petunia.

Os filhotes receberam um banho de esponja. Georgie cuidou do que ainda estava protegendo dentro da camiseta. Depois foram todos devolvidos para dentro da secadora com toalhas limpas.

– É tipo o ninho dela – disse Heather, acariciando a secadora, como se ela também tivesse ajudado.

Georgie tentou colocar a camiseta do Metallica na máquina, mas Heather a agarrou e fez cara de nojo.

– Georgie, não. Isso é uma intervenção.

– Heather. A camiseta é do Neal. Da época da escola.

– Ela doou a própria vida por uma boa causa.

Georgie soltou. Heather passou a camiseta para a menina da pizza, que começava a se limpar.

O nome dela era Alison, e Heather a seguia com o olhar por todo canto, feito um girassol procurando a luz do dia.

– Continuo não gostando de você – Georgie disse a Petunia, pondo a mão lá dentro e acariciando a barriguinha da cachorra. – Olha só, dando de mamar feito uma campeã. Quem é uma péssima mãe agora?

Os filhotes foram limpos, mas Georgie, Heather e Alison ainda estavam grudentas de sangue e líquidos fetais – e vômito de cachorro, Georgie tinha certeza.

A mãe fez uma cara de horror quando finalmente entrou às pressas na lavanderia, os saltos fazendo estalidos nos degraus.

– Ela está bem – Georgie tentou acalmá-la. – Tá tudo bem.

– Cadê meus bebês? – perguntou a mãe, assimilando a pilha de toalhas sangrentas e a pilha de garotas sangrentas. Heather e Alison estavam sentadas em frente à secadora. Alison aninhava Porky, que ficara preso no banheiro durante boa parte da ação. A camiseta manchada de sangue a fazia parecer um açougueiro.

– Estão logo ali – disse Heather. – Dentro da secadora.

A mãe de Georgie correu para lá, e Alison apressou-se a levantar para abrir caminho.

– *Minha mãezinha* – disse a mãe de Georgie –, *minha heroína*.

Alison deu um passo para trás.

– Acho que... – disse, olhando para Heather.

Esta estava com a cabeça dentro da secadora.

– Acho melhor eu ir – disse Alison. Alguns segundos depois, ela passou Porky para Georgie (que imediatamente o passou para Kendrick), limpou as mãos na calça e seguiu para a porta.

– Alison – disse Georgie –, obrigada. Você salvou vidas hoje. Se algum dia eu tiver um bebê de novo, quero que você faça o parto.

Alison fez um aceno, como se dissesse que não foi nada, e continuou andando.

– Quem era aquela? – Kendrick perguntou assim que a menina saiu do cômodo.

– Pizza – disse Georgie, mas parou quando Heather ergueu a cabeça, o rosto cheio de medo. – Heather, pode me ajudar com uma coisa aqui na cozinha?

Georgie inclinou-se e agarrou a irmã pela manga da camiseta, depois a trouxe escada acima e casa adentro, no instante exato em que a porta da frente se fechava.

– O que você tá fazendo? – Georgie perguntou.

– Nada – disse Heather, soltando-se. – O que *você* tá fazendo?

– Garantindo que você não deixe aquela menina superatraente e decidida ir embora.

– Georgie, não quero falar sobre isso.

– Heather, aquela menina acabou de nos ajudar a parir filhotes.

– Porque ela é legal.

– *Não*. Porque está disposta a enfrentar sangue e líquido amniótico só pra te impressionar.

Heather revirou os olhos.

– Que tem de errado com você? – Georgie perguntou. – Tá na cara que você quer beijar aquela menina. Até *eu* meio que queria beijar aquela menina. Então vá lá e beije. Ou vá, sei lá, fazer algum progresso nesse sentido.

– Não é tão fácil assim, Georgie.

– Acho que talvez seja.

– Não sou como você. Não sei... simplesmente *pegar* o que eu quero. E a mamãe tá aqui, ela vai sacar que eu sou gay...

– Ela vai acabar sacando de todo jeito. E não tem problema.

– *Algum dia* não vai ter problema. Vou contar algum dia. Só que não enquanto eu morar aqui. Não quero, não vale a pena... nada disso vale a pena. Tipo, o quê? Me humilhar? E deixar a mamãe doida, e acabar me magoando... E arruinar tudo só pela possibilidade, porque *talvez* dê certo de eu ficar com essa menina que eu nem conheço?

– *Isso mesmo* – disse Georgie. – É assim que funciona. Exatamente.

Heather cruzou os braços.

– Ah, você não sabe como funciona. Você mesma disse isso. E isso depois de ter passado a vida toda tentando entender. Não vale a pena.

Georgie não conseguia parar de balançar a cabeça.

– Ai, meu Deus, Heather... esqueça o que eu disse. Não *me* dê ouvidos. Por que escutar o que eu digo? Claro que vale a pena.

– Mas nem é nada – disse Heather, olhando, tristonha, para a porta. – É só um "talvez".

– Para "talvez" você ser feliz.

– Ou talvez eu acabe magoada, como você.

– Talvez você se sinta *viva*. Pra ser... *Heather*, esqueça tudo que eu disse antes. *Vale a pena*. Acha que eu não arriscaria tudo pra trazer Neal pra essa porta agora mesmo? É assim que funciona. Você arrisca tudo. E torce pra conseguir impedir que ele vá embora.

– Ela.

– Que seja. Meu Deus.

A campainha tocou, e as duas se viraram. Um segundo depois, a porta se abriu, e Alison entrou, cautelosa, tirando a franja do rosto.

– Desculpa – disse. – Pensei que todo mundo ainda estivesse lá nos fundos... Acho que deixei meu chaveiro lá na secadora...

– Eu pego – Georgie disse antes que qualquer uma das meninas pudesse dizer qualquer coisa. – Já volto.

Ela apertou Heather no braço, a caminho da lavanderia, depois sentou-se ao lado da mãe, apontando qual filhote era o dela.

E pôs as chaves de Alison em cima da secadora.

CAPÍTULO 26

A mãe de Georgie lhe emprestou mais uma calça de moletom aveludado. E uma camiseta escrito PINK.

Heather emprestou a Alison uma camiseta Deca, que ficou larga no pescoço da menina.

Fizeram um novo ninho para os cãezinhos perto da árvore de Natal, e a mãe de Georgie decidiu que ela e Kendrick não poderiam mais ir a San Diego passar as festas e deixar os filhotes sozinhos.

– Acho que vamos ficar e te fazer companhia, Georgie.

Todos concordaram que Alison não podia voltar ao trabalho desse jeito, não depois de *tudo aquilo*. A garota passou dez tensos minutos ao telefone, tentando explicar a situação a Angelo.

– Você foi demitida? – Heather perguntou quando Alison voltou à sala.

Ela deu de ombros.

– Vou voltar pra Berkeley semana que vem, em todo caso.

Pensando no lado positivo, ela tinha três pizzas tamanho família no banco de trás do carro, mais uma lasanha, um pouco de cogumelos fritos, já frios, e uma dezena de palitinhos de pão com parmesão.

– Deus nos abençoe, a todos nós – disse Georgie, abrindo uma das caixas.

Felizmente para Heather, sua mãe só tinha olhos para os filhotes e nem notou-a junto de Alison no sofá, rindo uma para a outra com as bochechas sujas de pizza.

A própria Georgie havia mandado três pedaços gigantes para dentro quando o telefone tocou na cozinha. O fixo.

Heather olhou para Georgie, que largou a pizza e quase pisou em Porky a caminho do telefone.

Chegou na cozinha no terceiro toque.

– Alô?

– Oi – disse Neal. – Sou eu.

– Oi – disse Georgie.

Heather estava logo atrás dela. Estendeu a mão.

– Atende no seu quarto – disse. – Eu desligo aqui pra você.

– Neal? – Georgie disse ao telefone.

– Oi?

– Só um minuto, tá? Não sai daí. Fica aí?

– Fico.

Heather ainda estava com a mão estendida; Georgie segurou o telefone junto ao peito.

– Promete que não vai falar com ele – sussurrou.

Heather pôs a mão no telefone e fez que sim.

– Pela vida de Alice e Noomi – disse Georgie.

Heather fez que sim de novo.

Georgie soltou o telefone e apressou-se corredor afora. Suas mãos tremiam quando ela pegou o telefone amarelo. (Isso nunca acontecia com ela quando estava triste; devia estar pré-diabética.)

– Pronto – disse. Ouviu o clique no telefone da cozinha. – Neal?

– Tô aqui ainda.

Georgie afundou no chão.

– Eu também.

– Tudo bem?

– Tudo – disse Georgie –, tudo bem. É que tive um dia tão esquisito! E também... pensei que você não fosse ligar.

– Eu disse que ia ligar.

– Eu sei, mas... você ficou bravo.

– Eu... – Neal parou e recomeçou a frase. – Acabamos passando um tempo com a minha tia. Foi difícil sair. Ela ficou muito feliz de nos ver, então ficamos pro jantar na casa de repouso. E foi meio deprimente e nojento, então fomos ao Bonanza no caminho pra casa.

– O que é Bonanza?

– É tipo uma cafeteria-churrascaria.

– Tudo em Nebraska tem nome de faroeste?

– Acho que sim.

– Aposto que os restaurantes italianos têm os nomes dos filmes do Sergio Leone.

– Por que seu dia foi tão estranho?

Georgie começou a rir. Foi como aquela risada que ouvimos ao fundo em programas de humor.

– Georgie?

– Desculpa. É que... – *Por que meu dia foi tão estranho?* – Ajudei três filhotes a nascer e descobri que Heather é gay.

– Quê? Ah... por um instante, pensei que você tava falando da sua irmã. Sua prima é gay?

– Deixa pra lá.

– Como é essa história dos filhotes? De quem são?

– Deixa isso pra lá também. Mas acho que nós vamos ficar com um.

– Quem, você e a sua mãe? Ou eu e você?

– Nós, nós, nós – disse Georgie. – Até o fim.

– Georgie?

– Oi.

– Você ajudou no parto dos filhotes?

– Não quero falar disso.

– Quer falar do que então?

– Sei lá. Só mais um segundo.

Georgie afastou o telefone do ouvido e deixou que caísse no carpete. Em algum ponto, tinha começado a respirar com a Heather durante a emergência com a pug. Georgie alisou seus cabelos para trás e refez o rabo de cavalo, tirou os óculos e esfregou os olhos.

É isso aí, Georgie, hora de voltar ao jogo.

Não, não era jogo nenhum. Era a vida dela. Sua vida ridícula.

Não importa o que você vai dizer agora, falou a si mesma. *Neal vai te pedir em casamento no Natal. Já pediu. Disse: "Vamos fazer de nós dois o suficiente". É o destino.*

A não ser que...

A não ser que não fosse. Talvez, Neal só tinha dito essa coisa do "suficiente" porque lhe veio à mente naquele dia, não por causa das ligações. Ele dera a Georgie algum indicativo, ao longo dos anos, de que essas conversas aconteceram? (Isso seria mais fácil de saber se Neal fosse do tipo de cara que dava *algum* indicativo.)

Essa seria a última chance de Georgie conversar com Neal antes de ele partir para a Califórnia. A última chance de *garantir* que ele fosse – o que ela devia dizer?

Ela respirou fundo, *pra dentro*, depois soltou, *pra fora*. Depois pegou o telefone.

– Neal?

– Oi. Tô aqui.

– Você acredita em destino?

– Quê? Como assim?

– Tipo, acredita que tudo já foi decidido? Que estamos destinados às coisas?

– Está perguntando se sou calvinista?

– Talvez. – Georgie tentou de novo: – Você acha que tudo já foi *decidido*? Já foi escrito? Que o futuro só fica lá, sentado, esperando que a gente chegue até ele?

– Não acredito em destino – disse ele –, se é isso que quer dizer. Ou em predestinação.

– Por que não?

– Não tem como se responsabilizar. Assim... se tudo já está escrito em pedra, pra que tentar? Prefiro pensar que estamos escolhendo em todo momento o que vai acontecer em seguida. Que escolhemos nossos caminhos. Georgie, por que isso é importante?

– Sei lá.

Ela soou muito distante ao telefone.

– Oi... *Georgie*.

– Oi?

– Desculpa te deixar esperando.

– Agora?

– Não – disse ele. – O dia todo.

– Ah. Tudo bem.

Neal bufou. Frustrado.

– Odeio você achar que eu não ia ligar. Odeio que tudo esteja tão incerto entre a gente. Quando foi que tudo ficou assim tão incerto?

– Acho que foi quando você foi pra Omaha sem mim.

– Só vim passar o Natal em casa.

A voz de Georgie quase não saiu quando ela tentou falar.

– Não é verdade.

Dava para ouvir Neal fechando a cara.

– Tá bom – disse ele. – Tem razão.

Georgie ficou quieta.

Neal ficou também.

– Não terminei com você – disse ele, finalmente. – Sabe disso, né?

– Sei – disse ela. – Mas ainda estamos rompidos.

Neal resmungou.

– Então vamos consertar.

– Como?

– Quando foi que você ficou tão sem esperança, Georgie? Na última vez em que a gente se falou, tava tudo bem.

– Não, na última vez em que a gente se falou, você estava com raiva de mim por causa do Seth.

Ela descansou a língua entre os dentes e pensou em morder até atravessá-la.

– Porque você estava colocando ele em primeiro lugar de novo.

– Não estava – disse ela. – Ele apareceu. E me acordou.

– Ele apareceu *no seu quarto*.

– *Isso*.

Neal resmungou de novo.

– Odeio isso. Odeio tanto, Georgie.

– Eu sei, Neal.

– É só isso que você tem a dizer? Que *sabe*?

– Posso garantir que nunca vou convidá-lo pro meu quarto – disse ela. – Mas às vezes ele aparece. Você disse que não queria que eu escolhesse entre os dois.

– E você disse que *me* escolheria.

– Escolheria – disse ela. – Escolho sempre.

Neal bufou.

Georgie esperou.

– Por que estamos brigando? – ele perguntou. – Você tá me punindo porque não te liguei hoje?

– *Não*.

– Então por que estamos brigando?

Por que estavam brigando? Não deviam estar brigando. Georgie devia estar bajulando-o, fazendo-o perdoá-la, fazendo-o amá-la – deixando acontecer.

– Porque sim – ela soltou. – Porque eu quero!

– Quê?

– Quero pôr tudo pra fora. Quero todas as coisas horríveis colocadas na mesa. Quero brigar por tudo agora, pra nunca mais termos que brigar! – Ela estava gritando.

Neal fervilhava.

– Não acho que isso seja possível.

– Não aguento isso! – disse ela. – Não quero ficar brigando com você sobre as mesmas coisas sem parar. Não quero brigar pelas mesmas coisas sem parar. Não posso passar mais um dia fingindo que você não tá puto comigo, fingindo que tá tudo bem, usando aquela voz alegre idiota que uso quando sei que você tá me odiando por dentro, calado.

– *Georgie*. – Neal parecia surpreso. E magoado. – Eu nunca te odeio.

– Odeia, sim. Vai odiar. Odeia o que faço com a sua vida, e isso é o mesmo que me odiar. É tão ruim quanto. Se você odeia a própria vida por minha causa, é pior ainda.

– Nossa. Não odeio a minha vida.

– Vai odiar.

– Isso é uma ameaça?

Ela conteve um soluço.

– Não. É uma promessa.

– Mas que po... – Neal parou. Nunca falava palavrão na frente dela. Talvez nunca tivesse dito um na vida. Fato. – O que você tem hoje?

– Só quero acabar com tudo de uma vez.

– O quê? Nós?

– *Não* – ela exclamou. – *Talvez*. Quero dizer todas as verdades terríveis. Não quero te enganar pra você voltar pra mim, Neal. Não quero dizer que vai ficar tudo bem quando sei que não vai.

– Você não tá falando coisa com coisa.

– *Não vai* ficar tudo bem. Se você voltar. Se você me perdoar ou seja lá o que tem que fazer. Se disser a si mesmo que vai se acostumar. Com Seth, com L.A. e o meu trabalho... Está enganado. Você *nunca* vai se acostumar. E vai me culpar. Vai me odiar por te prender aqui.

Neal disse, muito frio:

– Pare de dizer que odeio você. Pare de usar essa palavra.

– A palavra é sua – disse ela –, não minha.

– Por que tá agindo assim?

– Porque não quero te enganar.

– Por que fica dizendo isso?

– Porque parte de mim quer, *sim*, te enganar. Parte de mim quer dizer o que for preciso pra garantir que você ainda me queira. Quero dizer que vai ser diferente, *melhor*. Que vou ser mais sensível, que vou ceder mais. Mas não vou, Neal, eu sei que não vou. E não quero te *enganar*. Nada jamais vai mudar.

Neal ficou quieto.

Georgie imaginou-o em pé, do outro lado da cozinha, a cozinha deles, olhando para a pia. Deitado ao lado dela na cama, de frente para a parede. Indo embora de carro sem olhar para trás.

– *Tudo* vai mudar – Neal disse, antes de ela estar pronta para ouvir. – Você querendo ou não. Você... Georgie, você tá dizendo que não quer se tornar alguém melhor pra mim? – Ele não deu chance de resposta. – Porque eu quero ser melhor pra você. *Prometo* ser melhor pra você.

– Não posso prometer que vou mudar – disse ela. Georgie não podia fazer promessas que sua versão de vinte e dois anos não iria cumprir.

– Você quer dizer que não quer.

– Não – disse ela –, eu...

– Não pode nem me prometer que vai tentar? De agora em diante? Só *tentar* pensar mais nos meus sentimentos?

Georgie enrolou o cabo do telefone nos dedos até que as pontas ficaram esbranquiçadas.

– De agora em diante?

– Isso.

Ela não podia fazer promessas em nome de sua versão de vinte e dois anos. Mas e quanto à sua versão do presente? A que estava com ele ao telefone. A que continua se recusando a abrir mão dele.

– Eu... acho que posso prometer isso.

– Não tô te pedindo pra prometer que tudo vai ser perfeito – disse Neal. – Só prometa que vai tentar. Que vai pensar mais em como eu me sinto quando Seth entra no seu quarto. Que vai pensar em quanto me deixa esperando quando tá no trabalho. Ou como me sinto quando fico preso numa festa com gente estranha a noite toda. Sei que fui um idiota, Georgie. Vou tentar não ser mais. Você vai tentar comigo?

– De agora em diante?

– Isso.

De agora em diante, de agora em diante. Ela se prendeu a essa ideia e segurou firme.

– Tá bom – disse. – Eu prometo.

– Tá. Eu também.

– Vou ser melhor pra você, Neal. – Ela apoiou as costas na cama. – Não vou fazer pouco caso de você.

– Você *não faz* pouco caso de mim.

– Faço – disse ela. – Faço sim.

– Você só se perde...

– Presumo que você vai sempre estar lá quando eu termino de fazer seja lá o que eu faço. Presumo que você vai me amar, não importa o que aconteça.

– É?

– Sim. Neal, me desculpa.

– Não peça desculpas – disse ele. – Tenha certeza de uma coisa. Eu *vou* te amar, não importa o que aconteça.

Georgie sentiu-se perdendo o controle de novo.

– Não diga isso. Retire o que disse.

– Não.

– Retire.

– Você tá maluca – disse ele. – Não.

– Se você fala assim, é como se dissesse que todas as coisas insensíveis que eu faço não têm importância. Como se me entregasse de cara esse "não importa o que houver". Como se me perdoasse previamente.

– Isso é que é o amor, Georgie. Proteção contra danos acidentais.

– Não, Neal. Eu não mereço isso. E isso nem é verdade. Porque se eu já tivesse isso, você não teria ido embora.

– Desculpa – disse ele. O *d* do "desculpa" saiu arrastado, como se ele estivesse com a boca prensada contra o telefone. – Nunca mais vou embora.

– Vai, sim – disse ela. – E a culpa vai ser minha.

– Nossa, Georgie. Você tá tão confusa. Não dá pra falar com você se vai ficar agindo desse jeito.

– Bom, eu *vou agir* desse jeito. Vou agir pior do que isso.

– Vou desligar o telefone – disse ele.

Ela balançou a cabeça.

– *Não*.

– Então vamos começar de novo.

– *Não!*

– Vamos. Vamos começar toda essa conversa de novo.

Ele ainda não estava gritando, mas sua voz crescia como algo que estava prestes a explodir.

– Eu não quero – ela soltou. – Não dá certo. Tudo de ruim e tudo de bom já aconteceu.

– Vou desligar, Georgie. E vamos, os dois, dar uma respirada. E quando eu ligar de novo, vamos *começar de novo*.

– *Não*.

Ele desligou.

Neal desligou.

Georgie tentou respirar fundo – o ar ficou preso no fundo da garganta feito uma pedra num moinho.

Ela colocou o telefone no gancho e saiu pelo corredor, indo até o banheiro de Heather. Georgie mal reconheceu o próprio rosto no espelho. Estava pálida e débil, um fantasma que acabara de ver outro. Enxaguou o rosto com água fria e soluçou, chorando nas mãos.

Então foi assim que Georgie convenceu seu marido a pedi-la em casamento. Praticamente implorando para que não o fizesse. Finalmente pirando de vez.

Neal estaria pirando também caso fosse ele quem tivesse um telefone mágico...

Neal *tinha mesmo* um telefone mágico, e nem sabia.

Deus, por que ela dissera todas aquelas coisas horríveis? Georgie olhou para o espelho de novo. Para a mulher com a qual Neal acabou ficando.

Disse tudo aquilo porque era verdade.

Georgie voltou ao quarto e viu o telefone amarelo.

Pegou o telefone e ouviu o tom da linha, depois largou-o no chão e foi pra cama.

Aquele barulho que se escuta quando o telefone fica fora do gancho? Depois de um tempo, ele para.

TERÇA-FEIRA
VÉSPERA DE NATAL, 2013

CAPÍTULO 27

Quando Georgie acordou, não podia acreditar que tinha pegado no sono. (Como podia ter pegado no sono? Ela talvez fosse capaz de adormecer em meio a um ataque aéreo.) Sentou-se e olhou para o relógio. Nove da manhã. Depois viu o telefone esparramado no carpete.

O que foi que ela tinha feito?

Saiu da cama, mãos primeiro, devolvendo o telefone ao gancho antes mesmo de pousar no chão. Foi preciso algumas tentativas e uns minutos até conseguir que ele voltasse a dar linha. Então ela discou o número da casa de Neal com impaciência, prendendo o dedo no número seguinte, antes de o disco retornar ao início...

Ocupado.

O que ela tinha feito?

A mãe de Neal devia estar ao telefone. Ou o pai dele. (*Nossa. O pai dele.*)

Georgie pensou em como antes era possível invadir a ligação dos outros, se fosse uma emergência. Dava para ligar para uma telefonista e ela interromperia. Isso acontecera com ela no colegial, antes de assinarem o serviço de chamada de espera. Georgie estava pendurada ao telefone fazia duas horas com Ludy, quando foram interrompidas porque a mãe de Georgie recebeu um contato urgente de uma amiga. Quando a telefonista entrou no meio, Georgie teve a impressão de ouvir a voz de

Deus. Levou um tempo para conseguir usar o telefone de novo sem ficar imaginando que a telefonista estava escutando.

Ela desligou o telefone e tentou de novo. Ocupado, ainda.

Ela desligou – e ele tocou.

Georgie colocou o telefone de volta no ouvido.

– Alô?

– Sou só eu – disse Heather. – *Estou ligando de dentro da casa.*

– Eu tô bem – disse Georgie.

– Percebe-se. As pessoas que estão bem vivem dizendo às outras que estão bem.

– O que você quer?

– Vou sair daqui a pouco, e a mamãe quer que você venha tomar café e se despedir. Tá fazendo rabanada.

– Não tô com fome.

– Ela disse que gente deprimida precisa ser lembrada de comer e tomar banho. Então, acho que você devia tomar um banho.

– Tá bom – disse Georgie.

– Tá, tchau – disse Heather. – Te amo.

– Te amo, tchau.

– Mas você vai vir se despedir mesmo, né?

– Vou – disse Georgie –, tchau.

– Te amo, tchau.

Georgie desligou e tentou o número de Neal de novo. Ocupado.

Olhou para o relógio. Nove e cinco. A que horas Neal teria que sair de Omaha para chegar de carro na Califórnia no dia seguinte? A que horas chegara lá naquele dia de Natal?

Ela não se lembrava. A semana em que terminaram era um borrão choroso. Um borrão choroso, quinze anos distante, lá atrás, no retrovisor.

Georgie pegou o telefone de novo. *Um, quatro, zero, dois...*

Quatro, cinco, três...

Quatro, três, três, um...

Ocupado.

– Vai tomar banho! – a mãe gritou lá do corredor. – Tô fazendo rabanada!

– Já vou! – Georgie gritou na porta.

Ela engatinhou até o armário e começou a tirar coisas de lá.

Patins. Papel de presente. Pilhas de jogos antigos.

No fundo do armário havia uma caixa verde e vermelha para guardar enfeites de Natal. Georgie escrevera GUARDAR em letras garrafais em cada lado com caneta preta. Ela puxou a caixa e abriu a tampa, ajoelhando no chão.

Estava lotada de papéis. Georgie começara uma segunda caixa para guardar coisas depois que se casou com Neal (estava na casa deles, em algum lugar no sótão), mas nessa época, ela já tinha computador e internet, e tudo o que guardava eram marcadores e prints de telas – jpegs que ela arrastava para o desktop, depois esquecia ou perdia assim que o disco rígido estragava. Georgie não imprimia mais as fotos. Se quisesse ver fotos antigas de Natal, tinha que procurar os cartões de memória. Tinham uma caixa de fitas de vídeo de quando Alice era bebê que não podiam nem assistir porque estas não eram compatíveis com nenhum equipamento.

Tudo que estava no topo dessa caixa era da época anterior à saída de Georgie da casa da mãe. Pouco antes do casamento com Neal. (*Que já aconteceu*, ela se lembrou.)

Encontrou o recibo do vestido de casamento – trezentos dólares –, usado, de uma loja de consignação.

– *Espero que a pessoa que usou primeiro esteja feliz* – Georgie dissera a Neal. – *Não quero más energias de outro casamento.*

– *Não importa* – dissera ele. – *Nós vamos ser tão felizes, que vamos neutralizar tudo.*

Ele *estava* feliz nessa época. Durante o noivado. Ela nunca o vira tão contente.

Assim que Georgie disse sim, assim que o anel foi colocado em seu dedo – ficou preso na segunda articulação do dedo anelar, então ele passou para o mindinho –, Neal levantou-se num pulo e a abraçou. Sorria tanto, que as covinhas alcançavam uma profundidade até então desconhecida.

Ele a segurou pela cintura e pela nuca e beijou todo o rosto dela.

– Casa comigo – ficava dizendo. – Casa comigo, Georgie.

Ela ficava dizendo sim.

A lembrança estava um pouco confusa para ela agora, o que parecia impossível – como podia esquecer qualquer um desses detalhes? Em certo ponto, seu cérebro deve ter se acostumado com a cena toda. Ela e Neal estavam tão fundamentalmente casados, que não mais parecia tão importante como chegaram lá.

Ela se lembrava de que ele estava muito feliz. Lembrava-se de como ele pôs as mãos na nuca dela e disse:

– *De agora em diante. De todo momento em diante.*

Meu Deus... Neal dissera isso mesmo? Ela tinha mesmo entendido mal o próprio pedido de casamento?

Georgie tornou a fuçar na caixa de lembranças...

Achou o diploma da faculdade.

Um diagrama idiota que arrancara de uma revista, *Spy*.

A última tirinha *Parem o sol*. Nesta, o elegante ouriço de Neal foi pro céu.

Ah – achei. Polaroides.

A mãe de Georgie foi a última pessoa do mundo a desistir das polaroides; sempre lhe faltara a persistência necessária para a revelação dos filmes de 35 milímetros.

Havia três fotos na caixa do dia em que Neal a pedira em casamento – todas tiradas dentro de casa, em frente à árvore de Natal. Georgie estava usando uma camiseta larga do grupo de improvisação do colégio que dizia AGORA VAI! – e parecia ter passado a semana toda chorando. (E tinha mesmo.) Neal estava de camisa de flanela amassada e passara a noite toda dirigindo. Mesmo assim, a aparência dos dois era jovem e fresca. Georgie magrinha. Neal gordinho.

Só uma das fotos tinha o foco adequado: Georgie revirando os olhos, erguendo a mão para mostrar o anel pequeno demais, e Neal sorrindo. Essa deve ser a única foto já tirada de Neal sorrindo. Talvez tenha sido a única vez em que ele sorriu. Quando abria um sorriso grande como aquele, as orelhas dele saíam pra fora no topo e na base, feito parênteses virados ao contrário.

Depois de tirar essas fotos, a mãe de Georgie forçou Neal a comer umas panquecas, e ele admitira ter passado as duas noites anteriores sem dormir.

– *Parei por algumas horas em Nevada, acho.* – Georgie arrastou--o para o quarto dela e o empurrou para a cama, tirou seus sapatos e o cinto, e desabotoou a calça dele para poder esfregar seus quadris, sua barriga e a lombar. Enfiou-se junto dele embaixo do edredom.

– *Casa comigo* – ele continuava dizendo.

– *Caso* – ela continuava respondendo.

– *Acho que consigo viver sem você* – dissera ele, como se fosse algo em que pensara nas últimas vinte e sete horas –, *mas não uma vida de verdade.*

Georgie colocou as fotos no chão. Três momentos acontecendo. Lá estava ele – estava contente e esperançoso. O Neal dela. O Neal certo.

– Georgie! – a mãe gritou. – Anda!

Ela colocou as fotos no chão e esperou que ficassem pretas.

CAPÍTULO 28

A mãe de Georgie abriu a porta do quarto sem bater e entrou.

– Eu já estava indo – disse Georgie.

– Tarde demais – respondeu a mãe. – Vamos levar Heather pro Dr. Wisner.

Georgie nunca se lembrava que Heather tinha um sobrenome diferente. Todos tinham sobrenomes diferentes. A mãe era Lyons, Heather era Wisner, Georgie era McCool. Georgie quis adotar Grafton, mas Neal não deixou.

– Uma pessoa não pode entrar no mundo com um nome como Georgie McCool e jogá-lo fora por causa do primeiro rostinho bonito que aparece.

– Você não é tão bonito assim.

– Georgie McCool. Tá brincando? Você é tipo uma Bond Girl. Não pode mudar de nome.

– Mas eu vou ser sua esposa.

– Eu sei. E não preciso que você mude nada.

– Já conversou com as meninas hoje? – perguntou a mãe dela.

– Ainda não – disse Georgie. – Falei com elas ontem.

Tinha *mesmo* falado com as filhas no dia anterior? Tinha. Com Alice. Alguma coisa sobre *Star Wars*. Não... isso tinha sido a mensagem de voz.

Tinha conversado com elas no dia antes desse?

– Você devia vir com a gente – disse a mãe – no passeio. Um pouco de ar fresco vai te fazer bem.

– Acho melhor eu ficar – disse Georgie. – Pode ser que o Neal ligue.

O que significaria se ele ligasse agora? Que ainda estava em Nebraska? Que todas as apostas já eram?

– Leve o seu celular – disse a mãe.

Georgie só balançou a cabeça.

A mãe sentou-se no chão ao lado da filha. Ela e Georgie usavam calças muito parecidas. A da mãe era azul-esverdeado, a de Georgie, rosa. A mãe pegou, do colo da filha, uma das polaroides – uma sem foco de Neal olhando para Georgie e ela desviando o olhar da câmera.

– Nossa, você se lembra disso? – suspirou a mãe. – Esse menino cruzou metade do país num dia só; acho que nem parou pra tomar um café. Ele sempre foi de fazer essas coisas grandiosas, né?

De joelho. Esperando em frente à casa da fraternidade de Seth. Pintando flores nos ombros dela.

A mãe tinha razão.

Ela largou a foto e apertou o joelho aveludado de Georgie, sacudindo de leve.

– Vai melhorar – disse. – É como dizem aquelas propagandas. "Tudo melhora."

– Tá falando daquela campanha pras crianças gays?

– Não importa para o que seja. Serve pra tudo. Sei que você está se sentindo péssima agora; você está dentro da situação. E é bem capaz que fique pior… não sei como vai ficar com as meninas. Mas o tempo cura todas as feridas, Georgie, cada uma delas. Você só precisa passar por isso. Algum dia, você e o Neal vão estar ainda mais felizes. Você só precisa sobreviver, dar tempo ao tempo.

Ela começou a beijar Georgie no rosto. Georgie tentou não se retrair. (Mas não deu.) A mãe suspirou de novo e se levantou.

– Tem rabanada pra você na cozinha. E um monte de pizza que sobrou…

Georgie assentiu.

A mãe parou na porta.

– Se eu usar esse meu discurso sobre tudo melhorar pra sua irmã, será que ela assume que tá namorando aquela menina?

Georgie quase riu.

– Ela acha que você não sabe.

– Não sabia – disse a mãe. – Kendrick ficava me dizendo isso desde que ela usou aquele terninho na formatura, mas eu dizia que era totalmente normal uma menina de seios fartos querer esconder um pouco as curvas. Você, por exemplo, não é gay.

– Não... – disse Georgie.

– Mas se ela ficar de mãos dadas com uma menina na minha sala, mesmo uma menina bonita, bom, não sou cega.

– A Alison parece ser gente boa.

– Por mim, tudo bem – disse a mãe. – Até porque as mulheres desta família têm um baita azar com homens.

– Como você pode dizer isso? Você tem o Kendrick.

– Bom, eu tenho *agora*.

Georgie foi até a sala de estar para se despedir de Heather, depois tomou um banho e vestiu de novo as roupas da mãe. Não podia acreditar que tinha ido especificamente a uma loja de lingerie e acabou não comprando roupa íntima.

Pensou em ir até a lavanderia e tirar a camiseta de Neal do lixo...

A primeira vez em que roubara essa camiseta foi o primeiro fim de semana que passou no apartamento dele. Georgie estivera usando as mesmas roupas por dois dias, e estava fedendo a suor e molho de tomate – mas não queria ir para casa se trocar. Nenhum deles queria que o fim de semana acabasse. Então ela tomou banho no apartamento dele, e ele lhe deu uma calça de corrida pequena demais para os quadris dela e a camiseta do Metallica, além de uma cueca listrada.

Ela riu dele.

– Quer que eu use uma cueca sua?

– Sei lá – Neal ficou todo vermelho. – Não sabia o que você ia querer.

Era domingo à tarde; os colegas de quarto dele estavam no trabalho. Georgie voltou do banheiro usando a camiseta e a cueca – que também era pequena demais – e Neal fingiu não reparar.

Depois riu e a prensou no colchão.

Era tão raro fazer Neal rir...

Georgie costumava provocá-lo dizendo que era um desperdício de covinhas.

– Seu rosto é como uma história de O. Henry. *As covinhas mais lindas do mundo e o menino que nunca ri*.

– Eu rio.

– Quando? Quando tá sozinho?

– É – disse ele. – Toda noite, quando tenho certeza de que todo mundo já dormiu, eu me sento na cama e rio feito um maníaco.

– Você nunca ri de mim.

– Quer que eu ria de você?

– *Quero* – ela disse. – Sou escritora de comédia. Quero que *todo mundo* ria de mim.

– Acho que não sou de rir muito.

– Ou talvez não me ache engraçada.

– Você é muito engraçada, Georgie. Pergunte a qualquer um.

Ela o beliscou nas costelas.

– Não engraçada o bastante pra te fazer rir.

– Nunca tenho vontade de rir quando as coisas são engraçadas – disse ele. – Só penso comigo mesmo: "isso é engraçado".

– Minha vida é como uma história de O. Henry – disse ela. – *A menina mais engraçada do mundo e o menino que nunca ri*.

– "A menina mais engraçada do mundo", é? Tô rindo por dentro, agora.

As covinhas de Neal apareciam até quando ele estava somente pensando em sorrir. E seus olhos azuis brilhavam.

Continuaram voltando a esse assunto ao longo dos anos, mas foi ficando cada vez menos divertido.

– Sei que você não assiste o nosso programa – Georgie dizia.

– Você não assistiria o seu programa se não fosse o seu programa – Neal respondia. Enquanto dobrava as roupas limpas. Ou picava abacates.

– É, mas é o meu programa. E você é meu marido.

– A última vez que assisti, você disse que eu estava sendo convencido.

– Você *estava* sendo convencido. Agindo como se o programa estivesse abaixo do seu nível.

– Porque *está* abaixo do meu nível. Poxa, Georgie, tá abaixo do *seu*.

Não importava que ele tinha razão...

De todo modo.

A primeira vez que ela emprestara essa camiseta, Neal rira e a prensara na cama.

Porque ele não ria quando achava alguma coisa engraçada – ria quando estava feliz.

CAPÍTULO 29

Todos tinham saído. A mãe dela deixara a TV ligada na sala para que os cachorros pudessem escutar as canções de Natal.

Georgie sentou-se à mesa da cozinha e fitou o telefone preso na parede.

Neal não ligaria do passado. Na verdade, ela não queria que ele ligasse.

Mas Georgie ainda não estava pronta para *perder* Neal. Nem mesmo no passado. Não estava pronta para deixá-lo ir.

(Alguém lhe dera um telefone mágico, e tudo o que ela queria fazer era ficar acordada até tarde conversando com seu antigo namorado. Se tivessem dado uma máquina do tempo de verdade, ela acabaria usando para dormir de conchinha com ele. *Que outra pessoa vá matar o Hitler*.)

Talvez o Neal com o qual ela conversara a semana toda estivesse a caminho da Califórnia, talvez não estivesse, talvez fosse só fruto da imaginação dela – mas *esse* Neal ainda parecia estar ao alcance. Georgie ainda acreditava que podia consertar as coisas com ele.

O Neal *dela*...

O Neal dela não atendia mais quando ela ligava.

O Neal dela tinha parado de tentar se aproximar dela.

E talvez isso significasse que ele não era dela. Não de verdade. *Neal*.

Georgie levantou-se e foi até o telefone, passou a mão pelo objeto gelado e tirou-o do gancho. Os botões se acenderam, e ela discou cuidadosamente o número do celular de Neal...

A ligação caiu na caixa de mensagens imediatamente.

Georgie preparou-se para deixar um recado – embora não soubesse muito bem o que dizer –, mas não ouviu o bipe.

– Desculpe – disse uma voz. – Esta caixa de mensagens está... cheia – disse outra. A ligação terminou e Georgie ouviu o tom de linha.

Ela desabou contra a parede, ainda agarrada ao telefone.

Que importância teria Neal estar a caminho dela em 1998 se não voltasse para ela *no presente*? Que bem faria ganhá-lo no passado apenas para perdê-lo no futuro?

Em alguns dias, Neal traria as meninas de volta à Califórnia. Ela os encontraria no aeroporto. O que ele e Georgie teriam a dizer um para o outro após dez dias de silêncio?

Ficaram congelados feito estátuas quando ele partiu, na semana anterior. E continuaram congelados.

O tom de linha passou para o sinal de fora do gancho. Georgie largou o telefone, que ficou pendurado, preguiçoso, pelo fio em espiral.

Foi assim que Neal se sentiu? Na noite passada? (Em 1998.) Quando Georgie deixou o telefone fora do gancho. Ele já parecia tão chateado, já soara tão assustado – deve ter ficado louco por não conseguir mais falar com ela. Quantas vezes teria tentado ligar?

Georgie sempre achara que fora um impulso romântico muito forte o que fizera Neal dirigir a noite toda para chegar até ela na manhã de Natal. Mas talvez ele tenha entrado no carro por não conseguir falar com ela. Talvez só precisasse vê-la e se certificar de que estava tudo bem...

Georgie levantou-se em câmera lenta.

Neal. O rei dos gestos grandiosos. Neal que cruzara o deserto e trilhara seu caminho entre as montanhas para alcançá-la. *Neal*.

As chaves de Georgie estavam no balcão, onde Heather as deixara. Ela as pegou.

Do que mais precisava? Carteira de motorista, cartão de crédito, celular – estava tudo no carro. Podia sair pela garagem e deixar a casa trancada. Checou os filhotes na saída.

Ela podia fazer isso.

Não havia mais o que fazer.

CAPÍTULO 30

Georgie passou por baixo do portão da garagem, que estava se fechando.

– Não devia fazer isso – disse alguém. – É perigoso.

Ela se virou – Seth estava sentado nos degraus da frente da casa.

– O que está fazendo aí? – ela perguntou.

Ele balançou a cabeça.

– Eu estava pensando no que ia dizer pra você quando bati na porta. Imaginava encontrar você fora de órbita. Talvez chapada. *Sem dúvida*, vestida feito uma lunática. Talvez eu não dissesse absolutamente nada; talvez só te deixasse inconsciente. Precisaria de alguma coisa pesada; pensei naquele seu telefone amarelo. E te levaria de volta pro escritório.

Georgie deu alguns passos na direção dele. Estava usando calça justa preta e sapatos pontudos, com um cardigã verde que Bing Crosby poderia ter usado para cantar "White Christmas".

Ela o olhou bem nos olhos. Ele estava um trapo.

– Não acho que você estava a caminho do trabalho – disse ele.

Ela fez que não.

– Nem que andou escrevendo.

Ela o fitou.

– *Eu* não tenho escrito nada – disse Seth, depois riu. Foi uma risada genuína, apesar de transmitir dor. Ele meteu as mãos nos bolsos da calça e olhou para o gramado. – Não, não é verdade... Escrevi um monte de e-mails pra você. "E aí, Georgie, tudo bem?" "Oi, Georgie, acha isso aqui engraçado?" "Oi, Georgie, não consigo fazer isso sozinho. Nunca tentei antes, e agora sei que não consigo, e é terrível." – Ele olhou para ela. – "*Oi. Georgie.*"

– Oi – ela respondeu.

Ficaram se olhando nos olhos como se segurassem algo quente nas mãos. Seth foi o primeiro a desviar.

– Desculpa – disse ela.

Ele não respondeu.

Ela deu mais um passo à frente.

– Podemos reagendar a reunião. Maher Jafari gosta da gente.

– Não sei se dá – disse ele. – Não sei se vale a pena.

– Vale, sim.

Ele virou o rosto para ela subitamente.

– Então pra quando devemos reagendar, Georgie? Você agendou a semana que vem pra parar de ficar louca? Como é que está janeiro pro Neal? Acha que ele consegue te dar um tempo?

– Seth, não faz isso...

Ele se levantou da escada e foi até ela.

– Não faz o quê? Falar do Neal? Eu devia só fingir que está tudo bem? Como você faz?

– Você não entende.

Ele ergueu as mãos, frustrado.

– Quem é que entende melhor do que eu? Eu estava lá desde o começo. Vi de perto.

– Não posso falar disso agora. Tenho que ir.

Ela se virou, mas Seth a segurou pelo braço.

E disse baixinho:

– Espera.

Georgie parou e olhou para ele.

– Andei pensando – ele disse. – Você me perguntou se eu tentaria mudar alguma coisa se pudesse voltar no tempo. E eu disse que mudaria, e mudaria *mesmo*, mas não disse o quê... – Ele soltou o ar lentamente. – Georgie, vai ver não era pra ser assim, sabe?

Ela fez que não.

– Não sei.

– Sempre penso naquele Halloween. Quando Neal foi um babaca com você? E você me pediu pra te levar pra casa, e eu levei. E eu... te deixei lá, sozinha. Talvez eu não devesse ter feito isso. Talvez eu devesse ter ficado.

– Não. Seth...

– Talvez a gente não devesse ser assim, Georgie.

– *Não*.

– Como você sabe? – Ele apertou o braço dela. – Você não tá feliz. Eu não tô feliz.

– Você parece estar sempre feliz.

– Talvez em comparação com você.

– Não. Você parece feliz de verdade.

– Você só me vê quando estou com você.

Georgie respirou fundo, depois puxou o braço gentilmente.

– Eu... – Seth colocou as mãos de volta nos bolsos. – Essa é a única relação que consegui fazer dar certo. *A nossa*. Eu te amo, Georgie.

As palavras a fizeram fechar os olhos.

Ela os abriu.

– Mas não é apaixonado por mim.

Seth riu de novo, com a mesma dor de antes.

– Faz tanto tempo desde que isso foi uma opção, nem sei mais... Sei que me mata ver você assim.

O colarinho dele estava amassado embaixo do cardigã. Ela estendeu a mão e o alisou.

– Me mata – ela disse – ver você assim.

Estavam muito perto, cara a cara, olhando nos olhos um do outro. Sempre que ficavam assim tão próximos, Georgie tinha quase certeza de que nunca estavam presentes de fato.

– É isso que eu mudaria – disse Seth. – Se pudesse voltar.

– Não podemos voltar – ela sussurrou.

– Eu te amo – disse ele.

Ela assentiu.

Ele chegou mais perto.

– Preciso ouvir você dizer.

Georgie não desviou seu olhar; pensou um pouco e disse, finalmente:

– Também te amo, Seth, mas...

– Para – disse ele. – Só... para. Eu sei.

Ele relaxou os ombros e jogou o peso para um dos pés, afastando um pouco seu corpo do dela. Foi o bastante para que a postura de ambos voltasse a ser a de sempre.

Ficaram calados, os dois.

– Então – ele disse, fitando a garagem –, aonde você vai?

– Omaha.

– Omaha – ele repetiu. – Você tá sempre indo pra Omaha... – Ele estendeu as mãos, num gesto rápido, e trouxe a testa dela aos lábios. E logo estava a caminho do carro, andando graciosamente. – Não esquece meu molho de salada.

CAPÍTULO 31

Georgie nunca tinha dirigido até o aeroporto.

Só viajara sozinha uma vez, aos onze anos, para visitar o pai em Michigan. Não deu muito certo, e ela nunca mais voltou. E então o pai morreu quando ela estava no colegial, e quando a mãe perguntou se ela queria ir ao funeral, a resposta foi *não*.

– Você não foi? – Neal ficou chocado quando ela contou. Deu para perceber que ficou mesmo chocado, porque ergueu a sobrancelha esquerda uns dois milímetros. (O rosto de Neal era como uma flor se abrindo: era preciso uma daquelas filmadoras ultrassensíveis pra realmente vê-la em movimento. Mas Georgie se tornara uma estudante tão aplicada do rosto dele, que podia ler quase todos os trejeitos.)

– Eu não o conhecia – disse Georgie. Estavam sentados no sofá-cama do porão dos pais de Neal. Era o segundo ou terceiro Natal depois de terem se casado, e tinham ido passar quase uma semana inteira lá.

A mãe os alojou no porão, com o sofá-cama, mesmo tendo uma cama grande no antigo quarto de Neal.

– Ela não quer que a gente perturbe a santidade do seu quarto – provocara Georgie. Os pais dele não haviam tocado no quarto desde que ele partira para a faculdade. Todos os recortes de luta romana dele e as fotos da equipe ainda estavam pregados na parede. Ainda havia roupas no armário.

– *É igual quando a gente vai pra Disney* – Georgie diria – *e eles mostram uma réplica do escritório do Walt, exatamente como ele deixou.*

– *Você preferia fotos de cachorros?*

– *Em vez de fotos de você suado numa roupa de banho do século XIX?*

– *É um macacão.*

– *É muito esquisito.*

A mãe de Neal guardava todos os álbuns de fotos da família no porão. Na semana que Georgie e Neal passaram lá, ela rebocou toda a pilha para fora.

– Se algum dia você for presidente dos Estados Unidos – Georgie disse, com um álbum de capa florida aberto no colo –, os historiadores vão agradecer à sua mãe por fazer anotações tão boas.

– Filho único – disse ele. – Ela queria guardar todas as lembranças que pudesse de mim.

Neal fora uma criança sólida e tranquila. Gordinho e de olhos grandes quando bebê. Encarando francamente a câmera no aniversário de cinco anos. Mais hobbit do que nunca na escola – com a camiseta enfiada na calça marrom e o corte de cabelo típico da década de 1970. Lá pelo ginásio, começara a firmar mais os pés, com os ombros um pouco projetados à frente. Não como se desafiasse alguém a derrubá-lo – não era esse tipo de garoto. Só demonstrava ser alguém que *não poderia* ser derrubado. No ensino médio, estava largo e forte. Um objeto inamovível.

Georgie estava sentada no sofá vendo os álbuns, com Neal ao lado, preguiçosamente brincando com o cabelo dela; já tinha visto todas essas fotos.

Ela parou numa foto de Neal e Dawn arrumados para algum baile do colegial. *Deus do céu, eles pareciam ter saído de um videoclipe do John Cougar Mellencamp.*

– É – disse –, mas mesmo assim...

– Mesmo assim o quê? – Georgie alisou o plástico por cima da foto.

– Ele era seu pai.

Ela desviou os olhos do Neal do colegial, passando-os para o Neal sentado ao lado dela. O Neal de 25 anos. Mais suave do que o do colegial. Com menos tensão no olhar. Com uma cara de que a beijaria a qualquer momento, assim que terminasse de dizer fosse lá o que queria dizer.

– O quê? – Georgie perguntou.

– Não consigo entender como você pôde faltar no enterro do seu pai.

– Não sentia como se fosse meu pai – disse ela.

Neal esperou que ela elaborasse.

– Ele só ficou casado com a minha mãe por uns dez minutos. Nem me lembro de morar com ele, e ele se mudou pra Michigan quando eu tinha quatro anos.

– Você não sentia falta dele?

– Eu não sabia o que estava faltando.

– Mas não sentia falta de *alguma coisa*? Pelo menos da ideia de um pai?

Georgie deu de ombros.

– Acho que não. Nunca me senti incompleta nem nada, se *é* isso que você tá perguntando. Acho que os pais são meio que opcionais.

– Essa frase está fundamentalmente errada.

– Ah, você entendeu o que eu quis dizer.

Georgie voltou para o álbum de fotografias. Havia dúzias de fotos da formatura de Neal. Nessas, ele parecia estar sofrendo – como se, após dezoito anos, ele tivesse finalmente perdido a paciência com a vigilância fotográfica da mãe. O pai dele aparecia em quase todas as fotos, também, com uma expressão muito mais tolerante.

– Não entendi *nem um pouco* o que você quis dizer – disse Neal.

Georgie virou uma página.

– Bom, eles são legais, se você tiver um. Se tiver um dos bons. Mas os pais não são *necessários*.

Neal ajeitou-se no sofá, afastando-se dela.

– São absolutamente necessários.

– Não devem ser – disse ela, virando-se para ele. – Eu não tive um.

Neal ficou como um iceberg.

– Isso não significa que você não precisasse de um pai.

– Mas eu não precisei mesmo. Não tive, e me saí bem.

– Você não se saiu bem.

– Saí, sim – ela disse. – Como assim, não saí bem?

Ele balançou a cabeça.

– Sei lá.

– Você tá sendo estranhamente irracional – disse Georgie.

– Não tô sendo irracional. Nenhuma outra pessoa neste mundo discutiria comigo sobre isso. Pais não são opcionais. Meu pai não foi opcional.

– Porque ele estava lá – disse ela. – Mas se não estivesse, a sua mãe teria dado conta dos espaços vazios. É isso que elas fazem.

– Georgie – ele tirou o braço dos ombros dela –, você está muito equivocada.

Ela abraçou o álbum contra o peito.

– Como assim, equivocada? Só tô sentada aqui, como um produto de uma família de mãe solteira perfeitamente bem-resolvida.

– Sua mãe não é bem-resolvida.

– Bom, isso é verdade. Vai ver as crianças também não precisam de mães. – Essa foi provocação.

Neal não estava para brincadeiras. Levantou-se do sofá, balançando mais ainda a cabeça.

– Neal...

Ele foi até as escadas, longe dela.

– Por que ficou tão bravo com esse assunto? – ela disse. – A gente nem tem filhos.

Ele parou no meio da escada. Teve que curvar-se por baixo do teto para fazer contato visual com ela.

– Porque a gente nem tem filhos e você já acha que eu sou opcional.

– *Você*, não – ela disse, não querendo admitir que estava errada; não querendo definir exatamente o que tinha tencionado dizer. – Os homens, em geral.

Neal estreitou-se, desaparecendo atrás da parede.

– Não quero mais falar com você. Vou lá pra cima ajudar com o jantar.

Georgie deitou o álbum de volta ao colo e foi virando as páginas até o final.

– Qual será seu destino hoje? – perguntou a moça atrás do balcão sem nem olhar para Georgie.

– Omaha.

– Sobrenome?

Georgie soletrou McCool, e a mulher começou a digitar no teclado. Franziu o cenho.

– A senhora está com o número da sua reserva?

– Não tenho reserva – disse Georgie. – Preciso fazer. Por isso vim aqui.

A atendente olhou para Georgie. Era uma negra de cinquenta e poucos, quase sessenta. O cabelo estava arrumado num coque, e ela fitava Georgie por cima de óculos de leitura de armadura dourada.

– A senhora não tem passagem?

– Ainda não – Georgie respondeu. Abordara o primeiro balcão que vira. Nem sabia se essa companhia aérea voava para Omaha. – Posso comprar aqui?

– Sim... Quer viajar ainda hoje?

– O quanto antes.

– É véspera de Natal – disse a mulher.

– Eu sei.

A mulher – o crachá dizia ESTELLE – ergueu as sobrancelhas, depois olhou de novo para a tela, clicando mais vezes.

– Quer ir a Omaha – disse ela.

– Isso.

– Hoje à noite.

– Isso.

Ela clicou mais vezes. Vez por outra, a mulher soltava um *hummm* descontente.

Georgie trocou o peso de um pé pra outro e sacudiu as chaves contra a perna. Já tinha se esquecido de onde estacionara o carro.

A atendente – Estelle – saiu andando e pegou um telefone preso à parede. Parecia ser um telefone especial. Havia uma luz laranja acoplada na parede logo acima dele. *Tá vendo? É assim que devia ser um telefone mágico*, pensou Georgie.

Estelle retornou a seu computador.

– Certo – ela suspirou, após um minuto.

Georgie umedeceu os lábios. Estavam rachando, mas ela não tinha hidratante labial.

– Consigo colocá-la num voo para Denver hoje à noite pela United. De lá, você vai precisar de sorte. Temos vários atrasos em todo o sistema.

– Pode ser – disse Georgie. – Obrigada.

– Não precisa agradecer – disse Estelle. – Estou prestes a te largar no aeroporto de Denver na véspera de Natal. RG?

Georgie entregou a carteira de motorista e o cartão de crédito.

A passagem foi exorbitantemente cara, mas Georgie nem hesitou.

– Dá pra ir pra Singapura com esse valor – disse Estelle. – Sem escala... Precisa checar alguma coisa?

– Não – disse Georgie.

Estelle estendeu a mão para a impressora, esperando pela passagem.

– O que tem em Omaha, afinal? Além de meio metro de neve.

– Minhas filhas – disse Georgie sentindo um aperto no peito. – Meu marido.

O rosto da mulher se suavizou pela primeira vez desde que Georgie aproximou-se do balcão. Ela entregou a Georgie a passagem.

– Bom, espero que chegue logo lá. Não demore. Você tem vinte minutos pra chegar ao seu portão.

Durante os vinte minutos seguintes, Georgie se sentiu como a protagonista de uma comédia romântica.

Chegou a definir qual seria a trilha sonora – Kenny Loggins, com uma grande e triunfante versão ao vivo de "Celebrate me home". (Lenta e suave no começo, intensificando-se num crescendo irresistível. Um melodrama de blue-eyed soul.)

Foi correndo pelo aeroporto. Não tinha bagagem nem crianças para levar.

Passou correndo por entre famílias. Por casais de idosos fofos. Por cantores voluntários de blusa verde e vermelha.

A cada passo, Georgie sentia-se mais confiante.

Era isso que ela devia ter feito dez minutos depois que Neal partiu na semana anterior. Voar pelo país para se encontrar com seu grande amor é sempre o certo a fazer. (Sempre.) (Em qualquer situação.)

Ficaria tudo bem se pelo menos Georgie conseguisse chegar até Neal. Se pudesse ouvir a voz dele. Se pudesse sentir os braços dele ao seu redor.

Assim como tinha ficado tudo bem quando ele apareceu na casa dela quinze anos antes. (Amanhã de manhã.) Assim que vira o rosto dele naquela manhã, perdoara-o.

Os passageiros já estavam embarcando quando Georgie – ruborizada e sem fôlego – chegou ao portão. Uma atendente loira bonita pegou a passagem dela e sorriu.

– Tenha um ótimo voo, e feliz Natal.

CAPÍTULO 32

O avião não decolou.

Todos apertaram seus cintos. Desligaram os aparelhos eletrônicos. A comissária de bordo explicou quais saídas usar em caso de catástrofe ou morte quase certa. Depois o avião taxiou por alguns minutos.

E mais alguns minutos.

Foram quase vinte minutos taxiando.

Georgie estava sentada entre uma mulher extremamente elegante e refinada – que ficava tensa toda vez que Georgie encostava na perna dela – e um garoto que devia ter a idade de Alice e usava uma camiseta que dizia QUE SAAAAAACO. (Era jovem demais para assistir *Jeff'd Up*, na opinião de Georgie.)

– E aí, você gosta do Trev? – ela perguntou.

– Quem?

– Sua camiseta.

O menino deu de ombros e ligou o celular. Um minuto depois, a comissária de bordo veio e pediu que ele o desligasse.

Após quarenta minutos taxiando, Georgie reparou que o garoto era filho da tal mulher. Ela ficava inclinando-se por cima de Georgie para falar com ele.

– Quer trocar de lugar? – Georgie ofereceu.

– Sempre deixo um lugar vazio entre a gente – disse a mulher. – Acabamos ficando com espaço a mais porque quase ninguém gosta de sentar sozinho no meio.

– Querem sentar juntos? – Georgie perguntou. – Não me importo de trocar.

– Não – respondeu a mulher. – Melhor ficar assim mesmo. Eles usam os assentos pra identificar corpos.

O piloto falou ao microfone, desculpando-se por não poder ligar o ar condicionado – e dizendo que tivessem paciência, eles estavam em quinto lugar na fila para decolar.

Depois voltou para dizer que não estavam mais na fila. Estavam esperando notícias de Denver.

– O que está acontecendo em Denver? – Georgie perguntou à comissária de bordo quando ela parou mais uma vez para pedir ao menino que desligasse o celular.

– A nevasca do final dos tempos – a comissária respondeu, toda animada.

– Está nevando? Mas não neva sempre em Denver?

– É uma tempestade de neve. De Denver até Indianapolis.

– Mas vamos partir mesmo assim?

– A tempestade está mudando de lugar – disse a comissária. – Estamos só esperando pela confirmação, depois vamos partir.

– Ah – disse Georgie. – Obrigada.

O avião retornou ao portão. Depois saiu de novo para taxiar. Georgie assistiu ao menino entretido num jogo até que o celular ficou sem bateria.

Toda a tensão e adrenalina que sentira no aeroporto foram drenadas através dos pés dela. Estava com fome. E triste. Afundou-se um pouco mais no banco, assim não encostaria na mulher sentada ao lado.

Georgie ficava pensando na última conversa pelo telefone com Neal, na última briga. Depois começou a imaginar se seria de fato a última briga. Se ela tivesse assustado o rapaz e o convencido a não pedi-la em casamento, isso não apagaria todas as brigas que tiveram desde então?

Quando o piloto retornou com boas notícias – "Conseguimos um encaixe" –, Georgie já não estava mais com pressa. *Isso é o purgatório*, pensou. *Entre lugares. Entre tempos. Totalmente fora da realidade.*

Todos ao redor comemoraram.

Georgie não gostava muito de viajar de avião. Neal sempre segurava a mão dela durante a decolagem e quando havia turbulência.

Como agora havia gente demais na família para ocupar uma única fila, sentavam-se separados e em duplas – Georgie e Neal nos bancos do corredor, para que ele pudesse segurar a mão dela se fosse preciso.

Às vezes, ele nem tirava os olhos das palavras cruzadas, só estendia a mão para ela quando o avião começava a chacoalhar. Georgie sempre tentava não demonstrar medo, pensando nas meninas. Mas ficava morta de medo. Se ela fizesse algum barulho ou respirasse rápido demais, Neal apertava sua mão e olhava para ela.

– Ei. Raio de sol. Isso não é nada. Olha pra comissária ali na frente: tá dormindo. Vai ficar tudo bem.

O avião de Georgie entrou em turbulência uma hora após partir para Denver. A mulher sentada ao lado dela não se incomodou, a não ser quando um solavanco fez Georgie encostar seu quadril nela.

O garoto já havia pegado no sono, recostado em Georgie pelo outro lado. Ela se encostou no menino, cerrou os punhos e fechou os olhos.

Tentou imaginar Neal dirigindo em meio à nevasca para chegar até ela.

Mas não houve nevasca nenhuma em 1998.

E talvez Neal nem estivesse tentando chegar até ela.

Ela tentou novamente se lembrar do que dissera para ele na noite anterior, ao telefone. Tentou se lembrar do que ele respondeu.

Neal devia achar que ela era maluca. Ela devia ter simplesmente contado sobre o telefone mágico. Jogo limpo. Podiam ter resolvido tudo juntos. Podiam ter dado uma de Sherlock Holmes de cada lado da linha.

Ou Neal poderia ter entendido tudo sozinho – era ele o Sherlock Holmes da relação.

O avião estremeceu e Georgie apertou a cabeça contra o banco, forçando-se a escutar a voz de Neal. *Não é nada. Vai ficar tudo bem.*

O sol estava se pondo em Denver. O avião circulou (e sacudiu) por 45 minutos até que a nevasca deu uma trégua e eles puderam pousar.

Quando finalmente saiu da aeronave, Georgie tinha certeza de que ia vomitar, mas a sensação logo passou. Estava frio no túnel de saída. Ela passou correndo pela mulher intocável e seu filho, e sacou a passagem para Omaha.

Georgie perdera o voo seguinte, mas tinha que haver outro – Omaha era a maior cidade entre Denver e Chicago. (Segundo Neal.)

Ela deu alguns passos confusos para dentro do aeroporto. O portão estava tão lotado, que tinha gente sentada no chão, encostada nas janelas. Cada portão, em todo o corredor de embarque, estava lotado.

Georgie precisava chegar ao outro lado do terminal. Ela encontrou a esteira rolante e correu para ela. Parecia que o tempo passava mais rápido para ela do que para as outras pessoas que estavam passando. Ninguém parecia estar com pressa. E a maioria das lojas estava fechada, escura, mesmo sendo apenas seis da tarde. *Véspera de Natal*, pensou ela. Além disso, nevasca.

Quando chegou ao seu portão, todos os lugares estavam tomados. As pessoas se aglomeravam em torno de uma TV sem áudio, vendo o canal do tempo. Havia uma placa em cima da mesa mostrando três voos, todos atrasados. Tecnicamente, ela não tinha perdido o voo – porque ele nem chegara a partir.

Georgie entrou na fila, só por sentir que ficar a postos lhe garantiria mais chances de chegar a Omaha.

Quando finalmente chegou à mesa, o funcionário da companhia aérea estava surpreendentemente otimista.

– O melhor jeito pra você é aparatar.

– Como?

– Piadinha ao estilo Harry Potter – disse o rapaz.

– Certo.

Georgie nunca lera os livros do Harry Potter. Mas tinha ido assistir quase todos os filmes com Seth nos dias em que ele tinha vontade de sair do escritório. Ela não ligava para magos, mas achava o Alan Rickman um sonho.

– *Quando foi que você começou a ter tara por homens de meia-idade?* – Seth perguntara.

– *Quando eu cheguei à meia-idade.*

– Calma lá, Georgie. A gente tá na casa dos trinta.

– *Gente, eu adorava aquele programa.*

– *Eu sei.*

– *Isso é prova de que cheguei à meia-idade* – ela dissera. – *Sinto saudade do* Thirtysomething.

A Starbucks ao lado do portão dela estava fechada. E o McDonald's. E o Jamba Juice. Georgie comprou um sanduíche de peito de peru numa das máquinas e um carregador de iPhone em outra. Conseguiu um café medonho no único lugar que estava aberto, um bar com temática de velho oeste, depois voltou ao portão e achou um lugar na parede no qual encostar.

O vidro atrás dela estava gelado. Georgie espiou pela janela. Não dava pra ver nada – nem neve, nada além de sombras –, mas dava pra ouvir o vento. Era como se ainda estivesse no avião.

Perto dela, uma mulher partia um cookie ao meio e distribuía às filhas, duas meninas pequenas o bastante para compartilhar um assento. Tinham guardanapos no colo e caixinhas de leite. A mulher estava sentada ao lado do marido, que tinha o braço esticado no encosto da cadeira dela, acariciando o ombro dela, distraído.

Georgie quis chegar mais perto deles. Quis limpar as migalhas do casaco da menorzinha. Quis conversar com eles. "*Também tenho isso*", diria à mulher. "*Igualzinho*".

Mas tinha mesmo?

Ainda tinha?

Georgie ficava se testando, catalogando as lembranças, rastreando uma por uma. O aniversário de sete anos de Alice. O primeiro Halloween na Disney de Noomi. Neal aparando a grama. Neal ficando irritado no trânsito. Neal chegando perto dela, dormindo, quando Georgie tinha insônia.

– *Tudo bem?*

– *Não consigo dormir.*

– *Vem cá, maluquinha.*

Neal ensinando Alice a fazer pipoca. Neal rabiscando um ratinho sonolento no braço de Georgie...

Georgie nunca se lembrava da diferença entre um rato, um hamster e um porquinho-da-índia – então Neal resolvera desenhá-los nela quando estava entediado. "*Cola*", ele dizia, escrevendo *Eu sou um porquinho-da-índia*, num balão de fala, no cotovelo dela.

Ela passou a mão pelo braço em branco. Uma das meninas derrubou o leite – Georgie curvou-se e o apanhou. A mãe sorriu para ela, e Georgie retribuiu o sorriso. *Também tenho isso*, disse o sorriso dela.

Que saudade das meninas! Queria vê-las. Tinha fotos no celular...

Georgie escaneou o portão à procura de uma tomada e encontrou uma na parede mais abaixo; duas pessoas já a ocupavam. Ela foi até lá e perguntou se podia carregar quando eles terminassem.

– Só preciso de um minutinho – disse. – Só pra checar uma coisa.

– Pode usar – disse um rapaz de vinte e poucos anos.

Devia ter a idade de Neal – do Neal de 1998. O rapaz desplugou seu celular e afastou-se um pouco para dar espaço.

Georgie ajoelhou-se meio sem jeito entre ele e uma mulher que digitava no notebook. Ela abriu o carregador novo e tirou o celular do bolso, depois plugou-o e esperou que a maçãzinha branca aparecesse.

Não aconteceu nada.

– Faz tempo que tá sem bateria? – perguntou o rapaz. – Às vezes demora uns minutinhos.

Georgie esperou uns minutinhos.

Desplugou e plugou as duas pontas. Apertou os dois botões.

Caiu uma lágrima na tela. (Dela, é claro.)

– Quer usar o meu? – ofereceu o rapaz.

– Não, não precisa – disse Georgie. – Obrigada.

Ela desplugou o celular e se levantou, desequilibrando-se para trás quando ficou de pé. Virou-se. Depois voltou.

– Na verdade, hã, sim. Posso usar o seu?

– Claro.

Ele entregou o aparelho para ela. Georgie pegou o celular do rapaz e digitou o número do celular de Neal. "Desculpe. Esta caixa de mensagens está... cheia." Ela devolveu o aparelho.

– Obrigada.

O lugar na parede entre as meninas já era. Havia uma mulher sentada com um bebê.

Georgie checou o letreiro acima da mesa de novo. Tudo atrasado ainda. Um dos outros voos tinha sido cancelado. Ela se afastou do portão e jogou o celular numa lata de lixo.

Depois pensou um pouco melhor no que tinha feito e fuçou no lixo para pegá-lo de volta. (Estava bem no topo.) (Lixo de aeroporto é relativamente limpo.) Um homem mais velho que usava uma jaqueta felpuda a observava. Ela tentou mostrar o celular para que ele não pensasse que ela estava à procura de comida.

Então meteu-o no bolso e foi até a esteira rolante. Ela seguiu até onde pôde numa direção, depois fez todo o caminho de volta, e pegou-o de novo.

Só porque Georgie não conseguia ver as fotos das filhas no celular não significava que elas não estavam mais lá.

Em algum lugar.

A cama de Noomi com uma dezena de gatinhos de pelúcia. As bonecas de papel de Alice. Noomi mastigando a trança, Neal tirando-a da boca dela. Noomi mastigando a outra trança, Neal amarrando-as com um nó no topo da cabeça dela.

Neal na cozinha. Neal fazendo chocolate quente. Neal fazendo o jantar do dia de Ação de Graças. Neal em frente ao fogão quando Georgie chegava tarde em casa do trabalho.

– Não sabia muito bem o que você ia querer pôr na mala, mas lavei tudo que tinha no cesto. Não esquece que lá é frio. Você sempre esquece que tá frio.

Se Georgie pudesse pelo menos ver as fotos, iria se sentir melhor.

Se ela tivesse pelo menos uma pequena prova – não que precisasse de prova –, mas se pudesse ter uma pequena prova de que estavam lá... Ela esfregou o dedo anelar nu. Esvaziou os bolsos procurando por sinais de vida. Tudo o que encontrou foi o cartão de crédito e a carteira de motorista, ambos com seu nome de solteira.

Ficou mais escuro dentro do aeroporto.

Aeroportos sempre ficam escuros à noite, e esse estava ainda mais escuro, com todas as vitrines adormecidas e a neve. Georgie ainda ouvia o vento, mesmo não estando nem um pouco perto das janelas. Todo o prédio gemia com o vento.

Em certo ponto, ela saiu da esteira. Sentiu o piso imóvel demais sob seus pés e ela cambaleou. Quando recobrou o equilíbrio, entrou no primeiro banheiro e parou em frente ao enorme espelho.

Assim que o cômodo ficou quase totalmente vazio, ela ergueu a camiseta e passou o dedo nas estrias e na cicatriz elevada sob a barriga.

Ainda estavam lá.

CAPÍTULO 33

Georgie sabia que havia algo de errado porque já tinha passado por isso, e na outra vez, o bebê tinha saído de uma vez.

Com Alice, teve uma incisão, um puxão escorregadio – como se alguém tivesse fisgado um robalo de boca larga e o arrancasse com tudo das entranhas de Georgie. Uma enfermeira saiu às pressas com o bebê, Georgie agradecendo a Deus pelo choro.

A parte lenta, depois de Alice nascer, foi consertar Georgie. Neal disse que os médicos chegaram a tirar o útero dela lá de dentro e o colocaram na barriga, depois fuçaram o abdômen dela para se certificar de que tinham tirado tudo.

Neal ficou sentado ao lado dela nesse dia, quando Alice nasceu.

Agora, estava sentado ao lado dela também. As mãos de Georgie estavam presas nas laterais do corpo, e ele segurava uma delas.

Georgie sabia que havia algo de errado dessa vez porque ocorreu a incisão, e ela sentiu a pressão das mãos do médico dentro de si – mas não surgiu bebê nenhum. Ninguém saiu às pressas. A enfermeira que devia levar o bebê dali ficou atrás do médico, tensa (junto do residente e mais dois médicos estudantes), de mãos vazias.

Georgie sabia que havia algo de errado por causa da tensão no rosto de Neal. Por causa do jeito com que ele observava todo mundo.

Ela sentiu mais pressão lá dentro – mais mãos, mais do que só duas.

A anestesista ficava falando com ela num murmúrio baixo.

– *Você está indo muito bem, mamãe. Muito bem.* – Como se fosse preciso ser muito talentosa para ficar ali deitada quieta na cama. (Vai ver era preciso mesmo.) Ela ficava cutucando o peito de Georgie com um palito de dente. – *Dá pra sentir isso?* – Dava. – *Dá pra sentir isso?* – Não.

– *Pode parecer que você não consiga respirar* – disse a anestesista –, *mas você pode. Continue respirando, mamãe.*

Todos falavam, agora, médicos e enfermeiras; tudo o que saía das bocas deles eram números. A mesa foi subitamente inclinada, de modo que Georgie ficou deitada ligeiramente inclinada, a cabeça um pouco para baixo.

Isso não pode ser bom, pensou ela, calmamente, fitando as luzes.

Nessa situação, ficar calma parecia ser o melhor a fazer, com o corpo todo aberto, o sangue bombeando sabe-se lá pra onde. Dava para ver um braço refletido no conjunto de lâmpadas acima dela – a manga do avental estava toda vermelha.

Neal apertou a mão dela.

Desviara o rosto dos médicos e de onde deveria estar o bebê, e pairava sobre o ombro de Georgie. O rosto estava tenso, mas os olhos, ferozes e abertos.

Talvez fosse por isso que Neal estava sempre reservado. Seus olhos, quando sem reservas, podiam abrir túneis nas montanhas.

Georgie continuava respirando. Dentro, fora. Dentro, fora.

– *Está indo muito bem, mamãe* – murmurou a anestesista. Georgie sabia que era mentira.

Os olhos de Neal jorravam fogo sobre ela. Se sempre a olhasse desse jeito, seria até desconfortável. Se ele sempre a olhasse desse jeito, talvez ela nunca desviasse o olhar.

Mas nunca teria dúvidas de que ele a amava.

Como podia ter duvidado do amor dele?

Neal estava dizendo adeus a ela com esse olhar. Estava implorando para que ela ficasse. Estava dizendo que ela estava indo bem – é só continuar respirando, Georgie.

Como podia ter duvidado do amor dele? Sendo que amá-la era o que ele fazia melhor do que todas as outras coisas que ele fazia lindamente.

A anestesista colocou uma máscara de plástico por cima da boca de Georgie.

Georgie não desviou os olhos de Neal.

Quando acordou, mais tarde naquela noite, numa sala de recuperação, percebeu que não achava que fosse acordar.

Havia um berço perto da cama, e Neal dormia numa cadeira.

CAPÍTULO 34

O aeroporto trouxera camas e instalara ao longo do corredor entre os portões. Ficou parecendo um hospital de campo de guerra.

Georgie achou que não conseguiria dormir em meio a estranhos desse jeito – ou que não conseguiria dormir nessa noite, de qualquer forma. Embora quisesse ter um cobertor... Se ao menos as lojas do aeroporto estivessem abertas, ela compraria uma das blusas gigantes azul e laranja dos Broncos que via nas vitrines das lojas.

As pessoas dormiam em volta dela, em cadeiras e encostadas na parede. Dormiam com as cabeças aninhadas nas bolsas e as mãos na bagagem. Como se receassem ser furtados. Georgie não tinha a mesma preocupação; não tinha nada a ser furtado.

Devia ser tarde. Ou cedo. Georgie perdera totalmente a noção do tempo – ficava checando o celular apagado só por costume. O aeroporto não tinha diminuído a iluminação, mas ainda estava escuro demais para ler sem outra fonte de luz. O vento parecia estar empurrando a escuridão para dentro do terminal.

A nevasca deu uma acalmada. Ou talvez estivesse se dissipando – Georgie não sabia como as nevascas costumavam terminar.

Houve uma troca de portão, depois mais espera. Então ela estava embarcando, meio sem saber qual voo era o seu e aonde estava indo.

– Omaha? – perguntou um comissário quando Georgie entrou no avião.

– Omaha – ela respondeu.

O avião tinha somente cerca de quinze fileiras, com apenas dois assentos em cada lado. Ela nunca estivera num avião assim tão pequeno; só ouvira falar de aviões desse porte quando caíam.

Georgie imaginou se os pilotos estavam tão cansados quanto ela. Pra que se dar o trabalho de decolar, a essa altura? No meio da noite? A não ser que a equipe de bordo estivesse a caminho de casa também.

QUARTA-FEIRA
DIA DE NATAL, 2013

CAPÍTULO 35

O sol nascia quando saíram de Denver, e agora Omaha era um branco de cegar os olhos abaixo deles. Georgie agarrou-se aos encostos durante o pouso e levantou-se do assento antes mesmo do aviso do cinto de segurança ser liberado.

Conseguiu. Chegou aonde queria. Estava perto.

Alice. Noomi. *Neal*.

O aeroporto de Omaha parecia abandonado. A cafeteria estava fechada. Assim como a pequena banca de revistas. Antes, sempre quando Georgie passava pela segurança, os pais de Neal – ou apenas a mãe dele – estavam esperando logo ali, na pequena fileira de cadeiras.

Havia apenas uma pessoa sentada lá nesse dia. Uma jovem em uma parca roxa. Ela pulou da cadeira e pôs-se a correr para Georgie. Então mais alguém passou correndo por ela, vinda do outro lado – o rapaz do aeroporto de Denver que lhe emprestara o celular.

A garota pulou nos braços dele, e ele a girou sem sair do lugar em um círculo extasiado. A alegria da cena atingiu Georgie feito uma onda de choque. A bolsa do rapaz foi ao chão. O rosto dele desapareceu em meio aos cabelos escuros, compridos e ondulados da moça.

Georgie passou por eles prendendo a respiração.

Continue andando. Tão perto. Está quase acabando.

O terminal principal estava vazio a não ser pela dezena de passageiros do avião de Georgie e um guarda. Se as meninas estivessem com ela, Georgie teria permitido que elas saíssem correndo na frente. Alice podia até dar cambalhotas, se quisesse. Não havia ninguém no local para incomodar.

Georgie começou a correr pela escada rolante. Estava perto. *Tão perto*. Correu até a saída e irrompeu pela porta giratória – depois parou.

Estava tudo coberto de neve.

Como... bom, como mostram na TV. O estacionamento do outro lado da rua parecia uma casa feita de bolo coberta com um chantilly pesado e muito branco.

A neve parecia tão macia quanto chantilly. Lisa, mas quase peluda. Ela passou pelas portas e saiu, sentindo-se invadida pelo frio na primeira inspiração. (A camiseta não protegia nem um pouco do frio. Sua *pele*, muito menos.)

Meu Deus. Ai, meu Deus. As meninas já viram isso?

Georgie curvou-se sobre um vaso sem flores e meteu a mão na neve, vendo seus dedos abrindo quatro ranhuras. A neve era leve, mas mantinha sua forma. Ela puxou a mão para cima e fez uma curva suave.

Esperava que a neve fosse gelada, mas não era. Não logo de cara. Não até começar a derreter nos dedos. Espalhara um pouco sobre os pés, que ficaram frios também. Tentou limpar a neve das sapatilhas, e olhou para os dois lados da rua à procura de um ponto de táxi. Não havia carro algum.

Georgie cruzou os braços e caminhou pela calçada, procurando por uma placa.

– Podemos te ajudar com alguma coisa? – disse alguém.

Georgie virou-se. Era o jovem casal extasiado. Ainda abraçados, como se cada um não pudesse acreditar que finalmente o outro estava ali.

– Ponto de táxi? – Georgie disse.

– Tá procurando um táxi? – perguntou o rapaz. O homem. Devia chamá-lo de homem. Devia ter vinte e dois, vinte e três; o cabelo já estava rareando.

– Tô – disse Georgie.

– Já ligou pra pedir?

– Hã. – Georgie tremia, mas tentava não demonstrar. – Não. Devo ligar pra chamar?

O rapaz fitou a moça.

– Não tem nenhum táxi aqui – disse a moça, como se pedisse desculpas. Mas também como se Georgie fosse uma imbecil. – Quer dizer, tem alguns, se você ligar antes... Mas é Natal.

– Ah – disse Georgie. – Claro. – Ela olhou para os dois lados de novo. – Obrigada.

– Quer usar meu celular? – ofereceu o rapaz.

– Não precisa – disse Georgie, correndo para a porta. – Obrigada de novo.

Ela os ouviu falando baixinho. Ouviu o rapaz falar alguma coisa sobre Joseph e Mary e não ter vaga no hotel.

– Ei, quer carona pra algum lugar? – ele perguntou a Georgie, lá de longe.

Ela olhou para o casal. O rapaz sorria. A menina parecia preocupada. Podiam ser integrantes de algum culto satânico de Nebraska que vagava pelos aeroportos, espreitando em busca de gente perdida.

– Sim – disse Georgie. – Obrigada.

– Você não tem bagagem? – perguntou a menina.

– Não – disse Georgie, e não conseguiu pensar em nada para dizer que pudesse dar sentido à falta de mala, casaco e meias.

– Certo – disse o rapaz. (Georgie continuava não conseguindo chamá-lo de homem.) – Pra onde?

– Ponca Hills – disse ela.

O rapaz olhou para a moça. Estavam todos sentados no banco da frente de uma caminhonete vermelha antiga, a menina espremida no meio. O aquecimento não funcionava, e o para-brisa já estava todo embaçado. Ele o limpou com a manga do casaco de lona verde.

– Fica pro norte – disse a moça, sacando o celular. – Qual é o endereço?

Endereço, endereço...

– Rainwood Road – disse Georgie, aliviada por lembrar-se pelo menos uma parte do endereço dos pais de Neal, torcendo para que a Rainwood Road não se estendesse ao longo da cidade toda.

A menina digitou no celular.

– Tá – ela disse ao rapaz. – Vira logo ali.

Georgie ficou imaginando quanto tempo o casal passara separado.

O rapaz ficava beijando a moça na testa, apertando-lhe a perna. Georgie olhava pela janela para dar-lhes privacidade – e porque a cidade toda parecia uma terra de conto de fadas. Ela nunca vira nada igual.

E pensar que *tudo aquilo* tinha acabado de cair do céu.

E depois ficava *daquele jeito*. Como se a Tinker Bell tivesse pintado à mão.

Como é que as pessoas se acostumavam com isso?

Georgie não reparara, inicialmente, que devia ser difícil dirigir nessas condições. Moviam-se lentamente; mesmo assim, a caminhonete derrapou ao parar num farol vermelho.

– Não acredito que você veio dirigindo assim – disse o rapaz.

– Não podia te deixar no aeroporto – disse a namorada. – Tomei cuidado.

Ele sorriu e a beijou mais uma vez. Georgie perguntou-se se estavam chegando ao bairro de Neal. Não havia quase ninguém lá fora. Só algumas pessoas com pás.

Deviam estar perto. Georgie reconheceu um parque. Uma ponte. Uma pista de boliche. A menina indicava o caminho ao rapaz. Georgie reconheceu uma pizzaria em que entrara com Neal.

– Estamos chegando – ela disse, inclinando-se à frente e descansando a mão no painel.

– A Rainwood deve ser a próxima à direita – disse a moça.

– Isso... – o rapaz concordou. Mas a caminhonete parou.

A moça tirou os olhos do celular.

– Ué...

Georgie olhou para a subida, mas não entendeu qual era o problema.

O rapaz suspirou e esfregou os cabelos loiros, depois virou-se para Georgie.

– A gente pode até conseguir subir um pouco esse morro. Mas não sei se podemos descer. Ou sair dele.

– Ah... – disse Georgie. – Bom. Tá perto. Posso ir andando, eu sei o caminho.

Os dois a fitaram como se fosse louca.

– Você não tá de casaco – disse o rapaz.

– Não tá nem de sapato – disse a moça.

– Vou ficar bem – Georgie garantiu. – São cinco quadras, no máximo. Não vou congelar até a morte – disse como se entendesse alguma coisa sobre congelar até a morte, quando na verdade não entendia nada.

– Espera. – O rapaz saiu da caminhonete e retornou, trinta segundos depois, com a bolsa. Abriu o zíper e um monte de roupas espirrou para fora. Ele começou a empilhá-las no colo da moça. – Aqui – disse, puxando uma blusa grossa de lã cinza. – Pega isso aqui.

– Não posso levar sua blusa – disse Georgie.

– Pode pegar. Você pode mandar de volta pra mim pelo correio. Minha mãe costura meu endereço em todas as peças. Pega, não tem problema.

– Pega – disse a moça.

– Tô pensando aqui se tenho mais botas... – Ele meteu as roupas de volta na bolsa. – Devo ter aquelas de borracha lá atrás.

A menina revirou os olhos e por um instante se pareceu muito com Heather.

– Ou você podia me dizer aonde tá indo – ele disse a Georgie. – Posso ir correndo até lá e volto com seus sapatos, seu casaco, sei lá.

– Não – disse Georgie. Ela foi vestindo a blusa. – Já fez muito por mim, obrigada.

– Você não pode andar na neve sem sapatos – ele insistiu.

– Vou ficar bem.

Georgie abriu a porta do passageiro.

Ele abriu a dele também.

– Ah, pelo amor de Deus – disse a moça. – Fique com as minhas botas. – Ela se curvou. Georgie notou que usava um pequeno anel de noivado. – Pode ficar. Nem gosto delas.

– De jeito nenhum – disse Georgie. – E se vocês ficarem presos na neve?

– Vou ficar bem – disse ela. – Ele me carregaria pela cidade toda pra não me deixar molhar os pés.

O rapaz sorriu para a noiva. Ela revirou os olhos para ele de novo e terminou de tirar as botas.

– Pode pegar – disse. – Ele meteu na cabeça que você é a nossa missão de Natal. Se não te ajudarmos, ele nunca vai ganhar asas.

Georgie aceitou as botas. Pele de carneiro. Pareciam ser do tamanho certo.

Ela tirou as sapatilhas de couro – presente de Seth, logo, eram caras, sem dúvida. (Seth sempre comprava roupas para ela no Natal, geralmente para substituir o item mais patético do guarda-roupa dela. Que bom que ele não sabia sobre os sutiãs.)

– Pode ficar com essas – disse Georgie –, se quiser.

A moça ficou em dúvida.

– Vamos esperar um pouco aqui – disse o rapaz. – Volte se precisar de ajuda.

Certo, pensou Georgie, calçando as botas. *Caso meu marido não me reconheça. Caso meus sogros não morem mais lá. Caso todo mundo que conheço esteja morto ou não tenha nascido ainda porque arruinei tudo...*

– Obrigada.

– Feliz Natal – disse o rapaz.

– Tome cuidado – pediu a moça. – Talvez tenha gelo.

– Obrigada.

Georgie girou as pernas para fora da caminhonete e pulou para o solo, segurando-se na porta quando seus pés escorregaram no gelo.

Ninguém tinha tirado a neve na Rainwood Road. Georgie lembrava-se vagamente de que não havia calçada alguma; ela e Neal tinham caminhado pela rua naquela vez em que foram comer pizza, balançando as mãos dadas.

A neve chegava até quase os joelhos dela – tinha que erguer bastante os pés para seguir adiante. As orelhas e as pálpebras estavam congelando, mas após subir um quarteirão, as bochechas estavam rosadas, e ela, ofegante.

Nossa, ela nunca tinha nem imaginado existir tanto frio assim.

Como as pessoas podiam habitar um local que tão obviamente não as desejava? Todo aquele romance em torno da neve e dos feriados...

Ninguém devia ter que se esforçar tanto para não morrer toda vez que saísse de casa.

Estava tudo tão quieto, que a respiração de Georgie parecia um trovão. Ela olhou para trás, mas não viu mais a caminhonete vermelha. Não via sinal algum de vida. Era fácil imaginar que toda casa pela qual passava estava vazia.

Georgie sentiu lágrimas nos olhos e tentou fingir que era por causa do frio, ou do cansaço, e não por causa do que esperava por ela – ou não esperava por ela – no topo do morro.

CAPÍTULO 36

Neal cresceu numa casa colonial com entrada circular para carros. A mãe de Neal tinha muito orgulho dela; na primeira vez que Georgie os visitou, poucos meses depois do noivado, a sogra lhe disse que essa entrada era um dos motivos pelos quais compraram a casa.

– *Não entendi* – Georgie dissera mais tarde, quando foi de fininho do porão até o quarto do Neal, e ele a prensou contra a parede, embaixo do certificado de escoteiro. – *É como se tivesse uma rua no meio do seu jardim* – ela dissera. – *Como é que isso pode ser bom?*

Neal bufou e sorriu no ouvido dela, depois abriu a gola do pijama dela com o nariz.

Georgie caminhava por essa entrada agora, arruinando a perfeição de cartão postal do jardim frontal coberto de neve com as pegadas que ia deixando.

Ela abriu a porta de fora e bateu na seguinte – que se abriu sem maiores resistências. Porque em Omaha, pelo visto, ninguém nem *fechava* a porta de casa. Georgie ouviu canções natalinas e pessoas falando. Bateu de novo, espiando lá dentro.

Visto que ninguém respondia, ela entrou no hall cautelosamente. A casa cheirava a aromatizante de maçã com canela e pinhas.

– Olá? – disse Georgie, baixo demais. Sua voz vacilava e ela estava deixando um rastro de neve. Sentia como se estivesse invadindo.

Ela tentou um pouco mais alto:

– Olá!

A porta da cozinha entreabriu-se, e a música, "Have Yourself a Merry Little Christmas", ficou mais alta. Neal apareceu. Meio cômodo distante dela.

Neal.

Cabelo da cor de chocolate ao leite, pele pálida, um suéter vermelho que ela nunca tinha visto. Uma expressão no rosto que ela nunca visto. Como se nem a conhecesse.

Ele parou.

A porta da cozinha ficou balançando, para a frente e para trás, atrás dele.

– Neal – Georgie sussurrou.

Ele ficou boquiaberto. Boca linda, lábios igualmente lindos, dentes lindos, como guias para os de Georgie.

Suas sobrancelhas estavam baixas, austeras, e quando ele fechou a boca, apareceram pontos de tensão no canto das bochechas.

– Neal?

Passaram-se cinco segundos. Dez. Quinze.

Neal, logo ali. De calça jeans, meias azuis e blusa estranha.

Estava feliz em vê-la? Será que nem a conhecia? *Neal*?

A porta abriu-se com tudo atrás dele.

– Papai? A vovó disse…

Alice entrou na sala, e Georgie teve a sensação de que alguém acabava de dar um chute atrás dos joelhos.

Alice deu um pulo. Como fazem as criancinhas nos filmes. De alegria.

– Mamãe!

E correu para Georgie.

O celular de Georgie escorregou para o chão quando ela ficou de joelhos.

– Mamãe! – Alice gritou de novo, pousando nos braços da mãe. – Você é o nosso presente de Natal?

Georgie abraçou Alice com tanta força, que deve ter doído, e cobriu o rosto da filha de beijos. Ela nem viu a porta da cozinha abrindo de novo, mas ouviu Noomi dar um gritinho e dizer "Miau!", e então havia duas nos braços dela, e Georgie pendia um pouco de lado, mas tentava sustentar-se.

– Que saudades – ela disse, entre beijos, cegada por pele rosada e cabelos castanhos-claros. – Muitas, muitas saudades.

Alice afastou-se, e Georgie firmou o braço em torno dela. Mas Neal estava erguendo a filha, tirando-a dali.

– Papai – disse Alice –, a mamãe chegou. Ficou surpreso?

Neal fez que sim e ergueu Noomi também, pondo ambas de lado. Noomi miou, protestando.

Neal estendeu as mãos para Georgie, que as aceitou. (Tão quentes entre seus dedos congelados.) Ele a pôs de pé, depois a soltou. Ainda não sorria, então ela também não sorriu. Ela sabia que estava chorando, mas tentou ignorar isso.

– Você veio – ele disse sem mover os lábios.

Georgie fez que sim.

Neal foi rápido: pegou o rosto dela nas mãos – uma na bochecha gelada, uma no pescoço – e trouxe-o para o dele.

Ela sentiu o alívio soprar dentro dela feito um fantasma.

Neal.

Neal, *Neal*, *Neal*.

Georgie tocou os ombros dele, depois a nuca, os cabelos – ainda curtos –, depois a pontinha das orelhas, esfregando-as entre o polegar e o indicador.

Não se lembrava de quando se beijaram desse jeito pela última vez. Talvez nunca tivessem se beijado assim. (Porque nenhum deles nunca havia quase caído de um penhasco.)

– Você veio – ele repetiu.

E Georgie fez que sim, dando um passo à frente só para o caso de ele pensar em se afastar.

Ela veio.

E isso não consertava nada. Não mudava nada.

Ela ainda tinha o trabalho. E a reunião, talvez. Ainda tinha que resolver tudo com Seth – ou não. Georgie não tinha tomado nenhuma decisão...

Mas pela primeira vez tinha feito a escolha certa.

Ela veio.

Estava com Neal. Fosse qual fosse o significado disso dali por diante.

Ele a beijou como se soubesse exatamente quem ela era. Beijou-a como se estivesse esperando por ela há quinze anos.

Alice e Noomi pularam nos pés dos pais e abraçaram as pernas.

Havia um cachorro por ali, em algum lugar, e a mãe de Neal falando sobre colocar mais um lugar na mesa.

– Você veio – disse Neal, e Georgie segurou-o pelas orelhas para que não pudesse se afastar.

E fez que sim.

ANTES

Neal estacionou o carro na entrada da casa de Georgie. Inclinou-se para a frente e descansou a cabeça no volante. Nossa, estava caindo de sono.

Seria uma bela surpresa de Natal – Georgie batendo na janela do carro dele, pedindo para ele tirar o carro da passagem.

Ele bateu de leve a cabeça no volante.

Anda, Neal. Você consegue. Talvez ela diga não, mas pelo menos você foi lá pedir.

Tentou não pensar na última vez em que fizera o mesmo pedido, quando já sabia que Dawn diria sim, e já sabia que não era isso que ele queria ouvir.

Dawn teria dito sim de novo se ele tivesse pedido essa semana; dava para saber pelo jeito com que ela olhava para ele.

Nossa, dava para ver tudo. A festa. O casamento. O resto da vida com Dawn. Seria tudo tão agradável e previsível, que ele nem precisava viver para saber o final.

Já com Georgie, não havia como prever nem os dez minutos seguintes. Nunca. Principalmente, não nesse dia. *Os dez minutos seguintes...* Ela podia dizer não – ela passou a semana toda implorando para que ele terminasse com ela, ao telefone.

Mas tudo o que conseguiu foi convencê-lo de que ele não conseguiria.

Mesmo a 2.400 quilômetros de distância, mesmo pelo telefone, Georgie tinha mais vida do que qualquer outra coisa da vida dele.

Ele sentiu as bochechas esquentarem só de pensar em vê-la de novo. Era isso que Georgie fazia com ele. Ela puxava o sangue para a superfície da pele dele. Mexia com ele. Feito maré. Fazia-o sentir que havia coisas acontecendo. Que a *vida* acontecia – e mesmo que ele ficasse muito triste às vezes, não tinha como não querer participar.

Ele passou a mão por cima do bolso. O anel ainda estava ali.

Estivera ali desde que ele deixara a casa de repouso; a tia-avó o colocara nas mãos dele.

– *Não preciso mais disso. Nunca precisei, mas Harold gostava de vê-lo no meu dedo.*

Era um anel de família, ela dissera. Devia continuar na família.

Neal tomou a decisão assim que o viu.

O futuro estava para acontecer, mesmo que ele não estivesse pronto ainda. Mesmo que ele *nunca* estivesse pronto.

Pelo menos ele poderia garantir que estava junto da pessoa certa.

Não era esse o sentido da vida? Encontrar alguém com quem compartilhá-la?

E se você já acertou nisso, o que mais poderia dar errado? Se você estivesse ao lado da pessoa que ama mais do que tudo no mundo, o resto não acabaria sendo só cenário?

Neal tirou o cinto de segurança.

DEPOIS

– Não parece verdade.

– Parece o quê?

– Parece um episódio de Natal, um especial.

– Hmmm... – A boca de Neal estava quentinha, na nuca de George.

– Episódio duplo – ele disse. – Com uma pegada de *Noite de Natal.*

– Exato – disse Georgie. – Ou *A felicidade não se compra.*

A boca de Neal estava quentinha e úmida.

– Está com frio, George Bailey?

– Não – disse ela.

– Tá tremendo.

– Não tô com frio.

Mesmo assim, ele a abraçou mais forte.

– Só fica caindo desse jeito? – ela perguntou.

– Ahãm.

– Mesmo sem ninguém pra ver?

– Acho que sim, mas não tenho como provar.

– Não acredito que quase perdi isso.

– Mas não perdeu.

– Quase perdi...

– Para. A gente já passou por isso.

– Não passamos – disse ela. – Ainda não.

– A gente já passou pelo suficiente.

– Mas Neal, eu... senti tanto, tanto a sua falta.

– Tá bom, mas agora chega. Estou bem aqui. Não precisa mais sentir minha falta.

– Tá bom.

A neve continuava caindo. Em câmera lenta.

– Também senti a sua falta – disse Neal. – Senti falta de te ouvir falando.

– Falando o quê?

– Tudo. O que está pensando. O que te preocupa. O que vai querer pro jantar.

– Sentiu falta de eu dizer que quero frango xadrez de novo?

– Não senti falta exatamente *disso*. Só senti falta de te ouvir, só isso.

– Humm – disse ela.

– Me diz alguma coisa agora, Georgie.

– O quê?

– Diz o que eu perdi – ele disse, e a apertou: – Tem certeza que não tá com frio?

– Não.

– Ainda tá tremendo.

– Eu... – Ela virou o rosto para poder ver o dele. – Petunia teve filhotinhos.

– Jura?

– Teve! Minha mãe não estava em casa, então eu ajudei no parto.

– Nossa, sério?

– É. E... minha irmã é gay.

– *Heather*?

– Só tenho uma irmã, né? Talvez nem seja gay, mas com certeza tem uma namorada.

– Humm... – Neal estreitou os olhos, depois balançou a cabeça.

– Que foi?

– Por um segundo, eu... ah, nada, *déjà-vu*, sei lá.

Georgie virou-se nos braços dele e segurou o rosto dele nas mãos. Havia flocos de neve nas bochechas dele, no nariz e nos cílios. Que ela limpou.

– Neal...

Ele envolveu a cintura dela com os braços bem firmes.

– Não, Georgie. Já passou. Chega.

– Só... só mais uma coisa.

– Tá, só mais uma coisa.

– Vou ser melhor.

– Nós dois vamos.

– Vou tentar mais.

– Eu acredito.

Ela segurou o rosto dele e mergulhou os olhos nos dele o mais fundo que pôde. Tentou injetar fogo dentro deles.

– De agora em diante, Neal.

Neal baixou as sobrancelhas, ternamente, como se desfizesse um nó que podia se desmanchar em suas mãos.

Abriu a boca para falar, mas Georgie aproximou-se e o impediu. Não podia se conter, os lábios dele estavam logo ali. Os lábios de Neal estavam sempre logo ali – motivo pelo qual era tão frustrante quando ela achava que não tinha permissão para beijá-lo.

Ela o beijou agora. Ele abriu os dedos nas costas dela e deixou que ela empurrasse sua cabeça para trás.

Quando ela se afastou, ele fez um barulhinho, como se tivesse doído.

– Ah, Georgie. Chega de "só mais uma coisa".

– Não, é que acabei de me lembrar. Tenho que ligar pra minha mãe.

– Agora?

Georgie afastou-se dele, mas ele não a soltou.

– Tenho que ligar. Não disse que iria sair. Só saí. Desapareci.

– Então liga. Cadê seu celular?

– Apagou. De vez. – Georgie enfiou as mãos por baixo do casaco de Neal, procurando pelos bolsos. – Cadê o seu?

Ele se contorceu e largou os braços.

– Lá dentro. Apagado. Deixei com Alice, pra ela jogar Tetris. Desculpe.

Georgie virou-se para entrar, pisoteando para tirar a neve das botas de carneiro emprestadas.

– Tudo bem. Eu uso o telefone fixo.

– Pega emprestado o celular da minha mãe – disse ele. – Ela não tem mais telefone fixo.

Georgie parou e olhou para ele.

– Ah, é?

– É. Faz tempo. Depois que o meu pai morreu.

– Ah…

Neal envolveu Georgie com o casaco.

– Vem, vamos entrar. Você está tremendo.

– Eu tô bem, Neal.

– Tá, então vamos ficar bem lá dentro, onde está quentinho.

– É que… – Ela ergueu a mão e tocou o rosto dele de novo. – Eu quase…

Ele sussurrou:

– Chega, Georgie. Você está aqui agora. Fique *aqui*, então.

AGRADECIMENTOS

Se eu tivesse um telefone mágico que pudesse fazer ligações para o passado, a primeira pessoa para quem ligaria seria minha querida amiga Sue Moon...

E eu diria tudo que só soube que precisava dizer depois que ela se foi.

Diria *obrigada*, basicamente. Por me ajudar a me libertar de mim mesma – e por me mostrar que não existe consolo verdadeiro no medo. Toda vez que termino um livro, lembro-me de que Sue prometeu que eu terminaria.

Obrigada às muitas pessoas que me ajudam a escrever livros.

Minha editora, Sara Goodman, que sempre sabe o que estou tentando dizer. E que entende o poder de "Leather and lace".

E a equipe da St. Martin's Press, principalmente Olga Grlic, Jessica Preeg, Stephanie Davis e Eileen Rothschild – que são tão espertas, afiadas e compassivas, que eu gostaria que houvesse uma forma legal de garantir que elas nunca me deixem.

Nicola Barr, que escreve as melhores cartas de "eu acabo de ler o seu livro".

Lynn Safranek, Bethany Gronberg, Lance Koenig e Margaret Willison, meus portos seguros.

Christopher Schelling, que sabe quando exigir algum tipo de emergência envolvendo pugs.

E Rosey e Laddie, que amo tanto, que chega a doer. Literalmente.